文春文庫

有栖川有栖に捧げる七つの謎

青崎有吾　一穂ミチ
織守きょうや　白井智之
夕木春央　阿津川辰海　今村昌弘

文藝春秋

前口上

有栖川有栖デビュー三十五周年記念トリビュートという大胆すぎる企画に、七人の作家が参加してくださいました。

脂が乗り切って、素晴らしく勢いのある方ばかりです。こんなアンソロジーが編まれるとは、夢にも思いませんでした(まだ信じられない)。

いずれの作品も「別冊文藝春秋」(電子雑誌)と「オール讀物」の二誌に掲載されたもので、誌面にあった文章を引用すると、有栖川がデビューして三十五年という節目の年に作家七人が集い、「〝有栖川ワールド〟を自由に使って短編を競作するトリビュート企画」です。

私が描いてきたキャラクターやら諸々の設定、世界観を使うという制約のもとで書かれているのですが――。

一種のお遊びとして軽いタッチのものが並ぶのかと思ったら、「こういう企画で使うには惜しいネタでは」「そこまでやりますか」という名編ばかりが揃い、「気鋭の作家が本気で遊んだら、こんなものを書いてしまうのか」と感嘆しました。

参加作家のファンはもとより、ミステリ好きなら「有栖川有栖がどんな小説を書いているのか知らない」という方もお楽しみいただけるはず。本当です。ぜひ読んでお確かめください。

有栖川有栖

目次

縄、綱、ロープ

青崎有吾

青崎有吾（あおさき・ゆうご）
一九九一年、神奈川県生まれ。二〇一二年に『体育館の殺人』で鮎川哲也賞を受賞してデビュー。二四年『地雷グリコ』で本格ミステリ大賞（小説部門）、日本推理作家協会賞（長編および連作短編集部門）、山本周五郎賞を受賞。他の著書に「ノッキンオン・ロックドドア」シリーズ、「アンデッドガール・マーダーファルス」シリーズ、『早朝始発の殺風景』、『11文字の檻　青崎有吾短編集成』、『ガス灯野良犬探偵団』（原作）など。

1

晩《おそ》くに起きて、短いエッセイ原稿を仕上げ、出版社から届いた献本を読む。活動的とは言いがたい一日になるはずだった。友人から連絡を受けるまでは。

路肩に停めたブルーバードを降りると、臨海地特有の潮の匂《にお》いをまず感じた。車道の片側には海に沿って走る緑道があり、反対側には住宅街が広がっている。大阪府貝塚《かいづか》市、二《に》色《しき》四丁目。海水浴場として有名な二色の浜公園のほど近く、埋め立て地に築かれたニュータウンだ。電話で聞いた〈アルファライン二色〉という建物は、レンガ風の外壁を持つ四階建てのマンションだった。

草野球の帰りだろうか、規制テープの前にユニフォーム姿の児童が集まり、マンションの敷地を覗《のぞ》き見ようと懸命《けんめい》に背伸びをしている。私の立場上、不謹慎だと怒ることはできなかった。あの子たちの中にも、未来の推理作家がいるかもしれない。あるいは、フィールドワークと称して事件現場に出入りする、未来の臨床犯罪学者が――

いや。そんな奴は、この世に一人で充分か。

年代物のベンツの横に、その稀有《けう》な肩書きを持つ男が立っていた。若白髪が目立つ頭。コートの下には緩く締めたネクタイと、白いジャケットが見えている。

火村《ひむら》、と私は呼びかけた。

「ホイホイ大学を抜け出してええんか？　入試やら卒論の採点やらで、忙しい時期やろ」

「作家先生こそ、最近はご多忙かと思っていたが」

「……目の下にくまでもついてるか？」

「顔を見なくても判るさ。今年から、確定申告が煩雑《はんざつ》化したからな」

悔しいことに、その推理は当たっていた。夕方からは領収書の整理をしようと思っていたのである。

細い雲をたなびかせつつ、西の空を旅客機が横切っていく。五キロほど先の関西国際空港を目指すのかもしれない。私はなんとなく、それを目で追った。大阪の湾岸のほとんどは工業地帯か観光施設に占められているため、閑静な住宅街はむしろ異質な存在だった。石油企業のＣＥＯがエシカル・ブランドを身に着けるように、大都市そのものが何かの言い訳をしているように思えた。海と騒音とオイルの匂いに囲まれた、緑の箱庭。

そんな箱庭でも、犯罪は起こる。

「で、今回はどんな事件や？」

るらしい」

「強盗殺人、並びに死体遺棄。詳しいことはこれから聞くが、容疑者はある程度絞れてい
「准教授の出番はなさそうやんか」

「だといいんだが……少し、厄介《やっかい》な問題が生じたそうだ」

「火村先生、有栖川《ありすがわ》さん。すみません、毎度ご足労願って」

マンションの方から男が現れ、禿頭《とくとう》をぺこりと下げた。大阪府警の船曳《ふなびき》警部である。この季節でも上着を羽織らず、自慢の太鼓腹をサスペンダーが締めつけている。

顔馴染《なじ》みなので、仰々《ぎょうぎょう》しい挨拶《あいさつ》は必要ない。さっそく火村が切り出した。

「強盗殺人だそうですが、このマンションが現場ですか？」

「ええ。ですが、遺体が見つかったのはこちらです」

街路樹の間を抜け、まずは緑道へ案内された。車道と平行にタイル敷きの歩道が延びており、低い柵のすぐ向こうは海だ。といっても、地平線まで続く大海原ではない。百メートルほど先には別の埋め立て地があり、運送会社の倉庫が見える。

「通報は今日、午前十一時ごろ。対岸の倉庫の従業員が、緑道の下の消波《しょうは》ブロックに女性の遺体がひっかかっているのを発見しました」

そこの真下です、と警部が示した地点は、〈アルファライン二色〉のすぐ向かい側にあたる場所だった。マンションとは、車道を挟んで十五メートルほどしか離れていない。柵から乗り出してみると、二メートル強の段差の下に、消波ブロックが並べられているのが

確認できた。

「死亡推定時刻は今日の午前一時ごろ。額に大きな打撲痕《だぼくこん》があり、死因はそれによる脳挫傷《のうざしょう》です。部屋着風のスウェットを着ていて、その下の肌には、手首から腰にかけてぐるりと巻きつくような線状の痣《あざ》がついていました。幅は四センチほど。ロープ状のもので縛られていた跡だと思われます」

警部は車道を戻り、私たちをマンションの敷地へ誘《いざな》う。正面玄関のナンバーロックを開け、建物内へ。造りは完全な内廊下式のようだ。

「近隣住民に確認してもらい、すぐに身元が割れました。安見和香《やすみのどか》、二十六歳。近くのデザイン事務所の社員です。このマンションの108号室に、一人で住んでいました。……こちらの部屋です。鑑識は済んでいますから、そのままどうぞ。遺留品も、一時的に元の場所に戻してあります」

108号室は一階廊下の奥、マンションの裏口のすぐ脇に位置していた。ドアの左右には折り畳《たた》み自転車とガジュマルの鉢植えが並んでいる。私たちは警部に続き、中に入る。

1LDKのリビングは、ところどころが荒らされていた。ラックに載っていたと思しき小物が床に散乱し、サイドボードの抽斗《ひきだし》も中途半端に開けられている。リビングの奥の掃き出し窓は開いていて、ベランダ越しにマンションの庭が見えた。

火村が床に手を伸ばし、倒れていた写真立てを拾う。長居《ながい》植物園のイルミネーションを背景に、友人同士らしき二人の女性が、ピースサインのシンメトリーを作っていた。

「左の女性が安見さんです」

眼鏡をかけた、真面目そうなショートヘアの女性だった。

カーペットの上、リビングのドアからほど近い場所に半径二十センチほどの血痕が残り、そばにはフレームの歪《ゆが》んだ眼鏡が落ちている。サイドボードの足元には、海外の土産物《みやげ》だろうか、陶器のモアイ像の置き物が横たわっていた。

「このありさまでしてね。ドアはオートロックで施錠《せじょう》されていましたが、掃き出し窓の鍵が開いていて、金品も持ち去られていました。財布の中の現金と、〈モンスターナイツ〉というカードゲームのレアカードが、二十枚ほど」

「カード？」

私は思わず聞き返した。

「モンナイカードってやつです。よくＣＭを流しているでしょう。海外でも人気が出て、一部のレアカードが高騰しているのだとか。安見さんは子供の頃引き当てたレアカードを大切にファイリングしていて、この部屋に保管していたことが、複数の友人の証言で判りました。現在のレートだと、価格は一枚五万円ほど」

「二十枚なら、百万円ですか……確かに最近、ニュースでよう聞きますね。カードショップに強盗が入ったとか」

「府内でもその手の事件が増えてましてね。オモチャのカードがどうして五万もするのやら、理解に苦しみます。犯人がカードをすぐ売り払うなら足をたどれそうですが、手元に隠しておく可能性も高い。初期のレアカードはまだまだ値段が上がるようなので」

脱線してもうたな、と言い、警部は現場の説明に戻った。

「量販店のウール製手袋の繊維《せんい》が、リビングの至るところから検出されました。犯人が嵌《は》めていたと思われます。これらの状況と、被害者の状態とを重ねると、おそらく犯行の流れはこうです。深夜に強盗犯が侵入。安見さんをロープ状のもので縛り、金品の物色を始めるも、その最中、安見さんが逃げようとするなどの抵抗を見せた。犯人は手元にあった置き物で殴打《おうだ》し、安見さんを殺してしまった……」

「被害者の傷は、何ヵ所でしたか」

カーペットを見つめながら、火村が質問を挟んだ。

「額の致命傷だけです。正確に言いますと、下半身には複数の擦過傷《さつかしょう》が認められましたが、生活反応が出んかったので、これらは緑道から遺棄された際についた傷でしょう」

「頭部の傷は、一ヵ所だけだったんですね？」

「そうです。まあ、こないなもんで殴《なぐ》られりゃ誰でも一撃ですよ」

警部は陶器のモアイを持ち上げた。彼のヘアスタイルとよく似た頭に、血痕が付着している。

「想定外の事態に焦った犯人は、遺体を掃き出し窓から運び出したようです。安見さんの後頭部に付着していた土が、マンションの庭のものと一致しました。犯人自身も窓から庭に出て、そのまま遺体を抱え、敷地の外へ。車道を横切り、緑道から海へ遺体を投げ捨てる……。ところが、消波ブロックが目論見《もくろみ》を阻《はば》んだ。遺体は海に流されず、胸から上が水面から飛び出した状態でした。あの緑道は街灯が少なく、夜間はかなり暗いそうなので、犯人はミスに気づけなかったのでしょう」

私は遺棄の瞬間を想像した。あの低い柵から、暗い海へと女性の遺体を投げ出す男——あるいは女。遺体の胸から下が水に浸かっている以上、ぼちゃん、という水音はしただろう。消波ブロックによって水面も見づらかったはず。犯人が、「遺体は完全に沈んだ」と誤認しても不思議ではない。

「お電話をいただいた時、容疑者が絞れている、とおっしゃっていましたが」

火村が水を向けると、警部は顔をしかめた。

「そこなんです。一見、安見さんが掃き出し窓の鍵を閉め忘れて、そこから犯人が出入りしたように見えます。ですが……下駄箱の上にね、この部屋の合鍵《あいかぎ》があったんですよ。そして、その合鍵からもウールの繊維が検出されました」

「つまり、犯人が触っている？」

「そうです。ドアの前に植木鉢があったでしょう。安見さんはいつも、あの下に合鍵を隠していたそうで。親しい人は皆知っていたそうですし、知らなかったとしてもポピュラーな隠し場所ですから、その気になればすぐに見つけられます」

不用心だった被害者を諌《いさ》めるように、警部は溜息をついた。

「窓から侵入したなら、合鍵を部屋に持ち込む機会はないですよね。ちゅうことは……犯人は合鍵でドアから入り、外部犯に見せかけるため、内側から窓を開けた？」

「そのとおりです、有栖川さん。そして、殺人というアクシデントに気を取られ、合鍵を元の場所に戻すのを忘れてしまったんやと思われます」

警部はドアの方を手で示す。

「ドアから入るためには、当然ながら、犯人が建物内にいる必要があります。このマンションの出入口は正面と裏口の二ヵ所で、どちらもナンバーロックがついています。昨夜二十三時から今朝五時にかけて、ドアが開閉された記録はありませんでした。従って、それ以前からこの建物内にいた人間にしか犯行は成し得なかった、ということになります。昨夜、部外者を部屋に招いていた住人はゼロ。マンション内にいた人間は、二十九人です」

「八百八十万の府民から探し出すのに比べたら、飛躍的な進展ですね。だが、まだちょっと多いな」

「ご安心を。もっと絞れます」火村の漏《も》らした独り言に、警部が応じた。「われわれは、拘束に使われたロープ状の道具に着目しました。遺体の衣服が海水に浸かったため、繊維などは検出できませんでしたし、太さの特定も難しい。しかし、縛られていたこと自体は間違いない。その点は検視官も太鼓判を押しました。ロープの代わりになりそうなものはこの部屋にはありませんでしたし、緑道の周囲にも見当たりませんでした。犯人が持ち去ったのだと思われます」

でしょうね、と火村が同意する。

「強盗目的ならロープくらいは持参していたでしょう。犯人の私物で、そこから身元が割れそうなので、回収したわけだ」

「それを押さえれば犯人確定か」

私のひと言に、警部が頷《うなず》く。

「われわれにはアドバンテージがありました。犯人は、遺体が海に流されて発見が遅れる、と高を括《くく》っていたはずです。そして今朝は、可燃ゴミの回収日でした。大して警戒せずに、証拠品を捨てているのでは……。そう考え、マンションのゴミ出し状況を調べました」

こちらへ、と、再び誘導を受ける。案内されたのは、正面玄関に隣接する管理人室だった。スチール製のテーブルに、女性刑事の高柳《たかやなぎ》と、中年の坊主頭の男が着いていた。私たちの自己紹介より早く、男は恐縮の面持ちで立ち上がった。

「〈アルファライン二色〉管理人の、山口《やまぐち》といいます。101号室に、妻と住んでます」

「山口さん、防犯カメラの映像、もう一度見せてもらいますよ」

「どうぞどうぞ、もう、お好きなだけ」

高柳がノートPCを開く。画面に映ったのは、蓋《ふた》つきのダストピットだった。その横には、上部が開いた大きなプラスチック製の箱が置かれている。端に見えているドアは、先ほど内側から見たマンションの裏口だろうか。

高柳が解説する。

「このマンションのゴミ集積所です。敷地内で、ここにだけは防犯カメラが設置されていました。三年前に近所のゴミ置き場で小火《ぼや》が続いたことがあり、貝塚署の指導の下で設置したのだとか。たいていのマンションと同じく裏口を出てすぐのスペースにあるんですが、システムが独特でして。かさばるものや分別が難しいものは、ゴミ袋に入れず、横に置いた箱にまとめておき、その後山口さんがお一人で分別されるそうです」

「〈おまかせBOX〉ゆう名前なんです」山口が照れ臭そうに言った。「や、分別絡みのトラブルが多いもんで、もう全部俺がやったるわ、貸してみい、ゆうて。ゴミで揉《も》めるの、一番嫌やないですか。大きなマンションちゃうから毎回ゴミも多ないし、私、分別とか好きな方なんで。五、六年前から、この仕組みでうまく回しとるんです」

私たちは映像を見つめていた。なるほど、現れる住人たちはゴミ袋をダストピットに捨て、そのついでに、幼児向け玩具やビニール傘を〈おまかせBOX〉に投げ入れていく。斜め上から見下ろすアングルなので、箱の内部も、住人たちの顔もよく見える。

話の流れから、警部が何を見せたいかは察しがついた。私は意気込んで質問する。

「おったんですか？　この箱にロープ状のものを捨てた住人が」

「おったんです。……三人」

期待を削ぐ、中途半端な数字だった。火村が静かに尋ねる。

「現物は？」

「事件発覚が十一時ですからね、確保は間に合いませんでした。すでに回収され、焼却場へ」

警部はすがるような半笑いを作った。

「火村先生……どれが犯行に使われた証拠品か、特定する方法はないもんでしょうか」

2

脳のクールダウンがてらに貝塚駅前まで散歩すると、私と火村は『風車』という喫茶店に入った。その店を選んだ理由は、レトロな看板が気に入ったから……ではなく、喫煙可と書かれていたからだ。

夕方の中途半端な時間で、お互いまだ空腹感はない。ブレンドを一杯ずつと、名物だというフルーツサンドを一皿頼み、二人で分けることにする。

キャメルの箱を取り出しながら、火村は口火を切った。

「仮に、〈証拠品R〉とするか」

「何や？」

「被害者を縛るのに使われた道具だ。ロープ（ROPE）状の何かだから、R。候補は今のところ三つ。これも呼称を分けた方が議論しやすいな」

「安心せえ、日本語は表現が多様や。順番に、縄、綱、ロープ、でどうや？」

「採用しよう」

初老の女性マスターが、二杯分のブレンドを挽《ひ》き始める。その豆の香りと、火をつけたキャメルの煙が漂う中、私たちは管理人室でのやりとりを回想した。

「まずはこの男です」

高柳が、防犯カメラの映像を早送りする。

タイムスタンプが午前六時台のうちは、ゴミ出しに来る住人もまばらで、無人の集積所を映すだけの単調な光景が続いた。午前七時を過ぎたところで、映像が等速に戻る。

裏口から一人の若者が現れて、ティッシュや生ゴミの詰まった半透明の袋をダストピットに投げた。それから、片手に持っていた目覚まし時計と、束ねた麻縄のようなものを〈おまかせBOX〉に放り込む。

ボーダー柄のロングTシャツにサンダル履き。瞼《まぶた》を眠そうに伏せて、頭にも寝癖が跳《は》ねている。ゴミ出しを終えると、彼はすぐに裏口に戻っていった。部屋で二度寝するのだろうと察せられた。

「永田《ながた》智樹《ともき》、二十四歳。106号室に一人で住んでいる銀行員です」

「映像と山口さんの証言から、捨てられた商品を特定しました。こちらです」

警部の説明に続いて、高柳が一枚の写真を机に置く。

百円均一ショップのシールが貼られたシュリンクフィルムに、永田が捨てたものと同じ縄が入っている。商品名は〈万能麻縄〉。長さは〈20m〉。太さは鉛筆と同程度だろうか。素《そ》朴《ぼく》な茶色をし、ところどころがけば立った、農作業に使われるような昔ながらの縄だった。

「一時間後に、二人目が」

　再び映像が早送りされる。

　午前八時過ぎ、フリース姿の中年男性が現れた。丸い黒縁眼鏡に、真ん中分けの髪が個性的だ。彼は、円形にまとめた綱のようなものを〈おまかせＢＯＸ〉に放り、そのままマンションの外へ出かけていく。他のゴミや荷物は持っておらず、左手はずっとポケットに突っ込まれていた。

「原健一《はらけんいち》、四十四歳。部屋は２０２号室。映像制作会社のスタッフです。奥さんと二人暮らしですが、奥さんは現在旅行中だそうで」

「捨てたのは、これと同じ商品でした。製造元は建設業向けの備品メーカー」

　二枚目の写真がデスクに出された。商品名は――〈安全用　水平親綱〉。

「水平、親綱？」

「高所作業時に体につける転落防止ロープ、いわゆる命綱だ。足場などを横移動する時につけるのは水平親綱、窓拭《まどふ》きなどの昇降作業でつけるのは垂直親綱と呼ばれる」

　火村に解説された。どこでそんな知識を仕入れるんだか。

　私は写真に顔を寄せる。長さは〈15ｍ〉、色はよく目立つ黄色。先ほどの麻縄よりも短いが、太さは親指ほどもあり、頼りがいを感じる。商品名にも引っ張られ、私の頭には〈綱〉という言葉が浮かんだ。

「最後の一人は、午前十時過ぎです」

さらに二時間分、映像が飛ばされた。

等速に戻った時、ダストピットの前には管理人の山口氏が立っていた。ゴミを出しに来た住人の一人に、何やら小言を飛ばしている模様。相手が持った半透明の袋からは、潰《つぶ》した紙パックが透けていた。「厚紙は可燃ゴミじゃなく、リサイクルゴミなんです」と、私の背後で本人が言った。噂《うわさ》に違わぬ分別奉行だ。

その住人が退散した後、映像の中の山口は〈おまかせＢＯＸ〉に向き直る。大きなポリ袋を片手に、一つ一つの品の分別を始める。

その時、裏口のドアが開き、新たな男が現れた。体格は小太り、中華風デザインのよれよれのトレーナーを着て、頭はパサついた長髪。口のまわりには濃い髭《ひげ》を蓄えている。お世辞にも清潔感のある風貌《ふうぼう》ではない。

「加藤亮太《かとうりょうた》、三十歳。部屋は３０５号室。近所の中華料理店に勤務しています。独身ですが、昨夜は２０７号室に住む品田《しなだ》優《ゆう》という男を自室に呼び、宅飲みをしていたそうです」

「アリバイあり、ですか」

「いえ。午前零時過ぎには、二人とも寝入ってしまったらしく……」

火村と警部が話す間も映像は続いている。加藤は、滑り込みセーフ、といった調子で、複数のものを山口に手渡した。袋に詰めた可燃ゴミに加え、ウィンドブレーカー、キャンピングチェア、そして、雑にまとめられた水色のロープ。それらを受け取りつつ、山口の口元が動いた。加藤はぺこぺこと頭を下げながら、逃げるようにマンション内へ戻っていく。

「ギリギリに出すんはよしてくださいね、と軽く叱《しか》りました」

管理人が、気恥ずかしそうに補足した。

「加藤が捨てた商品は、これです」

高柳が三枚目の写真を並べる。

有名なアウトドアメーカーの〈反射材入り　テントロープ〉だった。長さは〈10ｍ〉、太さは縄と綱の中間程度。水色の爽《さわ》やかな色合いで、強度としなやかさを両立させた近代製品の趣《おもむき》がある。その商品名のとおり、〈ロープ〉という外来語がふさわしいだろう。

「もう一つ、これをお伝えしておかんと。加藤亮太は前科持ちです。とゆうても、高校生の時に不良同士で派手な喧嘩《けんか》をした、というだけですが。傷害罪で起訴され、執行猶予《しっこうゆうよ》がついています」

警部の話を聞いても驚きは薄い。画面の中の加藤は、どことなくヤンチャな雰囲気をまとった男だった。

映像はまだ続いている。加藤以降、ゴミ出しに来る住人はいなかった。山口はやり慣れた手つきで、〈おまかせＢＯＸ〉に捨てられたものを仕分けていく。可燃ゴミとして出せるものはポリ袋に、出せないものはそのまま箱の中に。縄、綱、ロープの三本は、すべてがポリ袋に放り込まれた。

「今朝捨てられたロープ状のものは、三本。他にはありません。住人たちが出したゴミ袋の中身の方も、山口さんがひととおりチェックしています」

「変な趣味ちゃいますよ。管理人としての義務で、不審物が紛れとらんか一応目を通すんです。うちのマンションは一人暮らしの入居者が多くて、どのゴミ袋も小さいので、ロープみたいなかさばるもんが入っとったら記憶に残ったと思います。でも、今朝はありませんでした」

火村は、ゆっくりと腕を組んだ。

「この三本の中に、とは決めつけられませんよね」

「もちろんです。他の住人の部屋からもロープ状の物品を押収し、検査しています。マンション周辺の捜索《そうさく》も継続中です。ですが今のところ、血痕や衣服の繊維など、犯行につながる微物がついたロープ状のものは見つかっていません」

「……三人とも、私物を捨てたと証言しているんですか。知らぬ間に玄関前に置かれていて、不気味に思い捨てた、などではなく」

「全員、私物だと証言しました」

「この地区では、可燃ゴミの回収は何曜ですか」

「火曜と土曜の、週二回です」

最後の質問には警部ではなく山口が答えた。そうですか、と応じてから、火村はスチール机に片手をつき、ぶつぶつと呟《つぶや》く。

「今日は土曜。被害者は一人暮らし……。土日を挟むから、安見さんが不在なことには気づかれにくい。遺体がうまく海に流されて発見が遅れれば、死亡推定時刻も絞り切れなくなる……。とはいえ、火曜まで待つのはリスクが高い……。他の場所に捨てようにも、最近はコンビニや公園からもゴミ箱は減っている……。くそ。考えれば考えるほど、今朝ゴミとして出しちまうと一番都合がいいな」

「ほなやっぱり、この三人の中に……あっ」

私は小さく叫んだ。再生中の映像の端に、ゴミ収集用のパッカー車が現れたからだ。収集業者が帽子を持ち上げ、山口と挨拶を交わす。山口はまず、ポリ袋を――容疑者たちが捨てた縄、綱、ロープ、三本を含《ふく》む袋を、業者に手渡した。業者はそれを車の後部へ放り、袋はプレス板に押し潰されて、すぐに見えなくなった。その後も次々と、住人たちが出したゴミ袋が手渡され、プレスされていく。もしかするとあの中に、犯行に使われた手袋が隠れているかもしれない。犯人がかぶった目出し帽や、血を拭いたハンカチが紛れているかもしれない。

待ってくれ――という私の願いが伝わるはずもなく、収集車は去っていく。

貴重な証拠品たちは、こうしてこの世から消えた。

注文の品がテーブルに出揃《でそろ》う。私はコーヒーをひと口飲み、火村は半分ほど吸ったキャメルを灰皿に押しつけた。

「縄、綱、ロープ……どう思う、火村？　一番扱いやすそうなのはロープやけど」

麻縄は細いので、人を縛るにはやや頼りない。綱は逆に太すぎて、取り扱いに難儀しそうだ。その点、あのテント用ロープなら犯行に適しているように思われる。

「オッズはロープに偏《かたよ》りそうだが、特定に至るほどの材料はないな。他の側面から攻めよう」

「ほなまず、単独犯か、複数犯か」

「単独犯だ」火村には確信があるようだった。「現場から出た手袋の痕跡はウール製のものが一種類だけ。盗まれたレアカードは大金といっても百万ちょっとで、二人で分けるなら強盗の見返りとしては少額すぎる。マンション内の狭いコミュニティで共犯者二人が出会えるとも思えないし、何より、犯行が杜撰《ずさん》だ」

「合鍵を戻し忘れたこととか？」

「それもあるし、被害者の足を縛らなかったこともだ。犯人はそのせいで被害者に抵抗を許し、殺人に至っている。二人で知恵を出し合ったにしちゃ、お粗末すぎる」

「最初から殺人が目的やったとしたら、どうや？　強盗やらレアカードやらは、怨恨《えんこん》の線をごまかすための見せかけで」

散歩中に思いついたアイデアだった。が、首を横に振られてしまう。

「被害者は自室の置き物で殴られているんだぜ。あれも巧妙な偽装か？」

「……とは、思えんな」

殺人が真の目的だとしたら、もっと確実な凶器と殺害法を選ぶだろう。そこでしくじってしまっては元も子もないのだから。

「なら、内部犯と外部犯が逆っちゅうのは？　窓から入った犯人が、住人のしわざに見せかけようと合鍵を室内に入れた……」

「犯人がマンション住人だと断定された理由は、合鍵から手袋の繊維が出たからだ。たまたまうまく検出されて犯人が触れたことが判ったが、検出できなかった可能性だってあるし、被害者本人が持ち込んだと思われて精査されなかった可能性だってある。狙って仕掛けたにしては、不確定要素が多すぎる」

「判った判った、引き下がるわ。……そういえば、マンション住人が犯人っちゅうことは、遺棄の後は緑道からマンション内に戻ったはずやな。玄関と裏口に開閉記録がないのは、変ちゃうか」

「現場の掃き出し窓があるだろ。そこからマンション内に戻り、ドアから廊下へ出て、自室に帰ったんだ。ドアはオートロックだから勝手に施錠される」

「あ、そうか」

「作家だからって無理に事件を複雑にするなよ」

「閃《ひらめ》きの種を提供してみただけや」

私の弾は全弾撃ち落されてしまった。しかしそうなると、犯行の流れは警察の読み通りと見てよさそうだ。深夜の強盗。不測の殺人。そして死体遺棄。

「火村先生から、何かご意見は？」

「犯人が侵入した時点で被害者が起きていたかどうか、それが気になっている」

「……ああ。深夜一時やし、眠ってる間に縛られたんかもな」

合鍵で侵入する犯人。就寝中の安見和香を縛り、物色を始める。ところが、物音などを聞いて、安見和香が目を覚ましてしまう。衝撃と困惑。安見和香は逃走を試み、犯人が陶器を振り下ろす――そんな一連の光景を想像する。

しかし、昨日は金曜日。今どき、二十代の女性が一時に就寝するだろうか？……微妙なところだった。疲れが溜まっていたり、美容目的なら、早寝だってするかもしれない。夜更《よふ》かしばかりしている小説家だと、そのあたりの常識が判らない。

火村はやっとコーヒーに口をつけた。

「ひととおり検討したところで、証拠品Rに戻ろう。捨てる以外の方法で破棄するなら、どんな手口がある？」

「燃やすか、埋めるか……マンション暮らしじゃ、どっちも難しいやろうな。ミステリでよくある証拠隠滅法といえば、胃の中で消化することやけど」

「ロープをうどんみたいに啜《すす》れってか？」

「革靴《かわぐつ》やって煮込めば食えるって聞くで」

もちろん本気ではない。冗談ついでに、連想を続ける。

「縄、綱、ロープ、と類義語を並べるなら、思い出す短編があるな。都筑道夫《つづきみちお》の『ジャケット背広スーツ』。退職刑事っていう安楽椅子探偵ものの一編や」

「へえ。どういう話だ？」

ある殺人事件の容疑者が、無実を主張し、「その時間、おれは別の場所で奇妙な男を見かけた」とアリバイを語る。その男はスーツを着て、二枚のジャケットを腕に抱えていた。そして腕時計を見ながら、「まだなんとか間に合いそうだな」と口にした……。メインとなる殺人の謎に加え、スーツ男の正体という脇道の推理が魅力的な作品だ。創元推理文庫の『退職刑事』第一巻には、その〈ジャケット背広スーツ男〉が表紙にも描かれている。

ネタバレを回避しつつ内容を説明してやったが、途中でしらけてしまった。火村がスーツ男の真相を言い当ててきたからだ。「この件の参考にはならないな」と、辛口の判定まで頂戴した。まったく、退職もしとらんくせに。

「他に縄とゆうたら……乱歩の『D坂の殺人事件』があるな」

「それなら随分前に読んだ。というか、お前に借りたんじゃなかったっけ。まさか、安見和香があの話の被害者と同じ状況だったって言いたいのか？」

私は肩をすくめた。こちらも参考にはなりそうにない。事件についての議論とも呼べないぼやき合いは、ひとまずそこで打ち切られた。

四切れのフルーツサンドを二切れずつ分ける。生クリームは甘さ控《ひか》えめ、キウイや蜜柑の酸味が活かされていて、ぺろりと平らげることができた。一皿ずつ頼めばよかったかもしれない。とりとめもなく近況を報告し合うが、火村とは年末にも一度会ったので、話すことはそれほどない。

私は小さな悩みを明かすことにした。

「既存の小説のキャラクターを作者以外の誰かが著述することは、できると思うか？」

「できるさ」火村は即答した。「誰かが『ここにドン・キホーテが百人いる』と書けば、いることになる。『目の前で有栖川有栖《ありす》がほっぺたにクリームをつけている』と書けば、つけていることになる。小説ってのはそういうもんだろ」

頰を親指で拭ってみたが、そこには何もついていない。

「テクスト論的な解釈やなあ。そうやなくて、性格の機微とか、言動のディテールとか。そのキャラクターの同一性の話や」

「同一性なんてもの自体、曖昧《あいまい》だと思うがな。お前の小説にもシリーズキャラクターが何人かいるが、初登場時のそいつと今のそいつは、同じか？　一年前と今日では？　性格や言動は変わっていくもんさ、作者本人の中ですら」

火村は煙を吐きながら、「何だよ急に」と私の真意を問う。

「この間、推薦文を頼まれて、SFの新人賞受賞作を読んだんやけど」

「SF？　手広いな、先生は」

「各ジャンルの作家からコメントを集めようって狙いらしい。というのも、その長編自体が小説をテーマにした話でな。未来の地球を支配した超知的生命体が、人類の心の動きを知るために、各時代の文豪たちを再生して、創作を強いる、というストーリー。エキセントリックな経歴を持つ架空の作家が、次々登場するのが見どころや。恋愛小説家に、ファンタジー作家に、ホラー作家……ミステリ作家も一人登場する」

その男の設定が独特なのだった。

「彼は、〈パスティーシュの天才〉として描かれるんや。あらゆる先人の作風をものにし、ホームズやポアロを蘇《よみがえ》らせて名声を博した、という設定でな。そのSF小説の中では、ミステリ作家だけが、新しいものを創出したのではなく復刻させたことに功績が置かれる。

なるほど、と思うと同時に、ちょっと考えさせられた」

情報を集め、検討し、論理的に謎を解く――推理小説というジャンルが行っていることは、突き詰めれば、その解法のリフレインにすぎない。

もちろん、トリックや謎は時代ごとに考案され、物語の幅も広がってはいくが、骨子の部分は十九世紀から変わっていない。現に本格ミステリにおいては、本歌取りや先行作品のアレンジが、他ジャンルよりも盛んに行われている。

「探偵役、というキャラクターも然りやな。職業や性格で差別化してはいるが、謎解き自体は誰が説明しても同じような、無個性なものになることがほとんどや。そもそも、誰でも解ける謎じゃないと本格ミステリとして成立せん、というジレンマもある。とどのつまり、探偵役たちも〈模範解答〉を読者に伝えるための装置でしかないのかもしれん」

だからこそ、復刻と再現が可能になる。

だとすれば――推理小説におけるオリジナリティーとは、何だろうか。

推理作家たちの必死の創作は、すべて代用可能なのではないだろうか。

「自分の仕事はAIにもできるんじゃないか、と不安になったわけだ」

火村の苦笑を見ながら飲むコーヒーは、苦い。

「実作家にとっては切実やで。もちろん、尖ったものを書けば唯一無二の作品にはなるやろうけど。俺みたいにオーソドックスを好む作家は、どうモチベーションを維持したもんか……と最近思うんや」

「再現可能であることが、そんなにネガティブだとは思わないがな。アリスはよく言ってるじゃないか、本格ミステリは論理の力を描く物語、なんだろ？　論理ってのはつまり、科学だ。科学の本質とは、再現性だ。誰かが発見した法則や現象を、他の誰かが実験によって再現できるかどうか。再現できれば、それは不変の事実として認められる。できなければ疑似科学だ。ミステリだって、同じなんじゃないか」

火村は壁にかけられた絵を指さす。ボッティチェリの複製画だろうか、額縁の中で天使たちが舞っている。

「こう考えたらどうだ？　天のどこかにミステリの神がおわしまして、論理の力で民を救うため、現世に使徒を遣《つか》わしている。探偵たちは使命を帯びた宣教師ってわけだ。だから、時代や場所が違っても同じ教えを説き続ける。個じゃなく、集団なんだよ。長い時間をかけて、論理の扱い方を人類に根付かせようと日々布教に励《はげ》んでいるんだ。科学者とは異なる、一風変わったアプローチでな」

「……何だか、言いくるめられた気分やな」

「言いくるめたのさ。門外漢の俺に、的確なアドバイスなんて期待するなよ」

俺は無神論者だしな、と付け足して火村は笑う。私の口からも笑みがこぼれた。皮肉屋の友人らしい、歪《いびつ》な慰《なぐさ》め方だった。

論理の力、か。

話題を、准教授の専門分野に戻す。

「縄、綱、ロープ……選択肢は三つ。推理だけで、証拠品Rを当てることはできるか？」

「まだ、判らない。明日は問題の三人に話を聞いてみよう」
二、三日、お前んちに泊まってくよ。火村はそう言いながら、二本目のキャメルに火をつけた。

3

翌日、日曜日。再び〈アルファライン二色〉を訪れた私と火村は、三人の容疑者たちを一階から順に訪ねて回った。

一人目は、106号室に住む青年、永田智樹。在宅しており、リビングに通された。火村の肩書きを聞いた彼は、物珍しそうに眉《まゆ》を上げた。服装は、昨日の映像と同じボーダー柄のロングTシャツだった。

「大学教授なんて、卒業したら二度と会わずに済むと思っていたのになあ。こんなに早く再会するとは思いませんでした」

私は愛想笑いを返す。

「厳しい先生やったんですか？」

「卒論のOKがずっと出なくて、最後は泣き落としですよ。雀荘《じゃんそう》やパチスロに入り浸っていた俺も悪いんですけどね。銀行に入行したら遊ぶ暇もなくなってしまい、空虚な毎日を過ごしています。やましいものはないので、なんでも見ていってください」

口調は投げやりで、警察から受けた事情聴取による疲労が透けていた。

見回した限りだと、遊ぶ暇がない、というのはやや誇張した表現のようだ。カウンターにはSF映画のフィギュアが、本棚には漫画本と音楽雑誌が並び、床には買ったきり興味を失ってしまったかのように、アパレルショップや書店の紙袋が置かれている。多趣味な男の部屋だった。

火村が尋ねる。

「昨日捨てた麻縄は、何故購入されたんです？」

「なんでだったかな……そうそう、二ヵ月くらい前、友人の引っ越しの手伝いを頼まれて、便利かなと思って買っていったんです。友人の方でもしっかりした縄を用意していたので、結局使わずじまいで。部屋に置いておいても使う機会がないので、捨ててしまおうと。雑誌とかを縛るだけならビニール紐《ひも》で充分ですしね」

「108号室の安見さんとは親しかったですか？」

「階が同じですから、挨拶程度なら交わしました。俺は半年前に入居したばかりの新参者なので、ゴミ出しの仕方とか、色々教えてもらったり。でも、別に親しいってほどじゃ……。部屋に上げたことも、上げてもらったこともないです」

「齢の近い独身女性でしょ。気にはならなかったんですか」

私はあえてデリカシーのない話題を投じた。永田は気を悪くした様子もなく、首を横に振る。

「最初、それとなく尋ねてみたんですけどね。安見さん『恋人ができたばかり』だって言うから。人から奪おうとするほど恋愛に飢えちゃいませんよ。あ、何か飲まれます？」

おかまいなく、と火村が断り、質問を続ける。

「108号室で事件が起きた時、永田さんは就寝中だったそうですが。物音や悲鳴などはお聞きになりませんでしたか」

「空き部屋を一つ挟んでますし、残業帰りでぐっすり寝ちゃってましたからね。特に何も。……そう考えると、俺が起きていれば犯行が防げたのかな」

永田は寝室に続くスライドドアへ視線を流した。壁を数枚隔てた先にあるのは、事件現場の108号室だ。

追悼《ついとう》のような数秒間が流れてから、火村はおもむろに、リビングの角へ指を伸ばした。

「あの、赤い紙袋。〈TCG SHOP〉と書いてあります。TCGとは、トレーディングカードゲームの略ですよね」

「……それが、何か？」

「安見さんの部屋からは〈モンスターナイツ〉のレアカードが持ち去られています」

はっとする指摘だったが、永田にとっては想定済みだったようだ。若者は大げさに溜息をついた。

「普通の人の目には一緒に思えるかもしれないけど、ひと口にカードって言ってもいろいろあるんです。俺がやってるのは海外の〈ブレンド・オブ・ザ・マジック〉っていうカードゲーム。モンナイには興味ありません。それに、カードで投機とか金儲《もう》けするみたいなの、俺、許せないんです。遊ぶために作られたものなのに」

「ご教授いただき、ありがとうございました」

ゼミを退室する学生のように、火村は頭を下げた。

202号室の原健一は、愛想のよい人物だった。何もいらないという私たちの遠慮を押し切り、緑茶を淹《い》れ、和菓子を載せた皿を運んでくる。

「のし梅って、ちゃんと食べたことあります？　意外とないでしょ。僕、最近食べたらハマっちゃったんですよ。いろいろ食べ比べてみたけど、ここの店のが特においしい。山形からお取り寄せしました。ぜひご賞味ください」

急に訪問した二人組にも物怖じせず、黒縁眼鏡のレンズの向こうで、ニコニコと目を細めている。食器や家具は多くがヒノキ製で、木目を活かしたナチュラルテイストで統一されていた。こだわりの強い、マメな男であるようだ。あるいは彼の配偶者の趣味だろうか。

「原さんは、メディア関係のお仕事だと伺《うかが》いましたが」

「映像制作会社ってやつです。バラエティ番組とかの下請けですよ。よくあるでしょう、落とし穴とか、バンジージャンプとか。あれね、リハーサルでスタッフが安全を確かめてるんです。つまり、僕らが。芸人さんたちより、僕らの方が体張ってますよ。先週も突き指しちゃって、まだこの有様です」

原は左手を持ち上げる。そこで初めて気づいたが、小指と薬指が包帯で固定されていた。配膳を手伝えばよかったかもしれない。

火村が湯気の立つ緑茶を啜った。

「水平親綱を捨てた経緯を伺っても、よろしいですか」

「あれも仕事関連ですね。一ヵ月前に高見山地《たかみ》で撮影があって、カメラマンの命綱として使ったんです。撤収時に何故だか僕の荷物に紛れちゃって、持ち帰ってしまったんですよ。日用品として使うには太すぎるし、会社の倉庫に戻すのも面倒なので、捨てちゃおうと思ったんです」

タイミングを間違えたなあ、と原は頭を掻《か》く。

「もっと早く捨てておけばよかった。昨日捨てたおかげで、こうして疑われちゃってます」

「防犯カメラの映像を見て、少し気になったんですが。可燃ゴミの日だというのに、原さんは親綱以外のゴミを捨てませんでしたね」

「ここ数日はゴミがあまり出なかったので、火曜日にまとめて出せばいいか、と。妻が旅行中で、今、僕一人なんですよ」

「親綱を捨てた後は、どこかへ外出されたようですが」

「公園の方に散歩へ。休みの日の朝は大体行くんです」

「奥様は、今どちらに？」

「有馬《ありま》温泉です。大学の同期の女友達と。僕も誘われたんですけど断っちゃいました。共通の知人じゃないからちょっと気まずいし、温泉地って、ロケで飽きるくらい行かされるので。火村さんと有栖川さんのご関係は？」

「私とアリスも、大学の同期です」

「そうですか。でも、お互い仕事をしていたら旅行なんてそう行けませんよね。主婦は気楽ですよ、まったく」

私は曖昧に頷くに留めた。事件を追う関連で数えきれないほど二人旅をしていると聞いたら、原はどんな顔をするだろうか。

「妻の旅行もタイミングが悪かったなあ。犯行時刻にはこの部屋で深夜番組を見ていたって話しても、証明してくれる人がいない」

「安見和香さんと親交はありましたか？」

火村が尋ねる。原の答えは永田と同じく、「挨拶を交わす程度」だった。

「いい人でしたね、僕みたいなおじさんとも気さくに話してくれて。あ、そういえば二ヵ月くらい前に、一度だけ、うちでお茶したことが。退屈していた妻が、安見さんに声をかけたんですけどね。安見さんが子供の頃見ていた〈オーディオ・ストック〉っていうドラマに僕も関わっていたので、盛り上がりました。思い出はそれくらいです。信じられませんよ、こんな平和な街で殺人だなんて……あ、それね、こうやって、折り畳んでフォークで刺してください」

のし梅の食べ方をレクチャーされる。安見和香もこうして世話を焼かれ、一方的に話を聞かされながら和菓子を食べたのだろうか。

「〈オーディオ・ストック〉って、関テレで放送していた恋愛ドラマなんですけど。安見さんがいた呉《くれ》市でも映ってたなんて、意外だったな。当時としては実験的なくらいドライな内容でね。ヒロインが駄目男にばかり出会って、次々縁を切っていくという。あの子の気持ちが今なら判ります、なんて、安見さん笑ってたっけ。火村さんはこのドラマ、ご存じですか？」

「北海道の出身でして。こっちの番組はてんで」

「有栖川さんは？」

「私も恋愛ドラマはあまり……」

そうですか、と言って、原は緑茶を口に運んだ。安見和香の訪問時ほどは盛り上がらずに、202号室でのティータイムは終わった。

次は305号室だ。一フロアずつの移動なので、エレベーターを使うまでもない。階段へ向かった私たちは、一階から上がってきたある人物と鉢合わせした。

無造作に伸ばした長髪に、口まわりの濃い髭。ロープを捨てた三人目の容疑者、加藤亮太である。

その場で簡単な自己紹介をし、話を聞かせて欲しいと頼む。加藤は私たちを訝《いぶか》しげに見てから、携えていたコンビニの袋を持ち上げた。中身は二本の缶チューハイだった。

「今、品田が部屋に来てるんですけど。それでもよければ」

加藤の部屋、305号室のリビングは、アウトドア用品のちょっとした展覧会場だった。折り畳まれたテントの骨組みとBBQコンロがスペースを占め、壁にはスキー板とスノーボードが立てかけられている。窓際は釣竿とルアーケース、クーラーボックスといった釣り道具コーナーで、幅広の棚には、ピッケル、ナイフ、ザイル、自転車のヘルメット、トレッキングブーツなどが雑多に詰め込まれていた。屋外での使用を想定したそれらはどれも派手な色合いで、部屋全体が原色のモザイク画のようだった。

私と火村をソファーに通してから、加藤は気まずそうに耳を掻く。

「尋問室なら、品田の部屋の方が向いてたかもな……。物が多くてすみません。アウトドア好きの宿命ってやつです」

「加藤さんの整理が下手なんですよ。子供みたいに、次から次に買い込むんだから」

座椅子でスマホをいじっていた若者が、ぼそりと言った。207号室の住人、品田優である。ダークグレーのシャツを着て、眼鏡をかけた、痩《や》せた男だった。何故か初めて会った気がしない。記憶をたどり、すぐに思い至った。防犯カメラの映像内で、管理人の山口から小言を食らっていた人物だ。

「お前が几帳面すぎやねん、部屋に何もないやんか」と、加藤は品田の頭を小突《こづ》く。「それに、子供っぽいのはどっちや。こいつね、野菜全然食わないんですよ」

「いいんですよ。野菜ジュース、毎日飲んでるから……一パックで一日分摂《と》れるんです」

「そんなん、真に受ける奴がおるかい」

幼い兄弟のようなやりとりの間も、火村の視線はリビング内を観察していた。何を気にしているかは私にも判った。ザイルに、ロープ……加藤の部屋には証拠品Rの候補がいくつもある。当然ながらすべて警察が調べ、シロ判定が出されてはいるのだろうが。

「お二人は、以前から親交が？」

火村は加藤たちへ目を戻した。

「竹馬の友に見えましたか？　俺も品田も四年以上このマンションに住んでますけど、実を言うと、話すようになったのは三ヵ月前なんです。バイトを探していた品田が、俺の勤め先で働けないかって相談に来て、それをきっかけに。うちは人手が足りてるので結局雇わなかったんですけど、なんかウマが合っちゃって」

「僕は別に……。加藤さんが、一方的に絡んでくるだけじゃないですか」

「照れるな照れるな」

両者の年齢は五歳ほど離れているように見える。気さくでアクティブな先輩と、控えめで振り回されがちな後輩。よくいるコンビといえばそれまでだが、二人の会話にはどこか違和感があった。品田が明らかに気落ちしており、それをフォローするため、加藤が過度に陽気にふるまっているかのように見えるのだ。

「事件当夜も、お二人は一緒におられたそうですね。具体的には何時から何時までですか」

「二十二時くらいから、この部屋で宅飲みを。かなり酒が入ってしまって、零時ごろから二人とも記憶が曖昧に……。起きたのは朝の九時過ぎでした」

「お二人とも、このリビングで睡眠を？」

「別々です。品田はソファーで寝落ちして、俺は寝室の布団に潜《もぐ》り込んだので」

とすると、やはりアリバイは証明できない。品田が加藤に協力し偽証《ぎしよう》している、という可能性もないだろう。共犯ならば「別々に寝てしまった」などと言うはずがない。

「安見さんとの交友は？」

火村が切り込むと、加藤の表情から陽気さが消えた。

「俺は、全然ないけど……品田がね、安見さんと付き合ってたんですよ」

ぎこちない空気の正体が判った。

私は反射的に品田を見た。恋人を亡くした男は糸が切れたように沈黙し、俯《うつむ》いていた。暗く、内向的な雰囲気の青年。色恋には興味が薄そうに思えたため、意表を突かれる形となった。言われてみれば、安見和香もおとなしそうな女性に見えたし、品田が二十五歳前後だとすれば年齢も近い。

「付き合っていたといっても、元カレです。和香とは、二週間前に喧嘩別れしました。……もともと遊び半分みたいな関係だったし、そんなに深刻でも、ないんです」

口ではそうこぼしつつも、品田の肩は震えている。

「でも、ショックが大きくて、まだ何も手につきません。縛られて、殺されて、海に捨てられたなんて……いくらなんでも、ひどすぎます。彼女、実家の両親とうまくいかなくて、大阪に出てきて、一人で生きていこうとがんばっていたんです。それだけの、真面目な女性でした。あんな目に遭《あ》ういわれは何もないはずです」

加藤が品田の背中をさすった。彼を部屋に招いたのは、友人を励ますためだったのかもしれない。

「お悔やみ申し上げます」と言い添え、火村は話題を変える。「加藤さん。土曜日の朝に捨てたロープも、アウトドア用のものですか」

「……ええ。キャンプで、テントを張る時に使うんです」

「椅子やウィンドブレーカーも一緒に捨てたようですが」

「ご覧のとおり、荷物が多すぎるんで。少しずつ整理しようと思い」

「といっても、絶対あの日に捨てる必要はなかったわけでしょう。飲み明かして晩く起きた朝に、よく捨てようと思い立ちましたね。この中から捨てる道具を選ぶなんて、私ならもっと余裕のある日にしかできない。映像で見た限り、あなたは二日酔いもひどそうだった」

加藤のまなざしが強まり、初対面の准教授をにらみつけた。火村は抑揚のない声で謝った。

「すみません。少し気になったので」

「ゴミ出しに行く時、不要品が目に入って、ふと捨てる気になっただけですよ。誰にだってあることでしょ。……俺を、疑ってるんですか？」

「証拠品を見つけたいだけです」

「はっきり言ってくださいよ。俺が前科者だから臭うって、刑事たちに言われたんだろ」

加藤が容疑者になった理由は前科とは無関係だが、火村は反論しなかった。加藤はさらに熱くなり、唾《つば》を飛ばすほどの勢いでしゃべる。

「地元で女友達と遊んでいたら他校の奴に因縁《いんねん》をふっかけられて、守らなきゃいけないと思った。相手の体格がよかったので、手加減するわけにいかなかった。それで骨折させてしまった、それだけです。俺に落ち度はない。喧嘩をしなくて済むなら、最初からそうしていました」

「地元というのは？」

「広島の呉市です」

「道理で、関西弁のイントネーションにクセがあると思った」

冷静な分析に苛立《いらだ》ちを募らせたように、加藤は続ける。

「火村さんは犯罪学の先生なんですよね。教えてくださいよ、再犯率だなんだっていいますけど、全員そうなんですか。一度でも過ちを犯した奴は、みんな永遠に犯罪者ですか」

「人による、としか言いようがないですね」

「反省していると言ったって、誰も信じてくれないんだ」

「誰も信じてくれないとしたら、反省をやめるんですか」

加藤は舌打ちをし、視線の置き場に迷うように、コンビニの袋を覗き込んだ。

「……煙草、買い忘れた。ちょっと失礼します」

言い捨てて、リビングを出ていく。品田が「加藤さん」と呼びかけたが、返ってきたのはドアを乱暴に閉める音だけだった。

極彩色の部屋に沈黙が降りた。品田はスマホをシャツの胸ポケットにしまい、ぎこちなく頭を下げる。

「すみませんでした」

「いえ。ずけずけと尋ねた私が悪いんです。……無礼ついでに、品田さんにも少しお訊きしたいことが。安見さんとお付き合いされていたとおっしゃいましたね。〈モンスターナイツ〉のレアカードのことはご存じでしたか」

「知っていました」

「誰かにそれを話したことはありますか」

「……金曜の夜、加藤さんに、話しました」

消え入りそうな声で彼は証言した。

「トレーディングカードの隠し財産なんて、面白いと思って、つい……。加藤さん、すごく興味をそそられたふうで……」

「植木鉢の下の合鍵については？」

「それも、金曜の夜に、話の流れで……。別れちまったのか、じゃあもう彼女と会えないのか、なんてことを聞かれて、でも合鍵の場所を知ってるから、その気になれば入れるんです、って、冗談まじりで……。ひ、火村先生、加藤さん、やってないですよね？　そうだと言ってください。だって、あの人が犯人だったら、和香は、もしかして、僕のせいで……」

「もう一つ、お訊きしたい」火村は遮《さえぎ》るように続けた。「差し出がましい質問ですが。安見さんの部屋に泊まられたことがありますよね？」

「……まあ、付き合っていた頃は、ちょくちょく」

「安見さんは、眠る時に眼鏡を外す習慣でしたか？」

想定外の質問に、品田の顔が苦笑と困惑の間を移ろう。

「それは、そうですよ。僕も外しますし……たいてい、みんな外すでしょ？」

火村はその答えに満足したように礼を述べ、ソファーから腰を上げた。

マンションの外に出ながら、私は調査の所感をまとめる。

「三人とも、それぞれ怪しいとこがあるな。永田はレアカードに詳しそうや。原の心証はシロに近いけど、奥さんが旅行中っちゅうのが気になる。犯行の機会を待ってたのかもしれん。加藤には、強盗に踏み切るための情報が全部揃っとった。ロープを捨てた理由も苦しい……。それと、呉市。原が、安見さんも呉の出身みたいなこと言うてたよな？　加藤と同郷。何か因縁があると思うか？」

火村は唸《うな》り声を返し、思案するように空を見上げる。西の空には、今日もひと筋の航跡雲が走っていた。水色のキャンバスを横断する、白く、まっすぐな一本の線。

「証拠品Rみたいな雲やな」

「何だ、そりゃ」

「今にも手繰《たぐ》り寄せられそうやのに、手が届かん。意地悪な謎やなあ。紐なら、もっと摑《つか》みやすくしてくれんと……」

その時。

「火村先生！　有栖川さん！」

マンションの中から、アルマーニのスーツを着た男が走ってきた。船曳班の若手刑事、森下《もりした》だ。その背後には、中学生らしき少年がくっついている。

「目撃者が見つかりました。２０５号室の住人です。金曜の夜、二十五時ごろ、敷地内を歩く怪しい人物を見たそうです」

　森下に促《うなが》され、少年は遠慮がちに話し始める。

「いや、窓から外見た時、一瞬見えただけなんですけど。顔も真っ黒で、全然判らんかったし……。その人、何か大きなものを抱えて、敷地の外へ歩いて行ったんです」

「大きなものというと、具体的には？」

　火村が質《ただ》すと、少年は肩を縮めながら、「人間みたいな……」と続けた。

「その時は、まさか、布団か何かやんな、と思って、そのまま寝ちゃったんです。ちょうど布団を捨てる時みたいに、真ん中らへんが何かでぐるぐるに巻かれていたので。でも刑事さんから、安見さんは縛られてたらしいって聞いて、もしかしたら、って」

　間違いなく、安見和香の遺体だ。顔が黒かったのは、犯人が目出し帽をかぶっていたからかもしれない。

　鼓動の高鳴りを感じながら、私は尋ねる。

「どんなもので巻かれていたか、覚えているかい。色とか、太さとか」

「そこまでは……すみません。一瞬でしたし、暗かったので。他の部屋から漏れる明かりに照らされて、ちょっと見えただけなんです」

　惜しい。証拠品Ｒが特定できると思ったのだが。犯行時刻や、単独犯であることは裏付けられたものの、核心に迫るには今一つな目撃証言だった。

本当に意地悪な謎やな、と歯嚙《が》みしながら、私は少年が見た犯人の姿を思い描き、そこに三つの候補を当て嵌めていく。縄。綱。ロープ……。

待てよ。

ある閃きが去来し、絡まり合う混沌《こんとん》の中から、一本の道具がするりと抜け出た。私の手は、しっかりとその先端を摑んだ。

衝撃に浸ったまま、呟くように言う。

「火村。犯人が判った」

「そうか。俺もだ」

森下が「え」と声を出す。私は驚かなかった。いつだって、謎を解くのは火村の方が先なのだから。私にも解けるだけの情報が揃ったなら、彼も正解にたどり着けて当然だ。しかし、たまには私にも味わわせて欲しい。使命を帯びた名探偵たちのように、事件解決の栄誉を。論理を紡ぐカタルシスを。

「ええか。まず、原は犯人じゃない。左手を突き指しとったやろ。あの状態の手じゃ、太い綱を結ぶことはできん。つまり、原には安見さんを縛ることができん」

一人が消え、残りは二択。

「次に、目撃証言や。この子は窓からの明かりに照らされた状態で犯人を見たが、ロープの色までは視認できなかった。とすると、Ｒはロープじゃない。何故なら、加藤の捨てたロープは反射材入りやったから」

反射材入りロープは駐車場や工事現場など、様々な場所で使われている。夜間でも光源を強く反射し、暗闇の中で白く目立って浮かび上がる、そういう特性を持っている。だが、少年はそれを見なかった。

従って。

「残るは、縄。消去法で、犯人は永田智樹や」

確信とともに、私は宣言した。隣では、森下と少年が驚いたように口を開けている。

黙って聞いていた火村は、笑みを浮かべ、私の肩を叩《たた》いた。

「残念。ハズレだ」

4

住宅街から二色の浜公園の緑地に入り、近木川《こぎがわ》にかかる橋を渡れば、すぐそこが一キロほどの砂浜である。夏は親子連れで賑《にぎ》わう人気スポットだが、冬は人もまばらだ。潮風の冷たさに上着の襟《えり》を立てながら、私たちは海辺をぶらついた。普段部屋にこもってばかりいる身からすると、たとえ季節外れでも、海の空気は心地よかった。

火村のスマホから着信音が鳴る。彼が応答する間、私は浜辺に漂着した空き缶や海藻を眺《なが》めて過ごした。「何をキョロキョロしてるんだ」と、通話を終えた火村に呆《あき》れられた。

「手記入りの瓶《びん》が落ちてへんかなと」

「ロマンチックなご趣味だな」

ミステリ好きは海に来たらみんな探すんや、とは反論せずにおく。それよりも電話の内容が気になった。火村に確認すると、やはり船曳警部からの連絡だった。

「ビンゴだ。浴室の天井裏から盗品のカードが見つかった。手袋や日出し帽も一緒に隠されていたそうだ」

火村の助言を受けて、警察がマンション内のとある部屋を徹底捜索したのである。証拠が出た以上、その部屋の住人は逮捕を免れないだろう。事件は幕を閉じた。

だが、私にはまだ判らない。

「どうして、あの住人が犯人だと思ったんや？」

「まず、気になったことがあった。被害者の頭部に、傷が一ヵ所しかなかったことだ」

「そんなに変か？　思いきり殴れば、一撃でも……」

「そうじゃない。傷が一つだけだとすると、ある問題が生じるんだ。犯人が安見さんをどうやって縛ったのか、という問題が」

火村は自分の額をコツコツと叩いてみせる。

「額の傷は撲殺時につけられたものだ。従って、安見さんを一度殴り、意識が朦朧《もうろう》としている間に縛った、という可能性は消える。共犯者が安見さんを押さえつけた可能性もない。少年に目撃された人物は一人だけだったからな」

「犯行は深夜やし、寝ている間に縛ったんじゃ？」

「それもない。リビングにフレームの歪んだ眼鏡が落ちていただろ。撲殺される時点で、安見さんは眼鏡をかけていたことになる。就寝中の人間は眼鏡をかけない」

あ、と今さら気づく。若者の生活リズムについて考察する必要すらなく、真相は明らかだったのだ。火村が眼鏡について尋ねたのも、この確認のためか。

「殴ったわけでも、誰かに手伝わせたわけでも、寝込みを襲ったわけでもない。……とすると、こう考えるしかなくなる。犯人は合鍵で部屋に侵入し、まだ起きていた安見さんと鉢合わせした。その直後、ごく短時間で、抵抗の意志をかき消すほど彼女を怯《おび》えさせ、縛り上げた。……いくら女性相手でも、素手でそんなことができるだろうか？　俺は、犯人は刃物を持っていたはずだと考えた」

「刃物……。せやけど、彼女は撲殺されてるで」

「それは犯人がレアカードを物色中だったからだ。ナイフを握ったまま部屋を漁ることはできないだろ。ベルトにでも差していたか、そのへんに置いていたか。逃げようとした彼女を止めるには、近くにあった置き物を摑む方が簡単だったわけだ。それに、安見さんは口をふさがれていた形跡がない。いつでも悲鳴を上げられたはずなのに、誰も聞いていない。犯人が凶器を携えていたからさ」

私は首肯した。そもそも、押し込み強盗なら刃物くらい持っているのが普通だ。小説家ほど想像力豊かでなくても、強盗を思い描けと言われれば、誰もが包丁やナイフを持たせるだろう。

「刃物で脅《おど》して、安見さんを縛ったと……。まだ話が見えんな。その推理が、縄、綱、ロープと関係あるんか？」

「あるさ。少年は、何かで巻かれた状態の遺体を目撃している。マンションから緑道に運ばれる時点で安見さんは絶命していたはずだが、体はまだ縛られたままだった、ということになる。犯人は緑道から安見さんを遺棄する直前、証拠品Rの存在を思い出し、外して持ち去った。そういう流れだ」

「せやろな」

「なら訊くが……なあ、アリス。犯人は証拠品Rを、どうやって外したんだ？」

どうって――と口を開きかけた時、いくつかの事実に気づいて、私は絶句した。

生じた空隙《くうげき》を、波の音と、火村の声が埋める。

「緑道は暗かった。遺棄の失敗に犯人自身も気づけないほどにな。その暗闇の中で、しかもウールの手袋をつけた状態で、固く縛った結び目をほどけるか？　無理さ。証拠品Rそのものが蛍光を帯びていたなら別だが、お前の推理でも言及されたように、少年はその反射を視認していない。そして犯人は、刃物を持っていた。だったら、外す方法は一つだ。切るんだよ」

重なっているロープに刃を当て、二、三度前後に動かして、切断する。それだけならば、手探りでも可能だ。

ひょっとすると被害者の服に刃先が触れ、多少の傷がついたかもしれない。だがそれも、すぐに判別不能となってしまった。被害者の服が、遺棄された際に消波ブロックと擦れたからだ。

「切断したなら、証拠品Rは縄、綱、ロープのどれでもあり得ない。住人たちが捨てた道具は、どれも一本につながったままだったんだから」

肩から力が抜けてしまった。三つの候補について考え続けた二十四時間を返して欲しくなるほど、あまりにも明白な論理だった。

しかし、まだ判らないことがある。

「その論理に従っても、捜査が振り出しに戻るだけやないか。なんで真犯人に——品田優に目をつけたんや？」

「犯人の立場になって考えてみた。複数個に分割された細長い証拠品。これをどう処理するか？　何度かに分けて、可燃ゴミとして捨てるのがいいだろう。個々のパーツは小さいから、ゴミ袋の中に紛れ込ませれば、目敏《めざと》い管理人にも気づかれない」

「バラバラ死体を処理するようにか」

「物騒な喩《たと》えだが、まさにそうだ。俺の興味は他の住人のゴミ袋へと移った。すると妙なことに気づいた。土曜日の朝、ゴミを出しに来た品田が、管理人に文句を言われていた」

私もその映像は覚えている。加藤がテント用ロープを捨てる直前。管理人の山口が、品田のゴミ袋を指さしていた。

あの時、半透明の袋から透けていたのは——

「つぶした紙パックだった」と、火村は続けた。「管理人曰く、『厚紙は可燃ゴミじゃなくリサイクルゴミ』だと注意したとのこと。だが、変じゃないか。品田は四年以上ここに住んでいるし、紙パックの野菜ジュースを毎日飲む習慣がある。加藤は『几帳面』とも評していた。それなら、紙パックの正しい捨て方なんて心得ているはずだ。なのにあの日は、ルーティーンを崩した」

波打ち際で立ち止まり、火村は推理を締め括る。

「品田は証拠品Rの一部をゴミ袋に紛れ込ませたが、その日捨てるゴミが思いの外少なく、外から見えてしまう恐れが生じたんじゃないか。袋を満杯にするために、普段は捨てない紙パックまで詰める必要があったんじゃないか……。そう考えたんだよ」

そして実際に、品田の部屋から証拠が見つかった。

「証拠品Rも発見されたんか？」

「ああ。市販の多用途ロープだった。三つにちぎれていて、つなげてみると二メートル足りない状態だったそうだ。その二メートル分は土曜の朝に捨てたんだろう」

合鍵の場所もレアカードのことも、品田なら知っていた。加藤にアリバイがないように、品田にもアリバイはない。加藤が寝室の布団に引っ込んだ後、自室に戻って準備を整え、さらに108号室に向かうことは可能だった。脅しに使う刃物も、ひょっとしたら加藤の部屋にあったアウトドアナイフを拝借したのかもしれない。

品田は安見和香の生活リズムを把握しており、一時にはもう寝ていると思ったのだろう。

ところが、あの夜の彼女は少しだけ夜更かしをしていた……。

「偶発的とはいえ、元カノを殺して海に放るとはなあ……」

「刑務所から出てきた品田に『反省した』と言われても、俺は信じたくないね」

「動機は何や？」

「自分を振った安見さんへの復讐《ふくしゅう》もあったかもしれないが、俺は単純に金銭だと思う。安見さんが品田と付き合い始めたのが半年前。その品田は三ヵ月前に新しいバイトを探していて、失業したことが窺《うかが》える。駄目男に振り回されるドラマのヒロインに対して、安見さんが『気持ちが判る』と言っていたのが二ヵ月前。そして品田と喧嘩別れしたのが、二週間前だ。つなげれば、ここ数ヵ月間、品田が安見さんの経済力に頼り切っていた状況が見えてこないか」

「……確かに。よう気づいたな」

「胸を張りたいところだが、そうでもない」火村はにやりと笑った。「縄、綱、ロープ以外の四本目が存在すると気づけたのも、動機に思い至れたのも、実はアリスのおかげなんだ。マンションの前でお前が発した一言が、トリガーになったのさ。……ワトソン役も、使命を帯びるものなのかもな」

記憶を探ってみるが、心当たりがない。両手を軽く上げ、降参のジェスチャーを取る。

火村は飛行機雲を眺めながら、答えを明かした。

「縄、綱、ロープ。どれも細長く綯《な》った道具を指す単語だが、日本語の表現は多様だ。もっと汎用性の高い、すべての語義を一括りにできるような、四つ目の単語が存在する」

ようやく、気づいた。

意地悪な謎やなあ、とぼやいた時、私が発した一言。

長く綯った道具を指すと同時に、パートナーの経済力に頼りきる自堕落な人物を指す単語。

つまり――

「ヒモだよ」

クローズド・クローズ

一穂ミチ

一穂ミチ（いちほ・みち）

大阪府生まれ。二〇〇七年に『雪よ林檎の香のごとく』でデビュー。二一年『スモールワールズ』で吉川英治文学新人賞、二四年『光のとこにいてね』で島清恋愛文学賞、『ツミデミック』で直木賞を受賞。また二一年には咲くやこの花賞（文芸その他部門）も受賞している。他の著書に「イエスかノーか半分か」シリーズ、『パラソルでパラシュート』、『砂嵐に星屑』、『うたかたモザイク』など。

約一カ月ぶりに各種の〆切から解放され、近所の飲み屋で娑婆《しゃば》の空気と酒と肴《さかな》を堪能した。引きこもっている間に残暑も去ったことを期待したのに、十月の夜はまだ蒸し暑かった。それでも大手を振って外出できるだけで嬉しい。ほろ酔い加減のままコンビニに立ち寄ると、隣人に遭遇した。

「あ、こんばんは、有栖川《ありすがわ》さん」

「こんばんは、お疲れさまです」

ミモレ丈のワンピースに薄手のジャケットを羽織った真野早織《まのさおり》の買い物かごから目を逸《そ》らしつつ挨拶《あいさつ》する。独身女性の暮らし向きを覗《のぞ》き見てしまうのは気が引ける。そもそも、仕事帰りと思しき彼女に対し、こちらは部屋着と大差ない服装で一杯機嫌という時点で少々ばつが悪い。いやいや、つい数時間前まで朝も昼も夜もなく机に向かっとったんやから、誰に何を憚《はばか》る必要もない――と頭でわかっていても、自由業の後ろめたさみたいなものが時々顔を出す。社会人を経ず作家になっていたらこんなふうには思わないのかもしれない。でも、勤め人には勤め人の厳しさと気楽さが、フリーランスにはフリーランスのそれらがある、と身をもって知ることができたのは、よかったと思う。

「この、新発売のクッキーおいしいんですよ。コーヒーにも紅茶にもよく合って」

有栖《ありす》の気後れなど知る由もない早織がにこやかに話しかけてくる。あすの朝食用に食パンと卵だけ買うつもりだったが、お勧めされると気になってきた。

「へえ、お試しで買うてみよかな」

「ぜひぜひ。生徒に教えてもらって、今ちょっとハマってるんです」

「きょうはこんな時間までお仕事やったんですか？　大変ですね」

定期試験であれこれ忙しいのかと思いきや、早織の返答は「文化祭が近くて」だった。

「産休に入られた先生のピンチヒッターで、演劇部の顧問をしてるんです。そろそろ舞台練習も佳境《かきょう》なので」

学校行事にとりわけきらきらした思い出などはない身の上でも、文化祭という単語だけで軽く胸が弾《はず》んだ。

「へえ、演目は？　ひょっとして英語劇とか？」

「それなら私は張り切るところですけど、文化祭は保護者の方やお子さんもみえるので」

「ああ、そうですよね」

「ちょっと渋くて『遠野物語』なんです。現代風のアレンジも加えて」

「へえ、それは面白そうな」

と、決して嘘ではないのだが、あくまで軽い世間話のつもりで言った。すると早織は急に真顔になり「そう思ってくださいますか？」と念押ししてきた。

「え、ええ、はい。『遠野物語』は学生時代に読んだきりで詳しいわけじゃないですけど……」

何や、何かまずいこと言うたか？　たじろぎつつ答える。

「有栖川さん」

「はい」

「折り入ってご相談したいことがあるんですけど、この後ちょっとだけお時間いただけませんか？」

午後十時を過ぎているのに、穏やかでない。半年近く前、早織に頼まれてちょっとした事件に関わった記憶がよみがえる。〝解決〟はしたものの、苦い後味が残った。謎は解けても生きている人間の後悔は溶けない。あんな思いを繰り返すのはきつい、が、内容も聞かないうちにお断りもできない。「私でお力になれることなら」と応じるほかなかった。

有栖の部屋はこのところの追い込みで掃除が行き届いていないし、夜遅くに早織の部屋に上がり込むのも憚られたので、マンションのエントランスロビーで話を聞くことにした。ひとり掛けのソファが向かい合う小ぶりな応接スペースに座り、コンビニのレジ袋は膝《ひざ》の上に置く。同じようにトートバッグとエコバッグを膝の上で抱えた早織はなぜかくすっと笑った。

「どうされました？」

「ごめんなさい。さっきコンビニにいる時、いろいろ悩んでいて……有栖川さんにご意見伺《うかが》えたらなあって思ってたところだったんです。そうしたらタイミングよくいらっしゃったから」

「無意識に呼ばれてたんかもしれませんね」

軽口を叩《たた》いてから、いや気持ち悪いかこの発言は、と後悔したが、早織が嬉しそうに頷《うなず》いてくれたのでセーフということにする。

「もし冷蔵とか冷凍のものを買われてたら、お引き留めするのは申し訳ないから諦めようって思ってたんですけど、パンと卵とクッキーだったので、内心でガッツポーズでした」

悪い気はしない、どころか大いにいい気分になったものの、あまり頼りにされすぎるのも不安だ。意識的に表情を引き締めた。

「ご相談というのは……」

「はい、先ほどお話しした、私が顧問をしている演劇部でのトラブルというか、なんですけど……」

早織はいったん言葉を切ってから、周りに誰もいないのにそろりと切り出した。

「先週、制服が盗まれたんです」

「え、生徒さんのですか？」

言わずもがなの質問をしてしまう。

「そうなんです。盗まれたのは三年生の部員で、制服はまだ見つかっていません」

「校内で盗まれた、と？」

「はい。部活中はみんなジャージに着替えるんです。走り込みや柔軟をしますし、大道具や小道具の制作もありますから。でも更衣室は運動部優先なので、ミーティングや読み合わせに使っている普通の教室で着替えも済ませてました。練習が終わってから、再度制服に着替えようとした時にはすでになかったそうです」

「施錠《せじょう》は？」

「してませんでした。貴重品は各自管理ということになっていて、私に預けたり、練習場所まで持って行ったり。不用心だと思われるでしょうけど、これまで盗難などのトラブルはなかったんです。今はいちいち鍵をかけるようにしています。部員たちは面倒だって不満がってますけど」

「すごく基本的なことを伺いますが、警察には？　立派な、というのもあれですが、窃盗事件じゃないですか」

早織は心苦しそうにかぶりを振った。

「公にはしたくない、というのが学校側の意向です。もし表沙汰《おもてざた》になればイメージが下がり、これから推薦入試を控《ひか》えている三年生に悪影響が出ないとも言い切れませんし、もし犯人が在校生だった場合も難しい対応が迫られます。演劇部の部員たちには固く口止めをして、全部活と移動授業の際には施錠を徹底するように、というお達しが出ました」

「うーん、そういう事情はある程度理解はできますけど、何とも……」

「私も同じ思いです」

早織が両手でふたつのバッグをぎゅっと抱え込む。

「『当校のブランドイメージ』っていう言葉が教頭の口から出た時、何とも言えず情けない気持ちになりました。ただ、騒ぎになったら演劇部は活動停止にせざるを得ないと言われて……三年生は文化祭の公演で引退です。生徒たちから最後の舞台を奪うことはできませんし、被害者の部員からもおおごとにしないでほしいと懇願《こんがん》されてしまいました。彼女が脚本を書いたので、思い入れが深いのは当然です」

「なるほど……その、被害者の生徒さん」

「田鶴原《たづはら》です。田鶴原慈保《しげほ》」

「田鶴原さんの親御さんは、それでええんですかね。私がせこいだけかもしれませんけど、学校の制服って結構値が張るでしょう。三年生の秋に盗まれて、残り半年のために新しく買わなあかんとなったら黙ってはおられへんような」

「あ、それは大丈夫です。『制服バンク』ってシステムがありまして、卒業する時に制服を寄付してもらって、新入生で希望する子にお下がりを無償提供するんです」

「ああ、ランドセルとかで聞いたことがあります。SDGsの観点からもいい取り組みですね」

「ええ。あくまで私の数年間の体感ですが、希望者は増加傾向です。学費は減免されても、やはり私立ですから、制服はもちろん、課外授業なんかの費用も嵩《かさ》みます。なので、制服はなるべく三年間大事に着て寄付してほしいんですけど、こっそり刺繡《ししゅう》入れたりワッペンつけたり、果てはネットで転売したりする子もいて……あ、すみません、脱線してしまいました」

「刺繡って『参上』とか『夜露死苦』的な……？」

本気でわからなくて尋ねたのだが、早織は顔を伏せて肩をふるわせた。

「それはさすがに……自分のイニシャルとか彼氏のイニシャルとか、あと『推し』の名前とかをごく小さく」

「あ、そうですよね、すいません」

ブランドイメージなど気にする私立女子高に、そんなヤンキーが在学しているはずがなかった。

「いえ、私が余計なことを言ったせいで……田鶴原さんには制服バンクから新たに制服を提供しています。彼女の場合、盗まれたものもお下がりだったので特に抵抗はないようです」

と、そこまで聞いても、有栖は早織の「ご相談」の内容を測りかねていた。まさかこれだけの情報で犯人を見つけてくれというわけではないだろう。そんなん、火村《ひむら》でも無理やろ――いや、それとも案外いけるんか？　いや、いくら何でも。

「有栖川さん」

早織が改まった口調で呼びかける。

「はい」

「部員たちと話していただくことはできませんか？」

「え、盗難事件を解決してくれって話と違いますよね？　それは無理ですよ」

さすがに、即お断りせざるを得ない案件だった。

「学校のほうでも表沙汰にはしたくないんですよね？　無用に首を突っ込んだら真野さんのお立場が悪くなるかもしれない。そもそも、部外者が首を突っ込む隙間《すきま》もないでしょう。女子高生と独身中年男なんて、いまもっとも不適切な取り合わせですよ」

「来週末が文化祭なんです。招待券があれば入れますから、私の割り当てぶんをお渡しします。有栖川さんは英都《えいと》大のご出身ですよね？　うちの部員の中にも英都大志望がいますから、キャンパスライフについてお聞きする、みたいな口実で対話の機会を設けることは可能だと思うんです」

「十年以上前に卒業してますし、さすがにブランクが……しかも、箝口令《かんこうれい》が敷かれている盗難についてはっきり聞くわけにもいかないでしょう。とてもお役に立てるとは思えません」

「私はやはり代打の顧問ですから、演劇についてのアドバイスもできませんし、部員たちと信頼関係が築けている自信はありません」

「真野さんは、その……部員の中に、制服を盗った人間がいると思ってはるんですか？」

「それは正直、何とも……だからこそ、有栖川さんの視点から、私には見えないものが見える気がしていて」

「でも、以前にも広沢《ひろさわ》さんの件でアドバイスをいただきました」

「あれは――今さら言っても仕方のない話ですが、余計なことをしてしまった、という気持ちがなきにしもあらずです。私が何をしようがしまいが捜査の結果は変わらなかったとしても。謎というのは本当に意地悪なもので、暴いてみてから『しまった』と思っても取り返しがつかない」

「そうですね。うやむやにしておいたままのほうがいいこともあるでしょうし、私にも何が正解かはわかりません」

早織は深く頷き「でも」と言った。「そういうことをずっと心に留め置いてくださる有栖川さんだから、私は、お願いしたかったんです」

有栖は腕組みして天井を仰いだ。そうして十秒ほど静止したのち視線を戻し、腕を解いて尋ねた。

「友人が一緒でもいいですか？」

『……で、俺も女子高潜入に同行しろって？』

「正規ルートでの公式訪問や」

『おっさんがふたりになったところで怪しさが増すだけだろうに――あ、こら、やめろ、服に穴が開く』

　こいつ、猫あやしながら話半分（以下）に聞いとんな。

「准教授がおったほうが進路アドバイスの真実味があるやろ。大学で若いお嬢さんと接するのにも慣れてるやろし」

『「若い」でひとくくりにするなよ。あの年代は二、三歳違えば別の生き物同然だぞ』

「ほら、そういう含蓄《がんちく》のあるお言葉がさらっと出てくるあたり」

　今度は実に堂々としたあくびが返ってきた。おい。

『それで結局、お隣さんのリクエストは何なんだ？　聞いた感じだと、盗人《ぬすっと》が判明したところで、内部犯行だった場合警察に突き出すわけにもいかないんだろ？』

「誰がやったんかわかるに越したことはないやろ。真野さんと被害者と、産休に入った顧問の先生の胸に収めて対応するって言うてはったわ。教師としてはＷＨＯよりＷＨＹのほうが気にかかってるみたいや」

『ふうん。まあつき合ってやってもいいけどな。岩手出張の土産《みやげ》を渡したかったし』

「え、岩手行っとったん？」

『ああ。ちょっとした講演会に呼ばれて。ついでに「遠野物語」と呪術の特別展なんかも見てきた』

　それは有栖もたいそう行きたくて、しかしスケジュールと脳内片桐《かたぎり》が許してくれず涙を飲んで諦めた催《もよお》しだったのでつい心の底からの「くそう……」がこぼれた。

『いや、民俗学の門外漢にも興味深かったよ。ついでに遠野のジンギスカンもうまかったな』

「めっちゃ煽《あお》ってくるやん……」

『くだんの演劇部は「遠野物語」をやるんだろ？　それはちょっと見てみたい』

フィールドワークの材料にするには微妙な依頼を引き受けてくれたのはありがたいので、嫉妬《しっと》心に蓋《ふた》をして待ち合わせの時間と場所を決めた。

「演劇部の公演が二時からで、そのあとちょっと時間取ってくれるんやて。一時くらいに適当な喫茶店に集合するか」

『了解』

電話を切る前、猫の鳴き声と『おやつはばあちゃんにもらっただろ？　お見通しだからな』という声が聞こえた。

火村の岩手土産は、江戸時代に盛岡藩で起きた犯罪を紹介した企画展の図録だった。講演というのもそこに呼ばれたらしい。

「先生のネタになるかと思ってな」

「ネタにならんでもめちゃめちゃ面白そうや」

民俗学より「居眠り門番」や「主人の寝首を掻《か》く」といった見出しに興奮してしまうのは致し方ない。付録として盛岡城下図まで挟み込まれている行き届きっぷりで、地図を広げつつ酒を飲み飲み本文を読むだけでひと晩楽しめそうだ。つい真剣に目を通し始めると火村に「今じゃないだろ」とたしなめられた。

「すまん」

「盗難の詳細を教えてくれ」

いったん図録は脇に置き、早織から聞き取った概要のメモを読み上げる。

「事件が起こったんは先々週の金曜日。天気は雨。演劇部はミーティングの後、午後三時四十五分ごろから体育館で舞台練習と大道具・小道具作り。まず舞台練習をしてから合唱部と交代し、舞台下で全員でペンキ塗りやら裁縫《さいほう》やらしとったらしい。部員三十五名、欠席者は風邪で学校を休んだ二年生の一名のみ。五時ごろ、十五分間の休憩。この時、三年生の田鶴原慈保が『ごみ出しついでにコンビニに行ってくる』とひとりで体育館を離れた。本人によると、財布をスクールバッグに入れたままだったため、更衣室代わりにしている三階の教室に戻った、その時点では制服はあったと。ただ、ほかの生徒に聞き込みとかしたわけやないから、この行動がほんまかどうかはわからん。そして校舎裏のごみ置き場にごみを捨て、裏門から外に出て徒歩三分のコンビニに行き、紙パックのカフェオレを買って戻ってきた」

「校内に購買や自販機はないのか？」と火村が尋ねる。「その日は確か、結構な大雨だっただろ。俺も雨脚が弱まるまで大学で時間をつぶした記憶がある。わざわざ外出するか？」

「そのへんは聞いてへんけど、どうやろ。ごみ出しという用事もあるわけやし、お気に入りのカフェオレがそこのコンビニにしかない、とかそんなんかもしれんな。なんや、もう田鶴原さんを疑ってかかってんのか？」

「お前が彼女の行動に疑問符をつけたからだよ——で、続きは」

「田鶴原さんは今度は教室を経由せず、休憩時間内ぎりぎりで体育館に戻った。ほかの部員に『遅かったね』と言われて『新発売のお菓子をチェックしてたらつい』と答えた。田鶴原さん以外にも、ちょこちょことトイレやらで体育館を離れた部員はいるものの、具体的な人数や時間などは不明。六時に部活動が終了、全員で片づけをして体育館を出た。その時、同じく三年生の村山明音《むらやまあかね》が、田鶴原さんに『貸してた鏡返して』と言う。ふたりはクラスメイトで、昼休みに田鶴原さんが折りたたみのミラーを借り、制服のスカートのポケットに入れたままやったそうや。そして教室に戻った際、田鶴原さんの制服がなくなっていることが判明した。体育館の施錠をしていた真野さんを一年生の部員が呼びに行き、真野さんは急いで教室に向かい、全員のスクールバッグや教室内を調べるも見つからず。また疑問符がつくけど、バッグの中を開けさせてチェックしたわけではなく、『紛れ込んでないか確認して』という声掛けにとどめたそうや。スクールバッグは、学生鞄《かばん》と併用して使う肩掛けタイプ。マチが広くて、体操着やら厚めの辞書やら入れてるらしいから、まあ、押し込んで隠せんこともないやろ。ちなみに制服はオーソドックスな紺色のセーラー服。リボンは全学年共通で白。お下がりを寄付する制度もあって、学年ごとに色を変えたりはしてへん。ネットオークションでの取引価格はおおよそ八万円前後」

「そんなことまで調べてんのかよ」

「真野さん情報やぞ。転売目的という線もあるからな。ただ、直近での出品は確認できへんかったらしい。アングラなサイトとか鍵付きのSNSで取引されてたら話は別やけど」

「その手の店に直接持ち込むって手もあるしな」

「当日、真野さんは学年主任にも相談したけど、時間も時間やし、予備校に行かなあかん部員もおるということで、全員に口止めしてその場で解散した。土曜日に改めて教職員で学校内を捜索するも成果なし、職員会議で通報しない旨の方針を決定……事実上は上意下達というところやろうけど。ちなみに、鏡に関しては月曜の朝、敷地内の花壇に捨てられているのを用務員が発見。土日は休みのため、いつ捨てられていたかははっきりせず。せやから、鏡だけは戻ってきたわけや」

「その鏡が村山明音のものだっていうのは、間違いないのか？」

「去年のクリスマスに、彼氏からもらったコフレに入っとった限定品なんやて。あ、コフレっていうんは化粧品のセットのことな」

「得意げに言うな、それくらい知ってるよ」

「まあそんなわけで、今は入手不可能な上に、裏側に彼氏と撮ったプリントシール貼ったそうやから確かやろ」

「なるほど」

「で、どうや？」

「何が」

「この話から真相にたどり着いたり……」

「するわけねえだろ」

「やんなあ」

「何でちょっと嬉しそうなんだよ」

「気のせいや」

「まだいくつか訊きたい。まず、外部からの侵入は可能か？」

「正門にも裏門にも警備員が常駐してるらしい。広い敷地やから、どっかの塀をよじ登って入り込むんも不可能ではなさそうやけど、そこから校舎内をうろつくとなると厳しいやろな。特にあの日は雨やったから、運動部も廊下や階段を使ってダッシュしとったり、いつもより人口密度は高かったらしい」

「まあ、制服目当てに文字どおりの門外漢が忍び込むっていうのは無理があるよな。となるとやはり教職員も含《ふく》めた内部の犯行ってことになるが……お前に頼んでくる以上、真野さんの中で何らかの心当たりがあるんじゃないのか？」

「せやねん。演劇部の人間関係がちょっとよろしくなかったみたいで、彼女はそれを心配してるんや」

ああ、と火村はため息まじりに頷いた。「心労お察しするよ。もっと小規模のゼミでさえたまに小競り合いが勃発《ぼっぱつ》する」

「へえ、どないして平定するんや」

「基本は静観一択だよ。介入を求められれば話くらいは聞くが。真野さんもそうだったんじゃないのか」

「うん。彼女は代理顧問やし、後方支援に徹して部員たちと個人的に話す機会はほとんどなかったらしい。でも、そういう消極的な姿勢も今回の件と関係してるんやないかと気にしてはったわ」

「真面目だな。真野先生の見立ては？」

「制服を盗られた田鶴原慈保は、同学年の部員と反目し合っとったらしい。その子の名前は小宮理央《こみやりお》。田鶴原さんは物静かな性格で、舞台に上がるより脚本や演出がメインやけど、小宮さんは人目を惹《ひ》く華やかな主演女優タイプやったとか」

「役を巡るライバルってわけじゃないんだな」

「そう。原因はよおわからんらしい。とにかく小宮さんが田鶴原さんを目の敵《かたき》にし、暗いとかメイクもせんとださいとかちくちく攻撃して小宮さんを慕《した》う部員もそれに同調する……これだけ聞くと陰湿ないじめに聞こえるけど、基本的には田鶴原さんがスルーして、田鶴原さんサイドにつく部員も少なからずおり、中立の部員もおり……微妙ながらもパワーバランスを保ってたそうや。仕掛けるのは小宮さんからやけど、さっきも言うたように田鶴原さんが聞き流しとったんと、彼女の脚本や演出が部内でも随一で、そこに関しては誰もが認めざるを得んかったから、萎縮《いしゅく》してたわけでもないんやて」

「聞くだけで面倒くさい集団だな。しかし、何で『主演女優タイプやった』と過去形なんだ？」

「実は、小宮理央は既に転校してるんや」

「何だよそりゃ」

「今年の六月らしい。せやから、真野さんも直接は彼女を知らんねん。今の情報は、産休に入った顧問の先生から真野さんが聞いた話や。きょうはその先生からも話を聞かせてもらえるらしい」

「犯人候補から完全に除外、っていうわけでもないな。逆に若い女が制服さえ着てれば部外者でも容易に入り込めるんだから」

「そう。彼女が制服バンクに寄付してへんかったとすれば。文化祭の日程も練習の内容もわかってるやろし、ほかの部員に見つからんよう田鶴原慈保の制服を見つけることも可能や。着替えは、それぞれ何となくの定位置があったらしいから。制服を盗んだ時、田鶴原慈保のものではない鏡に気づき、それはターゲット外やったから、目につくように校内の花壇に捨てた。彼女の私物でないことを知っていたか、鏡に貼ってあるプリントシールで見当がついたか」

「その場合、動機は？」

「そもそも、ふたりの間に何があったんか知らんけど、確執が高じたいやがらせかなあ。今までは同じ学校の同じ部活やったから我慢しとったけど、離れたことで大胆な手口に及んだんかも。それでいて、ダメージは低いような気がすんねんな。鏡の件もそうやけど、制服を盗まれてもジャージで帰ることはできるやろし、田鶴原さんの制服はそもそもお下がりで、代替品を学校から支給されるんも、在校生やったら察しがついたはずや。田鶴原さんにしてみたら、気分が悪いんは置いといて実害があるかと言うと……」

「そのへんも通報を見送った理由なんだろうな。そろそろ行くか、いい時間だ」

「ああ」

喫茶店から十分ほど歩くと目的の女子高が見えてくる。校門にはピンクのバルーンをみちみちにつけたアーチが設置され、校舎の壁には「二年三組 クレープ」やら「バスケ部お化け屋敷」やらの懸垂幕《けんすいまく》がにぎやかだった。演劇部の面々が、この文化祭をちゃんと楽しめますように、と有栖は思う。今しか、ここでしか体験できないお祭りだから。

「火村、チケット買わな」

「さっき入る時に渡してただろ」

「それは招待券。模擬店とかで交換する金券が要《い》るねん」

「満喫しようとするなよ」

「ちゃうやん。売り上げはチャリティに回すらしいから、貴重な招待券をいただいた以上、ささやかでも貢献せな」

「そういうことなら、まあ」

千円ずつ出して、ミシン目の入った十枚綴《つづ》りの金券をそれぞれ受け取った。喫茶店のコーヒーチケットみたいで、デザインもなかなか凝っている。スリッパに履き替え、校舎内を通って体育館に向かった。招待客は多くが在校生の家族や友人らしく、三十四という微妙な年齢の男二名、というのはそれなりに浮いていた。

「ああ、緊張すんなあ」

有栖は胸の中心を手のひらでさする。

「女子校ってやっぱり独特の雰囲気あるよな。決して変な意味ではないけど、全体的に女性の匂《にお》いがするし」

「うわあ……」

火村がわざとらしく眉《まゆ》を顰《ひそ》めて一歩下がった。

「引くな引くな引くな」

「おまわりさんこいつです」

「ちゃうって。花っぽいような化粧品っぽいような匂いがうっすら充満しとって、鼻がむずむずすんねん。くしゃみ出そうで居心地悪いわ。片桐さんからは『取材のつもりで行ってきてください』とかプレッシャーかけられたし……」

女子校を舞台にしたシスターフッドものなんてどうですか、と敏腕編集者はいかなる時もネタ収集のアラートを忘れない。

「有栖川先生の新境地が開けるかもしれないな」

「俺が女子校ものとか書くんはちょっとこう……まずい感じがせえへんか」

「何でだよ。朝井《あさい》さんが男子校ものを書いたって何とも思わないだろ」

「朝井さんの書く男子高校生はリアルな気ぃするけど、中年男が少女の機微を綴るんは難しいて」

互いの声を聞き取るのに苦労するほど、呼び込みや笑い声、歓声、校内放送の番組で周囲は騒がしかった。タイムリーに告知が流れる。

——文化祭にお越しの皆さん、楽しまれてますかー？　この後午後二時から、体育館で演劇部の上演があります、ぜひご覧ください！　秋だけどまだまだ暑いですね、ということで、ここで夏っぽい曲をかけたいと思いまーす！　数学の溝口《みぞぐち》先生からリクエストいただきました、やば！　ぐっちーオタクやん！　お届けします、乃木坂46の『ガールズルール』……。

少女同士の友情を歌った曲がサビに差し掛かると、「ほら」と火村が唐突に足を止める。

「何がや」

「いい歳の男が少女の心情を歌詞に落とし込んでるじゃないか」

「これはもう特殊技能でやってはんねん」

「そうなのか」

「せや」

開演五分前に体育館に着くと、ほぼ満席の入りだった。どうにか後方の端っこに空席をふたつ見つけて腰を下ろす。館内はすでに暗く「上演に先立ちまして……」という注意事項のアナウンスが流れると、本物の観劇に来たようで気分が高まった。

幕が上がる。舞台の下手《しもて》に当たったピンスポットライトの中に、だぼだぼの白い雨合羽《あまがっぱ》に白い長靴《ながぐつ》といういでたちの人物が佇《たたず》んでいる。フードの陰になって顔は見えない。

その雨合羽が、朗々とした声で語り始めた。

――昔、あるところに貧しい娘がおりました。母はなく、父親とふたりで暮らしておりました――いえ、父親と、一頭の馬と暮らしておりました。

馬のいななきが響き渡る。

――この里で、馬は単なる家畜ではありませんでした。家の中に馬屋があり、馬は、人々にとって家族同然だったのです。

オシラサマか、有栖は声に出さずつぶやいた。馬と愛し合い、悲劇ののちに一対の神になった娘の物語。『遠野物語』の中でも特に有名な伝承だが、劇中では早織の言葉どおり、かなりアレンジが施《ほどこ》されていた。

たとえば主役の娘は見すぼらしい着物しか持っていないことで、ほかの少女たちから仲間はずれにされて育つ。父親は「遊んでる暇があったら田畑を手伝え」と彼女の訴えを聞かない。娘は馬に孤独な心情を吐き出す。

――お母さんがいないのも、家が貧しいのも、わたしのせいじゃないのに。

しかし娘が美しく成長すると、これまで娘を馬鹿にしてきた里の者の目つきが変わってくる。男たちは髪飾りや紅《べに》をちらつかせて娘の気を引こうとし、父親からは「色気づきやがって」と吐き捨てられた。

――髪飾りも紅もいらない。わたしのうわべしか見ないで近寄ってくる男の人も、何もわかってくれないお父さんも、みんな嫌い。わたしにはお前だけがいればいいの。人間より馬が好きだなんて人に言ったら、どんな目に遭《あ》わされるだろう？　何も悪いことはしてないのに、好きなものを好きと言うことさえ許されない……。

娘はそっと張りぼての馬を抱き寄せる。やがて、娘に縁談がもたらされる。

――お前ももう、嫁にいく年だ。いつまでも馬とばっかり遊ぶのはやめろ。

――どうして？　ずっと、わたしが男の人と口をきくだけで怒ったくせに、何で急にそんなことを言うの？　わたしは結婚なんてしたくない、わたしの人生はわたしが自分で決める！

――なんて恐ろしいことを言うんだ、この親不孝者！　子どもは親の言うことを聞き、女は嫁にいったら夫の言うことを聞くもんなんだ！

絶望した娘は馬と駆け落ちしようとするが、父親はそれを察し、娘を強引に嫁がせると、馬を桑《くわ》の木に吊《つ》るして殺してしまう。祝言《しゅうげん》の夜、白無垢《しろむく》のまま逃げ出してきた娘は馬のなきがらに取り縋《すが》って泣く。

――ええい、お前は、何度言ったらわかるんだ！

父親が斧《おの》を振り下ろして馬の首を落とすと、娘は首を抱いて駆け出す。血糊《ちのり》を仕込んでいるのだろう、白無垢がみるみる赤く染まっていく演出は美しく、壮絶だった。馬の首を抱えて山中をさまよった娘は、やがてある一軒家に迷い込む。そこに、これまでナレーター役に徹していた雨合羽が現れた。

――かわいそうに。この椀で汲《く》んだ水で馬の首を洗ってやるといい。さあ、お腹が空いただろう。食事でもどうだい？

――いいえ。

――ならば、この椀をお前にやろう。これを持って里に戻れば、暮らしに困ることはない。父親や男に頼らずとも生きていけるよ。

娘はまたもや「いいえ」と首を振る。

――豊かな暮らしも、立派な家も、この子がいなくちゃ、意味がないんです。だから、このお椀はお父さんに……ひとりぼっちになってしまうお父さんにあげたい。わたしは、お父さんを幸せにしてあげられなかったけど、わたし自身を幸せにするために、頑張りました。さようなら。

娘は馬とともに天に昇り、自らの行いを悔いて泣く父親のもとに、川の上流から朱塗りの椀が流れ着く。

――ふしぎなことに、この椀で米を量ると、いつまで経っても米は減りませんでした。父親は幸運に恵まれ、大金持ちになりましたが、生涯、その孤独と後悔が消えることはありませんでした。神さまの国で夫婦になった娘と馬の幸せを、いつまでもいつまでも、願っていたということです。

冒頭と同じピンスポットライトが徐々に絞られ、幕が下りる。拍手が沸《わ》き起こった。

「大したもんだな」

火村が嘆息《たんそく》する。

「同感や、見入ってもうたわ」

体育館の照明がついてから、退場する人の流れに逆らい舞台に近づくと、早織がステージ脇の階段を降りてくるところだった。

「有栖川さん、きょうは無理を言ってお呼びたてしてすみません。そちらが火村先生ですか？　初めまして、真野と申します」

「火村です。素晴らしい舞台を拝見できて光栄です」

「そうおっしゃっていただけると……」

早織の目は赤く、声も詰まり気味だった。お恥ずかしい、と指で目頭《めがしら》を押さえる。「何度も通し稽古で見てきたのに、本番を迎えると私のほうが感極まってしまって、生徒たちに笑われちゃいました」

「見事な演技でしたもんね」

「ありがとうございます、ぜひ直接伝えてやってください」

「真野先生、生徒たちもう教室に移動させて大丈夫？」

もうひとり、早織より年上と見える女性教師が袖《そで》から顔を出す。有栖たちと同年代くらいだろうか。

「あっ、はい、よろしくお願いします」

「了解。ほらほら、みんな溜まってないでさっさと撤収。次の合唱部が使われへんでしょ」

ざわめきが徐々に反対側の袖から流れ出すように小さくなる。外に通じる扉があるのだろう。女性教師は早織のところにやってくると、「ほっといたらいつまでもおしゃべりしてるんやから」とぼやいた。

「テンションが上がっちゃってるんでしょうね。河本《こうもと》先生、先日お話しした、作家の有栖川先生と、英都大准教授の火村先生です」

「顧問の河本暁子《あきこ》です。お越しくださりありがとうございます。この後、生徒たちとちょっと話していただいて、もし何かお気づきになったことがあれば教えていただけると幸いです」

「お役に立てるかどうか」

火村が慎重に答える。

「もし、の話ですから。ただの進路相談でもありがたいです。英都大の先生からじかにお話を伺える機会なんてそうそうありませんから。それで、有栖川先生なんですけど」

「はい」

「推理小説家の方が来られた、と言ったら、あの子たちが身構えてしまうかもしれません。ここではご職業は伏せて、偽名を名乗っていただくわけにはいきませんか？」

「ああ、そうですね。じゃあ、ウエマチとでも名乗りますか」

「上町台地のウエマチですね、ありがとうございます。じゃあ、おふたりとも、わたしの大学時代の先輩として来てくださった、ということにしましょうか」

聞けば暁子も英都大出身、有栖たちの一期下だったのでここは嘘偽りがなかった。教室に行く前に、体育館前の廊下で暁子から話を聞いた。

「田鶴原さんと犬猿の仲の部員がいたとか」

「小宮さんですね。何かと突っかかって、取り巻きって言うたら言葉がきついですけど、周りにいる女の子とひそひそやったりはしてました。彼女、言動もけっこう目立つところがあって、文化祭や発表会の後は、打ち上げと称して仲のいい子を連れてファミレスとかスタバで奢《おご》ったり、化粧品を買ってあげたりしてたみたいです」

「それは大盤振る舞いですね」

「ええ、化粧品といっても、ドラッグストアで売ってるいわゆるプチプラですけど。ただ、難しいところで、小中学生ならそういう交友はよろしくないと注意しますが、高校生というのは……それに、物で人を釣るようなやり方って、裏を返せば自信のなさの表れでもあったと思うんです。虚勢を張って強気に出るものの、本当は不器用で寂しがり屋だったんじゃないかな、って。一方で田鶴原さんは控えめでいてどっしり構えたところがあり、小宮さんの虚勢を見抜いてあまり相手にしてなかったような気がします。そうなると、小宮さんみたいなタイプはますます引くに引けなくなるというか」

物質的に恵まれていたのは小宮理央だが、精神面では田鶴原慈保のほうが「金持ち喧嘩《けんか》せず」だったようだ。暁子の話を聞くと、小宮理央に制服を盗み出す度胸があるのか怪しい気がしてくる。最大のネックは、本人がすでに転校してしまっているということだ。話すどころか、雰囲気を摑《つか》むことさえできない。

「確執が一方的だったにせよ、小宮さんが田鶴原さんに目をつけたそもそもの理由が何かあるんでしょうか。ただ気に食わなかっただけですか？」

火村が尋ねる。

「はっきりと本人たちから確かめたわけじゃないんですけど……」

暁子はためらいがちに口を開いた。「ふたりのお姉さんたちがここの卒業生で、親友同士だったんですよ」

「えっ」

早織も初耳だったらしく、驚いていた。

「三つ違いだから、入学と入れ替わりに卒業してます。田鶴原実保《みほ》さんと小宮理奈《りな》さん。実保さんは演劇部で、おとなしい子でした。表舞台に立ちたがらないのは姉妹共通してますね。お姉さんは特に衣装作りが上手くて、家から持ち寄った既製服をアレンジするのなんかもお手のものでした。それで、ほかの子たちが家庭科の課題まで頼んだりするんですね。浴衣《ゆかた》とかマフラーとか……断れない実保さんの代わりに『自分でやり』と突っぱねるのが理奈さんの役目でした」

「ということは、理奈さんも演劇部やったんですか？」

「いえ、彼女は身体が弱くて学校も休みがちだったので、部活には入ってませんでした。理央さん同様、オーラのあるきれいな子やったからぜひ演劇をやってほしかったんですけどね。本人も興味はありつつ、急に倒れたりして周りに迷惑をかける可能性があるので、と。その代わり、体調がいい時は演劇部に入り浸って実保さんを手伝ったりしてました。だから、部員同然ではあったんです」

「姉同士が仲良しやったら、妹同士が角突き合わす必要もなさそうなもんですけど」

「それが、理奈さんと実保さんは、卒業間近に険悪になってしまって」

暁子の話はこうだった。実保はアメリカの大学に進むため返済不要の奨学金プログラムに申し込み、見事合格した。一方の理奈は親友の進路について何も聞かされておらず、同じ地元の大学に進むものだと信じていた。実際、実保も奨学生に選ばれなければそうするつもりだったらしい。共通テストが終わってから奨学生の選考結果が届き、しかもその事実は、第三者から理奈に伝わってしまったのだという。

「ほんまはあかんことなんですけど、ある先生が理奈さんに『相方すごいやないか。奨学金でアメリカなんて』としゃべってしまったんです。先生自身、実保さんの頑張りが嬉しくて浮かれたのと、まさか理奈さんが何も知らないとは思わなかったんでしょう。でも、彼女はひどく傷ついたみたいで」

「そんなことで仲違《なかたが》いするなんて、やりきれませんよ」

早織が苦しそうに眉根を寄せた。

「そうやね。遅かれ早かれ、いずれは別々の道に進んでそれぞれの人生を歩む。ライフステージが変われば、どうしたって人間関係も変化する。私らはある程度それを経験してきたから、しゃあない、当然やって思えるけど、あの年頃の女の子にとっては、世界が崩れ落ちるくらいショックやったんでしょう。これは勝手な憶測やけど、理奈さん的には、引っ込み思案な実保さんをあれこれフォローしてきたっていう自負があったと思う。病弱で何かと制限されていたあの子にとってはアイデンティティですらあったんとちゃうかな。でも、本当の実保さんは、理奈さんの後ろで小さくなってるままやなくて、ひとりで進路を決めて行動できるたくましさがあった」

そういう芯《しん》の強い実保だからこそ、理奈の心を折りかねない決断について打ち明けられなかったのだろう。どちらも責められないだけに、悲しすぎる決裂だ。タイミングや伝え方さえ違っていれば、今でも親友でいられたかもしれないのに。

「そのことが、妹同士の関係にも影響していると？」

火村の問いに暁子は「たぶん」と頷いた。「理央さんは、入部時の自己紹介で『姉が憧れていた演劇部に入りたかった』と言ってました。普段の会話でも、お姉ちゃんお姉ちゃんってよく出てきたので、かなり仲が良かったんだと思います。でも、慈保さんからお姉さんの話題は出たことがないので、彼女のほうはもしかすると……」

「知ってたと思います」

早織が小さく、しかし確信を含んだ声で言う。「田鶴原さんは優等生ですけど、どこか大人に対する警戒心というか、不信感を抱いている節があります。それは私が未熟で、信用に足る教師ではないせいだと思ってたんですけど、もしかしてお姉さんの件が原因じゃないでしょうか」

「口を滑らせた教師に対する怒りがある、と推測されてるわけですね」

「怒り、とまではいかないかもしれませんけど」

登場人物が増えた。親の因果が子に報い、ならぬ、姉の因果が妹に報い、小宮理央は田鶴原慈保を敵視し、田鶴原慈保は姉の負い目を引き受けるように、理央の敵意に抗《あらが》わなかった。それにしても、筋違いの憤《いきどお》りを向けられて耐えるには二年半は長い。兄弟姉妹のいない有栖にはその我慢強さが理解できなかった。俺やったら、どっかの段階で「いい加減にしてくれ」ってキレてまいそうや。

想像したことが、ないわけじゃない。たとえば、自分が何かの事件に巻き込まれる。火村にSOSを出す。火村が真相を暴き、それによって渦中にいた誰かが深く傷つき、有栖を恨《うら》み、危害を加えようとする。

——お前が、あんなやつを連れてこなければ。真相なんて、わからないままでよかったのに。

想像の中の有栖は、沈黙している。

「そろそろ、教室に行きましょうか」

暁子の声で現実に引き戻された。

「すいません、その前に一点だけ。盗まれた慈保さんの制服は、実保さんのお下がりやった可能性はないですか？　実保さんが制服バンクに寄付して、それをたまたま慈保さんが受け継いだということは……」

「姉妹なんだから普通にもらえばいいだろ。何でバンクを介する必要があるんだよ」

「本命の公立に落ちて、急きょ入学が決まったとか」

ないですね、とあっさり否定された。「実保さんもバンク利用組でした。最初のお下がりの時点で三年着古しているわけですから、さすがに六年使うと傷《いた》みも目立ちます。着られないことはありませんが、購入組の子たちとあまりにも差がついてしまうのはかわいそうでしょう。基本は一代限りのお下がりで、その後は外部に寄付しています」

「そうですか、わかりました」

早織と暁子の後ろを歩いている時、火村が「何か愉快なアイデアでも閃《ひらめ》いたのか？」と小声で尋ねてきた。

「愉快かどうかはわからんけど……遠野で呪術の展示見てきた、て言うてたやろ。その線もあるかなと」

「草木も眠る丑三つ時《うしみどき》に、セーラー服に釘《くぎ》を打ち付けるってか？」

「効果があると信じとったらやるんちゃうか。小宮姉は田鶴原姉に復讐《ふくしゅう》したかった——逆恨みやけど。でも肝心の本人は渡米して手の出しようがないから、制服を使って呪おうとした。髪やら爪やら入手するよりはハードルが低いやろ。実行したんは妹の理央。まあ、お下がり説が否定された以上仮説止まりやけど」

「お下がりだったとして、妹が二年半身に着けた時点で呪物としての純度はだいぶ怪しいんじゃないか」

「そこはほら、DNAも似通ってるわけやから」

「きょうも絶好調だな、先生」

「やさしい瞳をするな」

あるいは、あくまでも理央が慈保を呪うため——という説を唱える前に教室に着いた。たぶん、言わなくてよかった。

中に入ると、着席していた部員たちが一斉に有栖と火村に好奇の目を向けつつ「こんにちは!」と大きな声で挨拶してくれた。さすが演劇部。段差がついて高くなった教壇に立つ早織と暁子の横に、転校生よろしく控える。

「皆さん、文化祭一日目の公演お疲れさまでした」

早織の声も、世間話をする時とは全然違う張りを帯びていた。お隣さんがプロになる瞬間を見られるなんて、貴重かもしれない。

「河本先生も見にきてくださったし、本当にいい舞台でした。三年生はあすが最後の舞台です。悔いのないよう、きょうの出来をさらに更新していくものにしましょう」

「はい」

力強い声が重なる。

「……で、みんな、さっきから気になってたやろけど、きょうは特別なお客さまがいらしております。河本先生の――」

「旦那さん！」という声がどこかから上がる。

「え、ふたりいてはるやん」

「もうひとりは真野ちゃんの彼氏。知らんけど」

炭酸が噴き上がるような勢いで笑いが起こり、暁子が慌てて「こら」とたしなめる。

「やめなさい。おふたりは私の大学時代の先輩で、向かって左からウエマチさん、火村さん。火村さんは、英都大学で准教授をされてます。ウエマチさんは……」

暁子の目がわずかに泳ぐ。設定の作り込みが甘かった。

「……しがないサラリーマンです」

仕方なく有栖が引き取ると、今度はそこここからくすくすと忍び笑いが漏《も》れた。友好的なニュアンスではあったが、冷や汗が出る。

「ウエマチさん、うちの部員たちの公演はいかがでしたか？」

「ほんまに素晴らしかったです。胸打たれる場面がたくさんありましたし、ハッピーエンドではないけど、ラストシーンの寂しい余韻にもっと浸っていたかったほどです」

ありがとうございまーす、と息の合ったレスポンスが返ってくる。

「ウエマチさん、ありがとうございます。火村さんはいかがでしょう」

「私も、ウエマチ同様、物語に魅せられました。オシラサマとマヨヒガをドッキングさせて、現代的な要素も盛り込んだ面白い脚本でした」

――大人って、ああいうの好きやんな。

ぼそっと低い声が聞こえた。着席した少女たちの誰が発したのか、わからなかった。火村は構わず続ける。

「もしまた『遠野物語』をモチーフに作るんなら、今度は『テンニンコウ』なんかいいんじゃないかな」

テンニンコウ？　何やろ。有栖が連想したのは、猴《こう》、すなわち猿だった。確か、猿の経立《ふつたち》の話があったような。何にせよ、このタイミングで言うからには、何らかの意図があるに違いない。

「おふたりとも、ありがとうございました。さて、三年生は特に、進路を真剣に考える時期ですから、先生以外の大人と話す機会を設けようと思ってきょうは来ていただきました。この後、隣でちょっとした相談コーナーをやります。もちろん一、二年生も大歓迎ですので、おふたりにいろいろ質問してください」

たちまち、統制の取れていないざわめきが広がる。

――えー？

――どないする？

――入試問題教えてくれるかな。

――くれへんやろ。

「早いもん勝ちやで。じゃあ、ウエマチさんと火村さんは隣の教室へ」

「あ、はい」

有栖がドアに向かいかけた時、ひとりの生徒が立ち上がった。

「あ、田鶴原さんから相談する？」

ああ、この子か。耳がすっぽり隠れるショートボブの髪型に、やや大人びた涼しげな顔立ち。早織や暁子の話を聞いて想像するだけだった田鶴原慈保とようやく対面でき、勝手に感慨めいたものを覚えたが、表情に出さないよう努めた。そんな心中など知る由もない慈保は「いいえ」と高いのに落ち着いて聞こえる声で言った。「クラスに戻らないといけないので、失礼します」

「でも、せっかくの機会だから」

早織がやんわりと引き止めにかかる。

「そうやで、田鶴原さん。大学の先生と直接話ができることなんてそうそうないよ」

暁子からの援護射撃にも、慈保は表情ひとつ変えず「興味ありません」と言い捨てて足早に教室を出た。うざ、とまた、低い悪意がこぼれ落ちる。早織が申し訳なさそうにこちらを見ていたが、仕方がない。隣の教室に行くと、ふたつだけ後ろ向きに配置された机があり、どうやらこれが有栖と火村の指定席らしかった。

「どないしよ。田鶴原慈保と小宮理央、キーパーソンと接触できずで」

「警察が絡んでたら事情聴取も裏取りも楽なんだけどな」

「公権力ってありがたいんやなあ……」

「危険な発言はやめろ。ま、有栖川先生が女子高生のリアルを取材する現場に立ち会ったと思っとくよ」

「そういえば、さっき言うてた『テンニンコウ』って？」

「ああ、それは——」

「あの、よろしいですか？」

半分開いた教室前方の引き戸を、早織が軽くノックする。

「相談したいって生徒が……ご負担にならない程度に、手短で結構ですから」

「どうぞ」

精いっぱいにこやかに応じてから「頼んだぞ」と火村に言い含める。

「俺は今時の大学入試のことなんかわからへんからな。それなりに真摯《しんし》に頼むわ」

「おい丸投げかよ」

「失礼しまーす」

小声で言い合っていると、三人の生徒が入ってきた。いずれも三年生で、英都大志望だと言う。

「ひとりやと緊張するから、一緒でもいいですか？」

「もちろん。どうぞ、適当に座ってください」

三人からは、それぞれの志望学部の雰囲気や就職実績、果ては学食のおすすめメニューまで質問が飛び、火村は有栖のリクエストどおりそこそこ真摯に答えていた。やるやん、とのんきに火村の先生っぷりを眺《なが》めつつ、彼女たちの口調や仕草をさりげなく頭にインプットする。片桐に言われたからではないが、普段接することのない属性との交流は作品に活かしたい。

「ところで――」

空気がだいぶほぐれたタイミングで、火村が切り出した。「木原咲《きはらさき》さん、だったっけ。さっき、脚本について何か言ってたね」

三人の真ん中にいた少女がぎくっと気まずい顔になる。ああ、この子やったんか。数秒のことで有栖は見つけられなかったが、火村はちゃんと発言者を特定していたらしい。

「別に……」

「いや、注意したかったわけじゃなく、単純に気になったから」

口ごもる木原咲に、火村が気持ち悪いほどやさしい口調で話しかける。「大人はああいうのが好き、と言ってただろう？　不肖《ふしょう》の大人として、若い人の率直な考え方を知りたくて。僕も、若者と接する仕事だから」

いま、「僕」って言わはりました？

木原咲はためらっていたが「河本先生たちには絶対に言わないよ」という言葉が後押しとなり、「あれって……」と口火を切ると、そこからはなめらかだった。

「多様性とかジェンダーとか前面に出して、いかにもって感じ。ああいうメッセージ性さえ出しとけば『最近の若い子はアップデートされてる』とか褒《ほ》められるんわかっとって、狙いすぎ」

左右の生徒も「そうそう」と力強く同意する。火村は肯定も否定もせず「なるほど」と頷くにとどめていた。

「脚本の田鶴原さん、さっき出て行った子なんですけど、失礼すぎるでしょ？　けど、河本先生も真野ちゃんも甘いんです。めっちゃ腹黒やのに」

「田鶴原さんのせいでおらんくなった子もおるのに」

「へえ、それは聞き捨てならない問題だ」

火村が身を乗り出す。これは嘘じゃない。

「でしょ？　同学年の子やったんですけど、六月に演劇部辞めて、転校してもうたんです」

小宮理央が、田鶴原慈保に追い出された？　どういうことや。口を挟みたい気持ちをぐっとこらえ、黙って見守る。

「それが、田鶴原さんのせいとは？」

「理央ちゃん——その、辞めた子が、こっそり教えてくれたんです。『これ以上田鶴原さんの顔見たくないから』って」

「何か具体的なトラブルがあったのかな」

「それは教えてくれへんかったんです。でも、一学期が始まったあたりから塞《ふさ》ぎ込んでました。五月は理央ちゃんの誕生日があって、去年も一昨年もスイーツビュッフェでお祝いしてたのに、今年はそれもなくて……よっぽどのことがあったんやと思います」

「あの、人を見下したような目で見られるだけでストレスやし」

「ほんまそれ」

批判を重ねるうちにヒートアップしてきたのか、木原咲が「これも内緒ですけど、こないだ、田鶴原さんの制服が盗まれたんですよね」と言及してきた。「えっ」と火村が驚いてみせると、少女はなぜか満足げに顎を上げた。

「あ、私たちそんなんしませんよ？　ていうかむしろ、田鶴原さんの自作自演やないかって思ってます。理央ちゃんの件でヘイト溜めてたから、同情引きたかったんちゃいます？　制服は学校からただでもらってるやつやったし」

「なんか、わざとらしくおろおろしてたもんな」

「引いたわー」

言いたいことを言って冷静になると、今度は口が過ぎたと思ったのか、三人組は「絶対言わんといてくださいね」と何度も念を押して教室を出て行った。笑いさざめく声と足音が遠ざかってから、小声で「おい」と呼びかける。

「なんだ」

「『僕』って聞こえてんけど」

「そこかよ」

火村はいつもよりきっちり締めたネクタイの結び目に指をかけながら「ソフトに装わないと聞き出せねえだろ」とぼやいた。「強面《こわもて》の容疑者を締め上げてるほうが楽だな」

「ソフト偽装の収穫はあったやん」

「解決に近づくどころか、新たな要素が増えたけどな」

小宮理央の転校の理由と、田鶴原慈保の自作自演疑惑。

「前者に関しては後で河本先生に訊けばわかるやろ。お、次の相談者や。頼んだで、やわらか先生」

「お前、後で覚えとけよ」

数人の（普通の）相談を挟み、火村先生の進路面談も板につき始めてしまった頃、「村山明音です」と名乗る三年生が入ってきた。田鶴原慈保に鏡を貸した生徒だ。火村と軽く目配せを交わす。

「大学は絶対共学に進みたいんですけど、親が女子大しかあかんって言うんです。どう説得したらいいと思います？」

「共学じゃないと駄目な理由は？」

「別に彼氏が欲しいとかではなくて、女子校は人間関係がぎすぎすしとって息苦しいというか……」

「それはクラス内？　それとも演劇部での話？」

「演劇部ですね。あ、もちろん基本的にはみんないい子ですけど」

「田鶴原さんの制服の盗難騒ぎがあったって噂《うわさ》を聞いたよ」

木原咲に口止めされていたにもかかわらず、火村は事件に水を向けた。情報源さえ秘匿《ひとく》すればセーフということにするのか。村山明音は「みんなおしゃべりやなあ」と苦笑した。

「当日も、先生にめっちゃ口止めされたけど、週明けにはクラスの子も大体知ってました。まあ、そんなもんですよね」

田鶴原慈保とはまた違ったベクトルで大人っぽい子やな、というのが有栖の印象だった。

「村山さんも鏡を捨てられてたんだって？」

「はい。お気に入りやったんで、見つかってよかったです。誰が触ったかわかれへんと思うと最初はちょっといやでしたけど」

「田鶴原さんも、鏡だけでも見つかってほっとしただろうね」

「そうですね、いっつも冷静なたづちゃんが、あの時はめっちゃうろたえてましたもん。『早く返せばよかった』ってなんべんも謝るから、いやたづちゃんのほうが大変やん、って宥《なだ》めたり」

「田鶴原さんとは仲がいいほう？」

「まあまあ、かな。部活では割としゃべります。無愛想やし頑固なとこもあって誤解されやすいけど、真面目で、こう……信用できるって感じなんですよね。もしこの子が借金頼んできたら貸してあげよかな、みたいな」

「わかりやすいたとえをありがとう。で、さっきの相談だけど——ウエマチさんはどう思う？」

「へっ？」

偽名を失念していたので一瞬ぽかんとしてしまった。仕返しが早いわ。

「ええと……まず、男子がいればぎすぎすせえへんってことはないと思うんですよ。性別関係なく、摩擦のない人間関係なんてありえへん、というのが僕の実感です。ただ、大学は高校よりずっと開かれたところやから、ゼミやサークルの活動もあるし、ほかの大学と交流もできる。いろんな輪の中から、村山さんに合う居場所を見つけていったらええんとちゃうかな。まずは自分の適性とか希望を第一に大学を絞って、それがもし共学やったら、先生にアドバイスをいただきつつご両親にしっかりプレゼンしてみたらどうでしょう。共学やから行きたい、やなくて、求める学びの場が共学やった、という点がしっかり伝わったらわかってくれはると思います」

「そっか、そうですね。よく考えてみます。ありがとうございました」

「いえいえ」

村山明音が退室すると、火村がさっそく含みのある視線をよこしてきた。

「何や」

「『僕』」

「お前のがうつったんや」

そこへ、早織が顔を出す。

「おふたりとも、お疲れさまでした。さっきの村山さんで最後です」

社交辞令だとわかっていても「みんな、すごく参考になったって喜んでましたよ」などと言われると満更《まんざら》でもない。答えたのはほとんど火村だが。

「田鶴原さんのこと、すみません。あんなに拒絶されるとは思わず、うまく説得できませんでした」

「いきなり怪しげなおっさんふたり組が来たんやから無理もないですよ。河本先生はどちらに？」

「実はもう帰ってしまわれたんです。赤ちゃんを旦那さんに任せてきて、ＳＯＳが出ていると」

「ああ、大変でしょうね」

「おふたりにくれぐれもよろしく、と恐縮されてました」

「それは全然お気になさらずですけど、木原さんの発言でちょっと気になる点がありまして」

小宮理央の転校について尋ねると、早織は「そんなはずはないと思います」と小首を傾《かし》げた。「私も詳しくは知りませんが、ご家庭の事情で引っ越さなければならなくて、と伺《こ》ってます。三年生という大事な時期に、学校を移りたいと思い詰めるほど田鶴原さんと拗れていたとは考えにくいですし、さすがに小宮さんのご両親も黙ってはいないでしょう」

田鶴原慈保が、小宮理央からの長きにわたる攻撃的な言動の証拠を溜め込んでいて、それを盾に転校を迫った可能性について考えてみる。姉の因果を引き受けて耐えてきたが、とうとう堪忍袋の緒が切れた。証拠を晒《さら》され公になれば大学入試にも響きかねないので、理央の両親も口をつぐみ、要求を呑んだ。ならば、制服を盗んだのは小宮理央の仕返しか、あるいは木原咲が言ったとおり、風当たりを弱めるための自作自演だったのか。すべて想像なので、黙っておくことにした。

「ほな、何でそんな嘘をついて転校していったんでしょう」

「たぶん、悔しかったんじゃないかと」

「転校が、ですか?」

「ええ。演劇部は、小宮さんにとって大事な居場所だったと思うんです。家の都合でそこを離れることは、自分のテリトリーを田鶴原さんに明け渡すようで悔しかったんじゃないでしょうか。いま、自分になびいている子たちも、あっさり田鶴原さんと仲よくなってしまうかもしれない。だから、置き土産的に最後の意地悪を……わたしの勝手な想像に過ぎませんけど」

「いえ、説得力のある話やと思います」

「だから、木原さんたちも真に受けてるわけじゃなくて、『そういうことにしといてあげる』のが、彼女たちなりの友情というか、義理立てというか……吹聴《ふいちょう》するのはいただけないことですけど」

「そういうもんですか、少女の機微は複雑ですねえ。粗忽《そこつ》な中年男からするとまぶしいような得体の知れんような……ところで、小宮さんがどこに引っ越していったとかいうんは……」

「担任の先生ならご存じかもしれませんが、今はそういった個人情報の管理には厳しくなっていますので」

「ですよね」

「ええ……」

早織の眼差《まなざ》しは、控えめに、しかし確実に、何らかの成果を期待していた。頼むぞ、火村。何かあるんちゃうんか、さっきのやり取りに、俺が気づかんかった、何かが。

他人任せな心の声は、通じなかった。

「すみません、ちょっと校内をぶらっとしてきていいですか？　せっかく引き換えた金券が無駄になってしまうので」

何でそんな場違いに能天気なことを。

「はい、もちろんです。どうぞ楽しまれてください」

早織は穏やかにほほ笑み、有栖の良心を痛ませた。

「じゃあ、さっそく。何かありましたら、有栖川のほうへご連絡ください」

お祭りの喧騒《けんそう》の中、有栖は「何か摑めたんか？」と声を張り上げた。火村も負けない声量で「まあな」と応じる。「ちょっとうるさすぎるな、屋上を開放してるみたいだから行ってみよう」

フェンスに囲まれた校舎の屋上では午前中に書道部のパフォーマンスが行われていたらしく、畳《たたみ》三畳ほどもあろうかという巨大な紙に堂々たる墨痕《ぼっこん》で「青春は墨の香り」という文字がしたためられていた。火村は午後の陽射しに目を細めながら「煙草が吸えたら最高なのにな」と叶わぬ夢をつぶやく。

「それより、制服泥棒の目星はついたんか？」

「さっき、テンニンコウを持ち出した時、ひとりだけ反応してた生徒がいた」

「せや、訊こう思っててん、そのテンニンコウって何や」

「お前も絶対知ってるぞ」

「もったいぶんなや」

「そんなつもりはねぇよ——天人児《てんにんこう》が池で水浴びをしている時、たまたま釣りに来た男が天人児の脱いだ衣を盗んで持ち帰った。天人児は天に帰れなくなり、男の元で暮らすことになった」

「ああ、天女の羽衣《はごろも》か」

「正確には『遠野物語』じゃなく『遠野物語拾遺《しゅうい》』だけどな」

有栖も昔読んだはずだが、よく覚えていない。

「なるほど、回りくどくあてに行ったわけか」

「直球を投げるわけにいかないだろ。田鶴原慈保だけ、顔が強張《こわば》ってた」

「そら、単に当事者やからちゃうんか。犯人がその話を知らんかったら通じへんし」

「でも、どこか引っかかる反応だったんだよ。その後、俺たちを拒絶して出て行ったことといい……」

「ほな、木原咲の推測どおり彼女の狂言ってことか？　何のために？　制服はどこにやったんや？」

「それをさっきから考えてる」

火村の背中で金網が軋《きし》む。有栖もフェンスにもたれ十月の空を見上げると、太陽にかかった雲が虹のようなきらめきを含み、美しかった。羽衣伝説って、こんなところから生まれたんかも。

「遠野版も、絵本みたいに男の妻になるんやったっけ？」

「いや、ちょっと違ってて、男は衣を殿さまに献上した、と嘘をつくんだな。天人児はそれならばと田んぼを借り、れんげの花を植えてそこから糸を取り、機《はた》を織った」

「自分で作るんか、たくましいなあ」

「男が奪った衣は結局殿さまに献上され、天人児も曼陀羅《まんだら》を織り、ここが謎なんだが、それも殿さまにあげちまうんだよ。殿さまは天人児の美貌《びぼう》に惹かれて側女《そばめ》にしたはいいものの、彼女は毎日塞ぎ込んでいた。そして夏になり土用干しを迎えると、天人児は虫干しされている自分の衣を見つけ、身にまとって故郷へ飛んで行った」

「やっぱり、結末は一緒なんや」

「天人児にとっちゃ迷惑以外の何物でもなかっただろうな」

「言われてみれば、学校の制服ってほんまに天女の羽衣と通じるもんがあるかもしれん。それがないと学校という国に入られへん、という意味で」

「そうだな、天人児の衣だってネットで売れば高値がついただろうし」

「制服なんか買うやつ、何に使うんやろ」

「それは知らぬが仏《ほとけ》だろ——」

不意に火村が姿勢を正し、フェンスの反動が伝わってきた。

「火村？」

「いや……そろそろ行くか」

「どこに？」

「三年二組」

「何で」

「田鶴原慈保のクラスだよ。上着の胸ポケットに、『3－2』って小さいバッジが留まってただろ」

「せやったっけ、ていうか、わかったんか？」

「全部じゃない」

火村はせかせか歩きながら答える。

「俺はウエマチくんみたいに妄想が得意じゃないからな」

「おい」

「証拠もないし、まあ、出たとこ勝負だ」

「らしくないな、名探偵」

「こんな異界も同然の場所に放り込まれりゃな」


三年二組の教室の前には「占いの館」という立て看板が設置されていた。十分五百円で星占い、手相、タロットから選べるらしく、タロットのところには「占い師 SHIGEHO」と名前が書いてある。「今ならすぐ入れますよー」とアピールする生徒に、火村が「ふたりぶん」と十枚綴りの金券をそのまま差し出した。

「タロット希望なんだけど、いいかな」

「もちろんでーす、二名さまどうぞー！」

窓や扉は暗幕で塞がれ、暗くなった部屋には間接照明がぽつぽつと点《とも》ってそれなりに神秘的なムードを漂わせている。占いのブースは、プライバシーに配慮してか間隔を取って衝立《ついたて》で仕切ってあった。

「こんにちは」

火村が声をかけると、タロットカードを繰っていた田鶴原慈保が目を瞠《みは》った。制服の上から黒いポンチョをかぶり、魔女っぽいいでたちだ。

「占い、いいかな？」

まったく信じていないくせに、慈保の前に置かれた椅子に座る。慈保は警戒心を隠そうともせず「何を占いますか」とぶっきらぼうに尋ねた。

「そうだな……ずっと仲が悪かった知人から急なＳＯＳが入ったんだが、これは、手を差し伸べてやるべきかな？」

「え？」と漏らしてしまいそうになり、有栖は慌てて唇を引き結ぶ。慈保の顔がみるみる剣呑《けんのん》になっていった。

「何なんですか？」

「俺がきみに訊きたい」

「……ひょっとして、制服のこと、真野先生がしゃべったんですか？　わたしたちに口止めしておいて、自分は外部の人にばらすとか最悪。やっぱり先生ってみんな口が軽い」

「それは違う」

火村の後ろに大人しく控えているつもりだったのに、思わず口を挟んでしまった。「真野先生は、自分が至らないせいであんなことが起こってしまったんやないかと、心を痛めてはったんや。田鶴原さんやほかの誰かが、言うに言われぬ思いを抱えてへんか、心配してのことや。創作物と作者の人格を安易に結びつける気はないけど、あんな脚本を書ける人が、舞台を見て涙ぐんでた真野先生の心情を少しも汲み取られへんわけはないやろう」

ついつい声が大きくなり、火村が人差し指を立てる仕草ではっと口をつぐむ。慈保は机の上に置いたカードの山に両手を重ねて俯《うつむ》いた。指が小刻みにふるえている。田鶴原さん。火村がやさしい口調で呼びかけた。

「制服を、小宮理央さんに貸してあげたんだね」

慈保がわずかに頷く。

「貸したって、何で」

「さっき言ってただろ、何に使うのかって。制服は身分証明であると同時に、学校の外では冠婚葬祭に使えるオールマイティな礼服でもある。中でも緊急性があるのは『葬』。小宮さんは、この学校の制服で出席したかった」

「彼女自身のがあるやろ。ひょっとして、制服バンクに渡してもうたから？」

「俺の勝手な推測だけど、それこそ売ったんじゃないか。家庭の事情による急な転校、ずっと羽振りがよかったのに、誕生パーティも開かず塞ぎ込んでいた……経済的に困窮《こんきゅう》して、今までみたいな暮らしができなくなったと考えれば辻褄《つじつま》が合う」

火村は続ける。

「どうしても制服が必要で、自分の秘密を守り、制服を貸してくれそうな心当たりが田鶴原さんしかいなかった。皮肉な話だが、小宮さんにとってもっとも信用できる相手になっていたわけだ。先々週の金曜日、田鶴原さんはコンビニに行く口実で学校を出る。舞台で使っていたような大きい雨合羽を着れば、畳《たた》んだ制服を腹に隠していても気づかれないだろう。ごみ出しは、おそらくごみ袋で両手が塞がっていれば、傘でなく雨合羽を着る必然性を持たせられるから。田鶴原さんは学校の外で小宮さんと落ち合い、制服を渡して学校に戻った。練習が終わったら、急用があるとかごまかしてジャージのままさっと帰るつもりだった。制服は月曜日までに返してもらえばいい。ここで誤算だったのは、村山さんから借りた鏡。おかげで制服がないことがばれてしまった」

それで、慈保はうろたえていたのか。小宮理央とのささやかな秘密が、第三者に露見した瞬間から「事件」に変わる。

「……あの時は、めちゃめちゃ焦りました」

俯いたままの慈保がぽつりとつぶやいた。「警察呼ばれたらどないしようって。学校がスルーを決めてくれて、ほっとしました」

「俺の推測は当たってる？」

「はい。小宮さん、去年からお父さんの会社の業績がどんどん悪化したらしくて、家も売ることになって、引っ越さなあかんかったんです。お姉さんは、去年のうちに大学を中退して働いてたと聞きました。小宮さんだけはちゃんと卒業させて大学にも行かせてあげたいってかなり無理してたんか、元々、身体が弱かったせいもあって、突然駅で倒れて、脳出血でそれっきり……」

小宮理奈は死んでいた。顔すら知らない相手なのに、心臓をどんっと突かれたような衝撃と痛みが走った。

「木曜の夜、急に小宮さんから電話がかかってきてびっくりしました。お姉さんが亡くなってあすにはお通夜《つや》があると。その時、家のいろんな事情についても聞きました。お通夜と葬儀には、父親が借金を頼んで断られた親戚も来るやろうから、どうしてもうちの学校の制服で出たい、転校したことを悟《さと》られたくない、と言われて、そういう見栄っ張りなところ、あの子らしいと思いました。それで、こっそり学校を抜け出して渡して……鏡は、日曜日に持ってきてもらって、月曜日の朝、わたしが花壇に置きました。明音ちゃんには悪いと思ったんですけど、いい方法が思いつかなくて」

「どうしてその時、制服も返してもらわなかったのかな。金曜日に通夜なら、土曜日のうちには告別式や収骨まで終わっていそうなものだけど」

そこで慈保は、覚悟を決めたように顔を上げ、まっすぐに火村を見た。

「制服は、もうないんです」

「何だって？」

「お姉さんのお棺に入れてもらったから。あの日までわたしが着てた制服は、小宮さんのお姉さんのお下がりやったんです」

そういうことか、と火村がつぶやく。

「田鶴原さんはそれを知らんかったん？　ていうか、それは間違いなく小宮理奈さんのものやったん？」

「スカートに小さく刺繍がしてあったんです。プリーツの折り目で隠れて、外からは見えません。学校から制服を受け取る時、『目立たないところに刺繍があるけどいい？』と確認されて、気にならなかったのでそのままもらいました。きれいやったし、ほどくのももったいなくて。でもそれは、わたしの姉が、小宮さんのお姉さんのためにやってあげたものやと……小宮さんはお姉さんから何度も見せてもらってて、着る時にすぐ気づいたそうです。うちはそんなに姉妹仲がよくなくて、何も聞いていなかったのでびっくりしました。お姉さんがわたしの姉にねだって、演劇部の衣装を作る合間にこっそりやってもらったとか。でも大学進学の件でふたりは仲違いして、お姉さんは制服を寄付しました。捨てるより、そっちのほうが姉は傷つくと思ったんかもしれません」

「どんな刺繍やったか、訊いてもええかな」

「英語で、『Dearest R』です」

最愛のR——理奈。

「いろんな色の糸で刺繍してあって、ほんまにきれいでした」

「ディアレストリングのつもりやったんかもしれんな」と有栖は言った。「ダイヤモンド、エメラルド、アメジスト、ルビー、サファイア、トルマリン。六種類の石を七つ並べたら頭文字はディアレスト。ひょっとしたら、石と糸の色を合わせてあるんかも」

「あ——そうやと思います。確かにDは白でeは緑って色分けされてました」

まるで、天人児の機織りだ。ひそやかな思いを込めた衣は小宮理奈から田鶴原慈保へ。

そして、衣を失った小宮理央へ。

「小宮さんのお姉さんは、倒れる少し前、姉を責めたことも、制服を手放してしまったことも、すごく後悔してたって聞きました。しんどい生活を送る中で、姉と過ごした高校時代に帰りたいと思ってはったのかもしれません。やから、どうしても一緒に焼いてあげたいと頼まれて……わたしも、あの制服はあるべき場所に帰っていったんやと思いました」

「話してくれてありがとう」

火村は、確かな労《いたわ》りのこもった声で言った。「ひとりで抱えるには、重かっただろうに」

慈保の目が一瞬で潤《うる》んだが、彼女は気丈にもこらえてかぶりを振った。

「後悔はしてません。でも部のみんなを動揺させて、先生たちにも心配をおかけして、申し訳なく思ってます」

「俺たちはどうこう言える立場じゃないから、真野先生にも今の話をしてくれるかな？　きっと、きみを責め立てたりはしないはずだから」

「はい」

慈保は素直に頷いた。席を立とうとした彼女に、有栖はどうしても訊きたかった質問を投げかけた。

「田鶴原さんは、何でそこまで必死に小宮さんの面子《めんつ》を守ってあげようとしたんかな。お姉さんのことできつく当たられて、嫌いになってもおかしくないと思うんやけど」

「むかついたことは何度もあります。でも、何ででしょうね。あの子の、かわいいくせに物で友達を釣る臆病なところ、見え透いた虚勢を張るところ、そういう人間くささの全部がわたしにはないもので、見てるとどんどん脚本のアイデアが湧いてきて。電話してきた時かって、蚊の鳴くような声で『助けて』って……」

ずるいんやから、と笑う慈保は、何だかふわりと軽やかに浮かんでしまいそうだった。

慈保からことの次第を聞いた早織の第一声は、火村と同じく「話してくれてありがとう」だった。

「教師として、全面的には肯定できないけど……私が田鶴原さんやったら、同じことをしたかもしれない」

当初の方針どおり、真相は早織と暁子だけで共有し、学校には報告しない、という結論に落ち着いた。盗難事件があったことなど生徒たちはすぐに忘れて誰の口の端にも上らなくなるだろう。

校門を出る時、慈保が小走りに追いかけてきた。

「あの、すみません――有栖川先生」

「えっ？」

「先生の小説読んでます、ファンです」

「ひょっとして、最初から知っとったん？」

「はい。偽名を名乗らはったから、きっと制服のことを探りに来たんやと思って、推理小説家がほんまに推理することがあるんやって、めっちゃドキドキとハラハラが渋滞してました」

「そうか、有栖川先生の熱心な読者を想定していなかったのは河本先生の重大な過失だな」

火村がわざとらしくしかつめらしい顔で言う。

「やかましいわ」

「いないわけがないじゃないか、なあ。ありえないよまったく」

「やめろ言うてんねん」

「ふふ……やのに、実際言うてきはったんは火村先生のほうで、それにもびっくりしました」

面目ない。

「今度、サインいただいてもいいですか？　きょうは本を持ってきてへんので」

「真野先生に頼んでもらえれば、いつでも」

「やった！　それから、あの……姉のことで、ひとつ迷っていて」

「ん？」

「小宮理奈さんが亡くなったこと、姉に報せるべきやと思いますか？　それとも、黙っとくほうがええと思いますか？」

最後の最後に、最大の難問を出されてしまった。有栖は淡いオレンジに暮れ始めた空に目をやる。そこに、輝く雲はもうない。

「べき、とは思わへんけど……自分なら言う、かな。理奈さんはお姉さんを嫌いなままやなかった、と教えてあげたいから。もちろん、知ってしまったことで生まれる悲しみも後悔もあるやろけど、ふたりの思い出は、温かいまま残り続けるよ」

　慈保はまばたきもせず、じっと有栖の言葉を聞いていた。

「ありがとうございます。有栖川先生は、創作物と作者の人格を安易に結びつける気はないって言うてましたけど、わたしはすごく納得がいきました。こういう人が、ああいう小説を書くんやなって。有栖川先生の本を好きでよかったです。これからも読み続けます」

「……こちらこそ、どうもありがとう」

「わたし、将来は舞台関係の仕事に就くのが夢なんです。いつか、有栖川先生の作品を上演させてもらえますか？」

「わあ、それは楽しみや。どんなふうにしてくれんねやろ」

「ミュージカルです」

「ミュ……？」

「あっ、その日が来るまで、詳しい構想は温めておきます」

　というわけで、未来の、お楽しみの卵をもらった。

「俺の小説、ミュージカルにできる要素、ある？」

「俺に訊くな。若い感性でアレンジしてくれるんだろうよ。お前はそれまで、消えずに書き続けないとな」

「ほんまや。せいぜい機織りに励《はげ》むわ」

さあ次は、どんな糸で、どんな模様で。殿さまのお眼鏡に適うかはわからないけれど、謎を、秘密を、織り込む。制服を着ていた自分が夢見た未来にいる。きょう出会った少女たちの、衣を脱いだ先行きが明るいものでありますように、祈る。一度だけ校舎を振り返ると、窓一面が鏡のように夕焼けを映していた。

火村英生に捧げる怪談

織守きょうや

織守きょうや（おりがみ・きょうや）

一九八〇年、ロンドン生まれ。二〇一二年に『霊感検定』で講談社BOX新人賞Powersを受賞してデビュー。一五年『記憶屋』で日本ホラー小説大賞読者賞、二一年『花束は毒』で未来屋小説大賞を受賞。他の著書に『彼女はそこにいる』、『隣人を疑うなかれ』、『キスに煙』、『まぼろしの女 蛇目の佐吉 捕り物帖』など。

八階建てのビルの五階、重厚な木のドアを開けた先にその店はあった。入って正面に大きな窓があり、その前にテーブル席が二つ、壁際にも二つ。あとはカウンター席だけの、小さな店だ。先客はカウンター席にいる男性客一人で、テーブル席は全部空いていた。

いかにもオーセンティックなバーらしい雰囲気だが、カウンターの上の黒板に、本日のおすすめ料理やおつまみが書いてある。レストランバーだと聞いていたとおり、ちゃんと食事もできるようだ。食欲をそそるメニューを見たとたん、空腹を自覚した。

お好きな席に、とカウンターの中のマスターに言われ、カウンターに近い窓際の席に、私は火村《ひむら》と向かい合って座る。

ビールと食べ物を注文して店内を見回し、火村が「感じのいい店だな」と言った。そうやろう、と常連らしく返したいところだが、私も今日初めて来る店だ。昨日、書店でのイベントの際に知り合った書店員から教えてもらったのだった。

辻《つじ》という名前のその書店員は、私が担当編集者の片桐《かたぎり》に、「今回の上京では、もう一泊していくつか調べものをした後、学会のため東京へ出てきている火村と合流して飲むことになっている」と話すのを聞いていて、「それならおすすめのお店がありますよ」とここを教えてくれた。

「飯はうまいし、リーズナブルだし、うるさくないし、窓際の席に座ると線路が見下ろせるんです」

そう言われて、火村との夕食の店は決まった。

まだ二十代の彼は、ありがたいことに私の作品の熱心な読者らしかった。私が鉄道好きであることも当然知っていて、この店を勧めてくれたのだ。

まずは、燻製《くんせい》の盛り合わせとビールで乾杯する。飲んでいるうちに、ブラウンマッシュルームのサラダと、ハーブと黒コショウのきいたハッセルバックポテトも運ばれてきた。どちらもうまい。他の料理にも期待できそうなので、黒板に書かれた牛すね肉のビール煮込みとスコッチエッグも追加注文した。

私は火村よりは頻繁《ひんぱん》に東京に来る機会があるので、夜景が一望できる窓のほうを向いた席は、火村に譲った。私は身体をひねり、背後の窓から眼下の景色を眺《なが》める。

書店員の彼が言ったとおり、ゆるやかな曲線を描いて、線路が地面を這《は》っているのが見えた。

私は秋刀魚《さんま》の背骨を連想する。片面を食べ終えて骨を剝《は》がすところを想像したら、秋刀魚が食べたくなった。

入口の扉が開いて、客が入ってくる気配がした。

わざわざそちらへ目を向けはしなかったが、「有栖《ありす》川《がわ》先生」と声をかけられて気がつく。入ってきた客は、見知った顔だった。

この店のことを教えてくれた、書店員の彼だ。

「辻さん。こんばんは」

「こんばんは、昨日はありがとうございました。そちらは……もしかして、片桐さんが話していた、学者の先生ですか」

私が腰を浮かせたのを、「あ、どうぞそのまま」と制して、辻は火村に頭を下げる。

「●●書店の、辻と言います。有栖川先生には、お世話になっています」

「火村です」

「いや、お世話になってるんはこちらのほうやけどな」

奇遇ですね、と辻はにこにこしている。私が火村を連れてくることを想定して来店したのだろうから、奇遇とは言わないような気もしたが、そうですねと返しておいた。

珀友《はくゆう》社の編集者であり、昨日もイベントに同席していた片桐は、火村に犯罪関係の本を書いてもらいたいとかねてから切望していて、昨日もちらりとその話題が出たのだった。そこから、辻にも、私の友人が〈臨床犯罪学者〉として犯罪の現場に赴《おもむ》いて警察の捜査に協力する研究手法をとっていることは伝わっている。彼は、多大な興味を持ったようだった。おすすめの店を教えて、同じ日に来店すれば、噂《うわさ》の名探偵に会えるかもしれないと考えたのだろう。

「ご一緒してもいいですか。お邪魔でなければ」

私が何か言うより先に、火村が「どうぞ」と答えた。火村が気にしないのなら、私に断る理由はない。

辻はビールと、ガーリックピラフを注文した。

「有栖川先生と片桐さんから聞いています。火村先生は現実の名探偵だって。お会い出来て光栄です」

火村がちらりとこちらを見る。

俺が進んで話したわけやない、と目でアピールしておく。

「先生はよしましょう。火村はともかく、私のことは『有栖川さん』で」

「そんな、緊張しますね。もともと読者で、ファンなので……」

火村が解決した事件の話を聞きたがるかと思ったが、火村が話したがらないだろうと察したのか、そういう話題は出なかった。ビールのおかわりとともに追加注文した料理が運ばれてきて、私たちはしばらくそれらに舌鼓《したつづみ》を打つ。

昨日のイベントの話になり、私の新作の話になり、そこから派生して、来週公開予定のミステリ映画と、その原作小説の話になった。

二杯目のビールがなくなるころには、それなりに打ち解けた雰囲気になっていた。

「火村先生も、推理小説をよく読まれるんですか」

「書店員さんに語れるほど詳しいわけではありません。有栖川の小説は読んでいます」

「推理小説だけじゃなく、怪奇・幻想のジャンルもミステリーと呼ばれたりしますが、そちらはどうです」

「そちらのほうは、からきしですね」

辻が火村から私のほうへ視線を移したので、私は嫌いじゃないですよ、と答えた。

「物語として楽しみます。興味を引かれたものや話題作を読むくらいですが」

「有栖川さんはホラーも書かれていますよね。鉄道の廃線跡で死体が見つかる話、読みましたよ。あれとちょっと似た話っていうか、知り合いの知り合いだったフリーのライターさんが行方不明になったって話を聞いたことがあって、思い出してぞっとしました。その人は死体で発見されたわけじゃなくて、荷物だけが廃駅に置き去りにしてあったらしいんですけど」

廃駅に荷物だけ残して失踪したフリーライター。ミステリにも発展させられそうな導入だ。詳しい話を聞きたくなったが、どうやら辻も、ただ行方不明になったということしか知らないらしい。

「実際の心霊スポットに行ってみたり、こういう実話を聞いたりするのは興味がありますか。お二人とも、あんまり怖がらなそうだな」

「そうですね、怖がりではないと思いますが、興味はありますよ。何が起こったら怖いか、その後どうなるか、と考えるのが好きです」

自分から好んで心霊スポットに行くことはなくても、実際に行ったという人の話は興味深く聞くし、たまたま足を運んだ先で「ここには幽霊が出るんです」と言われれば、あれこれ想像を巡らせることはする。具体的に何が起きると聞かされた場合は、何故そんな現象が起きるのか、どんな因果があるのかと想像してしまう。それが楽しいのだが、ただ怖がることを楽しむのには向いていないかもしれない。作家の性《さが》だ。

「火村先生は？」

「あいにく、専門外ですね」

興味がないし信じてもいない、とはっきり言わないあたり、火村も少しは気を遣《つか》っているのだろう。

「辻さんは、怪談がお好きなんですか」

「実はそうなんです」

探るようなことを言うから、そうなのだろうと思っていた。バレバレでしたね、と辻は頭を掻《か》く。

「お恥ずかしいんですが、学生のころは、心霊スポット巡りなんかを趣味にしていたこともありまして。知り合いの家で奇妙なことが起きると聞いたら、頼み込んで泊まらせてもらったりして……何度か、気味の悪い体験をしたこともありますよ」

ほう、と私が身を乗り出すと、辻は嬉しそうな表情をした。最初から、その話がしたかったのだろう。

「当時のバイト先の後輩のアパートです。まあよくある話ではあるんですけど、深夜に突然テレビがついたり消えたり、夜中に焦げ臭いようなにおいがしたとか……とにかく、色々気持ちの悪いことが起こると愚痴《ぐち》っているのを聞いたのがきっかけでした」

　わずかに声のトーンを低くして、彼は語り出した。

　後輩がそのアパートに引っ越してすぐに、奇妙な現象は始まったという。

　まず、消していたテレビが勝手につく、観ていたテレビが勝手に消える、ということが、立て続けに起こった。どちらも深夜のことだ。

　うっかりリモコンに触ってしまっただけ、ということは絶対にない。寝ているときに、急に大音量で深夜ドラマが流れて飛び起きたこともあった。

　それ以来、寝る前にはテレビのプラグを抜くことにしていたが、うっかり抜き忘れると、夜中にテレビの音で起こされることになる。

　テレビに限らず、エアコンが誤作動したり、電池式のラジオが突然鳴ることもあった。使うとき以外は電池を抜く、プラグを抜く、ということで対応していたが、不自由だった。

　そんなある日、アパートのゴミ置き場に、「ご自由にどうぞ」という張り紙とともに、電気仕掛けのおもちゃが箱ごと捨ててあった。人気アニメの主人公が持っている武器を模したもので、一時は売り切れていたほど人気の品だ。

　ご自由にと書いてあるということは、壊れたわけではないのだろう。見たところ、箱もそれほど傷《いた》んでいないようだ。フリマアプリやネットオークションで売れるのではないか、と考えて眺めていたら、ゴミに出したらしい隣人女性に気づかれて、「よかったらどうぞ」と声をかけられてしまった。

気恥ずかしくなり、「いえ、まだ新しそうだったので気になって」とごまかしたところ、彼女は、去年のクリスマスに子どもに買い与えたばかりのおもちゃを捨てた経緯を教えてくれた。

「夜中に突然鳴り出して怖いって、子どもが嫌がるんです」

詳しく話を聞くと、隣室である彼女の部屋でも、夜中に家電が誤作動することがよくあるということがわかった。彼女は小さい子どもと二人暮らしなので、部屋に盗聴器でも仕掛けられているのではないかと不安になり、知り合いの探偵に調べてもらったが、何も出てこなかったそうだ。

後輩はその考えには思い至っていなかったが、なるほど、盗聴器の電波が家電に悪さをすることはあるらしいと、後でネットで調べて知った。しかし、壁一枚隔てた隣人の部屋を専門家がくまなく調べて、盗聴器の電波を感知できなかったのなら、自分の部屋にもないだろう。もとより男の一人暮らしで、盗聴器などしかけられる心当たりもない。

結局、盗聴器の電波による誤作動ではないらしいとわかっただけで、怪現象の原因は不明だった。

自分の部屋に限らず、この建物自体に何かあるのではないかと不安に思っているが、家賃は安いし、電化製品の誤作動以外は特に害がないから、そのまま住んでいる——そんな話を、辻は休憩時間に、後輩から聞かされた。相談というほどでなく、単なる愚痴としてだ。

彼とは取り立てて仲がよかったわけではないが、辻は、話を聞いてすぐ、是非アパートに泊まらせてほしいと申し出た。

「呆《あき》れないでくださいよ。その頃は、心霊と聞くと飛びつくくらいにハマっていたんです。YouTuberみたいに撮影するわけでもなくて、ただ自分で行ってみるだけでしたけど」

辻は話しながら、ガーリックピラフの皿に残った米粒を集めてスプーンで口に運ぶ。

「泊めてもらうのに手ぶらじゃ悪いから、すぐ隣にあるコンビニでビールとつまみを買っていきました。飲みながら、遅くまでホラー映画のＤＶＤなんかを観て、酒がなくなったら、追加を買いに出たりして……それなりに楽しくて、怪現象が起きなくてもまあいいかみたいな気持ちになっていたんですけど」

汚れた皿を重ねて置き、空いた両手の指をテーブルの上で組んだ。ことさらに恐怖をあおるような語り口ではないが、いったん言葉を切り、私の反応を見る様子など、いっぱしの怪談師のようだ。

「深夜一時を回ったくらいでしょうか。コンビニでつまみを選んでいたら、入口の自動ドアが開いたんです。こんな時間に自分たち以外の客がいるのかと思って何気なく目を向けたら、誰もいないんですよ。出入りした客はいないのに、ドアが開いてるんです。店員さんは、ちらっと目を向けて、『またか』みたいな反応でした。思わず後輩と顔を見合わせてしまいましたよ」

私は相槌《あいづち》がわりに頷《うなず》いた。

「それで、酒とつまみを買って部屋に戻ったら、消して出たはずのテレビがついてるんですよ。間違いなく消したのに。さすがにぞっとして、ホラー映画を観ようという気はなくなりました」

その後輩とは、バイトをやめてから疎遠になってしまったそうだ。

「僕が泊まったのは一度だけですけど、その後も、怪現象は続いたそうです。家電の誤作動のほかに、夜中に焦げ臭いようなにおいを感じたこともあったって言ってたな。隣室の女性も、いつのまにか引っ越していってしまったとか……。彼も引っ越し先を探していましたから、もうそこには住んでいないかもしれないですね」

「けど、嫌やなあ、その部屋」

幽霊のしわざかどうかはさておいて、家電がしょっちゅう誤作動を起こすのでは落ち着かない。私が、心霊現象を否定も肯定もしないコメントで辻に同調したのに対し、火村は無言でちびちびとビールを飲んでいる。

「すみません、火村先生には退屈な話だったでしょうか」

「いいえ、そんなことはありません。むしろ気になることがあって、考えていました」

恐縮した様子で頭を掻いた辻に、火村はゆっくりと口を開いた。

「後輩の方が、夜中に焦げ臭いにおいを感じたというのは、どういう状況だったんでしょう」

噂の名探偵が、物語の細部に興味を示したことが嬉しかったのだろう。辻は姿勢を正して語り出した。

「確か、夜中に火事の夢を見て目が覚めたら、本当に焦げ臭いようなにおいがしていた、と言っていました。カーテンを開けてみても、火も煙も見えないし、消防車の音も聞こえない。つけて寝たはずの暖房が消えていたので、寒さで目が覚めたんだろう、幻覚なら幻臭は悪夢の影響だろうと結論づけて、無理やり寝直したそうです。起きてからも、なんとなくにおいが残っているような気がしたそうですけど、そう思うからそう感じただけかも……と言っていましたね」

それほど、においは薄くなっていたということだろう。においが気のせいでなかったとしても、本当に近所で小火《ぼや》でもあって、夜中のうちに消し止められただけと考えるのが自然だ。怪現象とは言えないと思ったが、私はコメントを差し控《ひか》えた。

火村はなるほど、というように頷く。

「もしかして、怪現象の原因がわかったんですか？」

辻の問いにははっきりとは答えずに、火村は二つ目の質問をした。質問というより、確認する口調だ。

「そのアパートですが、高速道路沿いの立地だったということはないですか」

「あ、はい。○○インターの出口付近です」

　私はそこで、火村が考えていることに思い当たった。

　私も、家電の誤作動について、心霊現象以外で、いくつか心当たりは浮かんでいたのだ。辻の話の中で早々に否定された盗聴器もその一つだったが、ほかにも似たような現象を人為的に起こす方法はある。

　火村も、私が気づいたと察したようだった。ちらりとこちらへ目を向けるので、どうぞ、と手のひらを差し出して促《うなが》す。謎の解明とその解説は、探偵の役目だ。辻も期待しているはずだ。

「アパートで起きていた家電の誤作動は、おそらく、トラックの無線のせいではないかと思います」

　火村は、落ち着いた声で話し出した。えらそうに語るほどのことでもないという気持ちがあるのだろう。准教授として講義をするときとは違い、淡々とした調子だ。

「夜通し長距離を走るトラックの中には、改造された違法無線を積んでいるものもあるようです。出力をうんとあげているので、近隣の店や民家の電化製品にまで影響が及ぶことがあります。そのせいで、テレビやエアコンが勝手についたり消えたりしていたんでしょう」

　辻も、そう言われてあっと思ったようだった。

「そうか、だから、隣の部屋のおもちゃとか……コンビニの自動ドアも？」

「隣室や近隣の建物も、同じように無線の影響を受けていたでしょうね」

誤作動は無線による干渉で電子回路が乱れた結果だから、電池式のおもちゃでも関係なく起こる。

誤作動が日中ではなく深夜に起こるのは、長距離トラックが高速料金の下がる深夜に走るからだ。トラックが通るたびに店の自動ドアが開閉して困る、という話を、私も聞いたことがあった。

「焦げ臭いにおいがしたというのは、憶測にすぎませんが、隣室の電気ストーブが無線のせいで誤作動して、小火になりかけたとか、そのあたりではないでしょうか。そう考えれば、隣人女性が黙って出ていってしまったのも納得できます」

小火を起こしかけたという引け目から、隣人に事情も話せず、ひっそりと引っ越していったのだろう。

辻は、ぽかんと口を開けている。

「興ざめなことを言って、失礼しました」

「あ、いえ、そんなことありません。あれは何だったんだろうと思っていたので、すっきりしましたよ」

頭を下げた火村に、辻は慌ててそう言った。彼としては、体験談の怪異性を否定される形になったわけだが、幸い、気を悪くした様子はない。むしろ、怪談好きの魂に火をつけてしまったようだ。

「ほかにも、いくつか実体験があるんです。聞いてもらえますか？　そちらも論理的な解釈ができるのであればお聞きしたいし、そうでなくても、もしかしたら有栖川さんの創作のヒントになるかもしれません」

辻は、火村から私に視線を移して言う。

「そういう話はいつでも歓迎です」と私が言うと、彼は笑顔になり、次の話を語り始めた。

辻が大学一年生のころの話だという。彼は、一時期所属していた卓球サークルの合宿で、数人の仲間たちとともに千葉県のホテルに宿泊した。

夏休みをはずしてホテルが格安になる時期を狙い、日中は併設されたスポーツ施設で練習にいそしみ、夜は花火をしたり、肝試しをしたりして楽しんだという。

二泊三日の最後の夜は宴会になった。夜十一時を過ぎたころ、辻は同学年の仲間と二人、酒とつまみを買い足すためにホテルを出て、山のふもとにあるコンビニへと向かった。酒も菓子も、ホテルの売店で買えるが、値段は割高になる。

合宿のために借りた車があったが、皆酔っていて運転ができる状態ではなかったので、曲がりくねった車道の端を歩いてコンビニへ向かった。森を迂回《うかい》する道は、思ったよりも遠く、片道二十分近くかかった。

預かった金で買い物を終えた二人は、また同じ道を戻るのが億劫《おっくう》になり、森の中を突っ切ることにしたのだという。

「言い出したのは僕です。森の向こうに、ホテルの明かりが見えていたので、そこを目指していけば迷うこともないし、半分くらいの時間で済みます。木もそれほど密集して生えているわけじゃなく、まばらだったので、十分歩けると思ったんです」

月夜で、歩くに困ることはなかった。遠くに見えているホテルを目印に歩き始め、少ししたところで、二人は前方に妙なものを見つけた。

辻は、巨大なきのこが生えているのかと思った。後で聞いたところによると、友人は、大きな石か、動物がうずくまっているのかと思ったそうだ。

少し近づいてみると、丸いフォルムの上部に二つ、出っ張りのようなものがある。耳のようだ、と辻が気づくのとほぼ同時に、友人が「熊だ」と呟《つぶや》いた。

友人は後ずさりし、来た道を引き返そうとする。

辻もつられそうになったが、熊がうずくまっているにしては、やけに小さい、と気がついた。子熊だとすると耳の位置が妙だ。

スマホのライトで照らしてみると、確かに熊のようなフォルムではあるが、質感が本物とは思えない。

ぬいぐるみ――というか、熊の着ぐるみの頭部だけが、地面に置いてあるのだ。

辻はほっとして友人を呼びとめ、「見ろよ、着ぐるみだよ」と声をかけた。

何故こんなところに着ぐるみが、それも、頭部だけが捨ててあるのか。意味不明で、不気味ではあるが、本物の熊と違って危険はない。

すでに辻より数メートル後退していた友人は、「えっ」と足を止めた。

「ほら」

辻は、改めて、その輪郭をなぞるようにスマホのライトを当ててみせる。本物の熊ではありえない、なめらかな曲線の上に、ぴょこんと飛び出た二つの丸い耳が照らし出された。着ぐるみは後ろを向いた状態だが、前へ回ればおそらく、子どもに好かれそうな、デフォルメされた顔のパーツがついているに違いない。

友人が、なんだよぉ、と脱力したような声をあげた。

辻も笑って、「な」と応じる。

「まじでびびっ……」

びびった、と言いかけて息をのんだ。

着ぐるみの首が動いている。

ぎこちなく、しかし確実に、こちらを振り返ろうとするかのように。

百八十度とは言わないが、後頭部しか見えていなかった着ぐるみの目鼻が、後ろにいた辻たちにも見えるようになった。

このままでは目が合う。そう思った瞬間、辻と友人は、同時に身をひるがえして逃げ出した。

友人は走りながら、なんだあれ、なんだあれと繰り返していたが、辻に答えられるわけもない。舗装《ほそう》された車道まで戻り、森のほうを気にしながら、ホテルまでたどり着いた。

酔っぱらった先輩たちに話したところで、取り合ってもらえるとは思えなかったし、

「見に行こう」と言われてまた戻ることになってはたまらないから、報告はしないことにした。

ただ、友人と「見たよな」「動いたよな」と確かめあった。

辻は夢中で気がつかなかったが、友人は、獣の唸《うな》り声のようなものを聞いた気がする、という。

「なるほど、それは怖い」

辻の話を聞き終えて、火村はぼそりと感想を漏《も》らした。

「でしょう」

辻は満足げに頷く。

私も、その話は怖いと思った。怪談としてではない。

着ぐるみの首だけが落ちているのも、それが動くのも、シュールで怖いといえば怖いが、それが実話で、深夜、シーズンオフの山の中での出来事だったということに鑑《かんが》みれば、心霊現象とは別の解釈が成り立つ。

誰も入っていない着ぐるみが勝手に動いたなら、心霊現象を疑うのは理解できる。しかし、着ぐるみの中が空だったかどうか、彼らは確かめていない。

二人に見えたのが首だけだったのなら、身体は、地面の下にあったのだろう。そして、首が動いたということは、地中の身体の持ち主は生きていたのだ。

つまり、その誰かは、首から下を土に埋められ、頭に着ぐるみの頭部を被せられて、森の中に放置されていた――ということだ。

悪ふざけで済まされることではない。私刑、折檻《せっかん》、誰かに対する見せしめ、理由はわからないが、普通の人間のすることではない。森にとどまっていたら、その普通でない加害者側の人間が戻ってきて、辻たちがトラブルに巻き込まれていた可能性もある。結果的に、逃げ出したのは正解だったと言える。

友人が聞いたという唸り声も、埋められた誰かの声だったのだろう。おそらく、助けを呼べないように、猿轡《さるぐつわ》か何かをかまされていたか、まともにしゃべれない状態にされていたのだ。

冷静に考えればわかりそうなものだが、一度「心霊体験をした」と思い込むと、そうとしか考えられなくなり、より現実的な可能性に目が向かなくなってしまうのかもしれない。

火村はすぐに気づいただろうが、あなたそりゃ、生きた人間だったんでしょう、などとは言わなかった。私も言わない。辻が大学生のころの話だというから、もう何年も前のことだ。今さらどうしようもない。自分たちは助けを求めている人間に気づかず、見殺しにしてしまったのか、と辻が変に気に病んでも気の毒だ。いつか誰かに同じ話をして、指摘されることがあるかもしれないが、今この場である必要はなかった。

当時、着ぐるみを被せられた死体が発見された、などというニュースが流れれば、辻たちも目にしていただろうから、無事救出されたのだと思いたい。そのまま息絶え、地中のより深いところに埋められてしまったのではないことを祈るばかりだ。

後で新聞記事を検索してみよう、と頭の中にメモをする。

「怖がってもらえてよかったです。まだあるんですよ。それも森というか、山の中の話で……あ、すみません、生ビールください。お二人も、何か飲まれますか」

辻がカウンターを振り返り、手を挙げてマスターに注文をした。私と火村も同じものを追加注文する。

酒を待つ間、辻は火村に目を向け、「こんな話ばかりして、ご迷惑ではないですか」と訊いた。

「とんでもない。興味深く聞いています」

紳士的に首を横に振ってみせた火村に、辻は「それならよかった」とにこやかだ。勢い込んで披露《ひろう》した二つ目の怪談を怖いと認められて、自信を取り戻したらしい。調子に乗り出した――というと、意地が悪いか。

「あと二つだけなので、もう少しおつきあいください。何かお気づきのことがあれば、是非また名探偵の視点から、怪異を読み解いていただいて」

「そんな大層なものではないですが、拝聴しますよ」

「実体験がそんなにあるんですか。ネタの宝庫やないですか」

私が言うと、辻は「いやあ」と破顔した。

「一つは、僕の実体験と言っていいか微妙な感じなんですけどね。僕は、話を聞いて、後から現場を訪ねただけなんで……。山岳部出身の友人が、山中で不思議な体験をしたというんです」

「山の怪ですか」

怪談の中では一大ジャンルである。

辻は「一応、そういうことになりますかね」と頷く。

「怖いというか、狐に化かされたみたいな話ですよ。そういう意味では、山の怪らしい山の怪なのかもしれません」

マスターが、ビールのおかわりを運んできた。いいタイミングだ。

辻は届いたばかりのビールに口をつけ、喉《のど》を湿《しめ》してから話し出した。

「山岳部出身といっても、彼個人は、険しい山に登ることはなくて、景色を楽しみながらの山歩きを趣味にしています。大抵は一人で、日帰りできる程度の高さの山に登っていたみたいです」

あるとき、彼は関東の、とある山の中を一人で歩いていた。

反対側の斜面には、車道も通っている山だったが、舗装された道を歩くのでは物足りない。彼は、旧登山道と呼ばれているルートで登っていた。

数年前に車道が通ったとはいえ、古いほうの道も登山道としてはまだ現役のはずだが、平日の昼間だからか、前にも後ろにも、ほかに登山客らしい人の姿はなかった。

手入れされた山で歩きやすい。鳥の声や緑のにおいを楽しみながら歩いていたが、そろそろ中腹まで来たか、というところで、霧《きり》が出てきた。ついさっきまで晴れていたのに、と思ったが、山の天気とはそういうものだ。

前が見えないほどではないが、そのうちに、足元も見えないほど霧が濃くならないとも限らない。いったん止まって、どこか安全なところで、霧が止むのを待ったほうがよさそうだった。

どうしようか、と思いながら歩いていると、前方に、木造の建物が見えた。

道沿いに建てられた、小さな小屋だ。

登山ルートがあるような山には、登山者のための山小屋が建てられることがよくある。大抵は、山頂と、中腹にあり、宿泊所や食堂、売店を兼ねていることが多い。しかし、その小屋はそういった類の施設ではないと一目でわかった。

特に何の案内も出ていない、木造の、ごく簡素な造りの小屋だ。

試しにドアノブを回してみると、入口の扉には鍵がかかっていなかった。ありがたい。

彼は小屋に入り、荷物を下ろした。

小屋の中には何もなかった。小さな窓が、南側の壁の上のほうに一つあり、そこから外の光が入ってくるが、明かりはそれだけなので、薄暗い。登山客用の休憩所にしては、毛布や寝袋といった寝具や座布団もなく、本当に、入れ物としての小屋だけという感じだった。

それでも、山の中を何時間も歩き続けた後の登山者にとっては、座ったり寝転がったりして休めるだけでありがたいものだ。がらんとした小屋の隅に腰を下ろした。

窓から見える外は真っ白だ。霧が濃くなっていた。

小屋の中を見回すが、見るべきものは特にない。利用者の署名や落書きでもないかと思ったのだが、マナーの悪い利用者はいなかったらしい。北側の壁に、何かが擦れたような、少し目立つ傷がついているくらいだ。

ただ、入口側の壁、ちょうどドアノブの横あたりに、猫の顔の形に爪で引っかいた跡があった。子どものしわざだろう。輪郭だけで、顔の中は描かれていない。おそらく、描いている途中で親に見つかって止められたのだ。そんな様子を想像して、微笑《ほほえ》ましい気持ちになった。

持ってきたおにぎりを食べ、休んでいるうちに、霧が晴れたので、荷物を背負って出発する。

それから、一時間ほど歩いた。もうあと三十分も歩けば、山頂に着くはずだ。

歩いているうちに、また霧が出始めた。これ以上濃くならないといいな、と思いながら歩き続けていると、前方に、小屋が見えた。

あれ、と思う。

森の中はどこも似たような景色だから、「さっきも似た枝ぶりの木の前を通ったかも」などとはいちいち気にしないが、小屋のあるなしは見間違いようがない。つい一時間ほど前に休ませてもらった、あの小屋にそっくりの建物が、またしても道沿いに建っている。一瞬、道に迷って同じ場所に出てしまったのか、と錯覚したが、そんなわけがない。一本道を上ってきたのだ。

そう高い山でもないのに、こんな短い距離を歩く間に、二軒も休憩所があるのは変だ。変だが、あるのだから仕方がない。

今日は、ここまで登ってきて、誰とも会わなかったが、シーズンによってはよほど登山客が多くて、休憩所が一軒では足りないほどなのだろうか。それにしても、険しい道のりでもないのに、休憩所が二つも必要だろうか。トイレが複数あるというのならまだわかるが、ただ雨風をしのげるだけの小屋なのだ。

小屋の前に立ってしげしげと見ても、さきほどの小屋と同じ建物のように見える。もしや、外観が似ているだけで、こちらの小屋は資材置き場とか、別の用途の建物かもしれない。そう思い、そっとドアを開けてみた。やはり、鍵はかかっていない。中は、さっきの小屋と、まったく同じだった。何もなく、がらんとしていて、南側の壁に小さな窓。雨風をしのぐことくらいしかできない、休憩所として使うほかに、用途が思いつかない建物だ。

気持ちが悪いな、と感じた。

二軒ともが休憩所だとしたら、これほど近くに建てる意味がわからない。どう考えても、二軒は要らない。

彼は小屋の中を見回し——北側の壁に、傷跡があるのに気がついた。

どうということはない傷だ。しかし、さっきの小屋も、同じところに、同じような傷があった。

見た瞬間にそれを思い出し、嫌な感じに胸がざわめく。

偶然にしても、気味が悪い。なんとなく中に入るのはためらわれた。休憩が必要なほど疲れてもいない。このまま登山を続けようとドアを閉めかけ、何気なく、すぐ横の壁を見てしまって後悔した。

そこにはくっきり刻まれた、猫の形の爪の跡があった。

彼は逃げるように、小屋を後にした。振り返らず、目的地へ向かって、一心に足を動かした。

また同じ小屋の前に出たらどうしよう、と思っていたが、彼は無事山頂にたどり着き、帰りは、反対側の、舗装された新しく広い道を使って下山したという。

「まっすぐ歩いていたはずが、何故か同じ場所に出てしまうという……まあオーソドックスな怪談ですよね。霧の中っていうのがまた、お約束です」

一気に話し終えた後、ビールを飲んで、辻は息を吐いた。

「酒の席でその話を聞いたとき、皆、道に迷ってぐるぐる回っていたんだろうと笑ったんですけど、本人は、一本道を上っていたんだから絶対に違うと言い張っていて……それで、僕、彼から詳しい場所を聞いて、行ってみたんですよ」

「行動力があるなあ」

私は感心して言った。お世辞ではなく、本心からの言葉だ。インドアな作家には到底真似できないフットワークの軽さである。

「若かったんです。話を聞いた時点で、すでに友人がその山に登ってから二年くらい経っていたんですけど、古いほうの登山道はまだちゃんとありました。聞いていたよりしんどいなとは思いましたけど、この日は霧も出ず、まあ僕でも登れるくらいの道で」

「あったんですか、小屋」

「ありました」

私の問いに、辻は厳《おごそ》かに頷いた。

「ただし、一軒だけ。山の中腹に、話のとおりの、がらんとした入れ物だけ、みたいな小さな小屋がありましたよ。壁の傷も、猫の落書きもありました」

スマホを取り出して、画像フォルダをさかのぼり、写真を見せてくれる。

木の壁についた傷は薄くて、写真だとわかりにくかったが、落書きが猫の顔の形をしていることはわかった。

実話だというのを疑っていたわけではないが、こうして写真を見せられると、俄然リアリティが増す。辻は火村にも写真を見せてから、スマホをテーブルの端に置いた。

「二軒ともなかったなら、記憶違いだったんじゃないかって思えるでしょう。でも、一軒はちゃんと建っていて、内部の様子も話の通りだったんです。となると、その友人の経験も、実際にあったことなんじゃないかと思って」

確かに、と私も同意する。

道に迷って何度も同じ場所に出てしまう、というのは、怪談においてもそうでない場合でも比較的よく聞く話だが、山の中の道をまっすぐ登っていたのに、となるとやはり不思議だ。狐に化かされたような、と辻が言ったのも頷ける。

怖い話か、というと微妙だが、体験した本人は気味が悪かっただろう。霧の山中に一人でいるときならばなおさらだ。

辻は、どうですか、というように火村を見る。

火村は、礼儀正しく「興味深いお話でした」と言った。猫を被りやがって。私の仕事の関係者に気を遣ってくれているのだろうから、言いたいことがあるなら言えよ、とは言えないが。

辻も、火村の社交辞令をそのまま受けとめはしなかった。何か言いたいことがありそうだと感じたのか、「友人の経験は何だったんだと思いますか」と食い下がる。

「先生にはお考えがありますか」

火村はグラスを傾けながら答えた。

「おそらくこうではないか、と現実的な説明をつけることはできます」

「是非お聞かせください」

辻は前のめりだ。

「ロマンも何もないですよ。奇妙な経験をした、というままにしておいたほうが楽しいかもしれません」

「かまいません。友人は、気味悪がって、もうあの山には登りたくないなんて言っていましたから、怪異のしわざじゃないと伝えれば喜ぶと思います」

辻は勝負を挑《いど》むような目で火村を見ているが、口ではそう言った。

では、と火村はグラスを置き、おもむろに口を開く。

「ご友人が何らかの理由で気づかないうちに道を外れていたとか、登っていると思っていた道が実は円を描いていたとか、そういうことがないのであれば――単純に、そっくり同じ造りの小屋が、道なりに二軒あったのだと思います」

私も辻も、は、と声を漏らした。

その反応を予期していたかのように、火村が肩をすくめる。

「拍子抜けでしょう？　ですが、ご友人が幻を見たのでないとしたら、そうとしか考えられません。一軒は、二年の間に取り壊されたのだと思います」

だから、辻が行ってみたときは、一軒しかなかった。単純な話だ。それなら不思議でも何でもない。

「けど、二つの小屋の壁には、そっくりな傷と落書きがあったんやろう」

困惑した様子の辻に代わって私は言った。

百歩譲って擦ったような傷跡だけなら、たまたま似たような傷が似たような場所につくということもあるかもしれない。しかし、猫の落書きはそうはいかない。

「どちらかの小屋に傷や落書きがあるのを見つけて、後からもう片方にも同じような傷をつけ、落書きをしたんだろう。小屋の持ち主か利用者か知らないが、誰かがわざと、二つの小屋を似せたのさ」

あっ、と私の横で辻が声をあげる。私も、声こそあげなかったが、理解した。

同じ箇所に傷や落書きがあるからといって、同じ建物とは限らない。確かにそうだ。偶然の一致なわけがないから、誰かが意図的に似せたのだというのも、言われてみれば納得がいく。

しかし、山の中の、それも利用者の少なそうな小屋に、わざわざそんな悪戯《いたずら》がしかけてあるとは、普通は考えない。何も知らずに二つの小屋の中を見た辻の友人が、同じ建物だと錯覚したのは当然のことだった。

「山の中で、歩いて一時間の距離にそっくりな小屋が二つあるってこと自体、珍しいことだ。外観がそっくりなのは、同じ工務店が同じ設計図で作ったとか、そもそも同じキットで作ったとか、そういう理由だと思うが――せっかくそっくりな建物が、同じ一本の道沿いに建っているんだから、どうせなら傷や汚れなんかの特徴も同じにして、利用した人間を驚かせてやろうと、誰かが考えたんだ。特定の相手を想定していたかもしれない」

「何のために……なんて考えても仕方ないな。ただの遊びか」

「もともとそっくりな建物だからな。傷や落書きを足すくらい、大した手間でもない」

理由はどうあれ、小屋が二軒あったからこそ思いついた悪戯というわけだ。

すぐに気づけなかったのが悔しい。

「犯人」――おそらく小屋の持ち主だろう――は、ミステリ好きか怪談好きかどちらかに違いない。

「徒歩一時間程度の距離に、二軒も小屋を建てた理由のほうが気になるな」

苦し紛れに私が言うと、火村は「確かに」と応じた。

「アリス、おまえはどう思う？」

「そうやなあ」

ここは作家らしく、ロマンのある回答を披露したい。私はグラスを置いて腕を組んだ。

「不必要に思える休憩小屋が、近い場所に二軒もあった理由――実はその山は意外と人気のスポットで、シーズンには一軒に収まりきらないほど人がいっぱい来る、という可能性もあるけど、せっかくやからホラー寄りに考えてみようか。たとえば、その地域にだけ伝わる祭りがあって、儀式のために必要だとか……あの山では絶対に野宿してはいけない何らかの理由があるとか。あ、何か得体の知れないものが森に住んでいて、いざというときそいつから身を隠せるように、いたるところに小屋を建てた、っていうのはどうや」

「どれもいまいちだな」

私もそう思う。どの説も、どこがおかしいかを指摘するのも馬鹿馬鹿しいほど無理がある。

私は素直に仮説を引っ込めた。

「まあ、山の中で何らかの作業をする人たちのために建てられた……と考えるのが一番自然やろうな。休憩したり、機材や資材を置いておいたりするためのものやろう。二軒あったのは、複数箇所で作業をしていたからとか、作業員の人数が多かったからとかで。おもしろみも何もないけど」

手入れのされた山だったことは、辻の友人の話の中でも語られていた。

そんなところだろう、と火村は同意する。

「作業が終わり、小屋は不要になった。しばらくそのままにしていたんだろうが、二年の間に、一軒は傷んで放置しておくのが危険な状態になったから取り壊したんだろう。簡素な造りだったそうだし、もう一軒も、今頃は取り壊されているかもしれない。台風か何かの被害にあって」

決してアウトドア派ではない私でも、ホームセンターやインターネットで組み立て式のログハウスキットが売られていることは知っている。慣れていれば、二、三時間で組み立てられ、解体も簡単にできる代物だ。短時間で解体できるようなものだったなら、建てるのが楽なぶん、耐久性のほうはいまいちだったとしてもおかしくない。

一応は納得できる説明がついた。

山の持ち主に問い合わせれば確認できるかもしれないが、そこまですることもないだろう。

「確かに……そうですね。現実的な解釈だと思います」

辻は認めざるをえない、というように言った。

不思議なことを不思議なままにしておけない、無粋で理屈っぽい奴らだと思っているのかもしれない。考えを聞かせてほしいと言ったのは彼のほうからだが、内心では、不思議な話ですねえと共感してほしかったのだろう。

辻は自分のグラスを見、それからちらりとカウンターのほうへ目をやった。ビールを追加するかどうか、迷っているようだ。私と火村のグラスには半分ほど、辻のグラスにはまだ三分の一ほど残っている。

結局追加注文はせずに、彼は私と火村のほうに向きなおった。

「じゃあ、これはどうです。僕自身の経験の中では、一番心霊体験らしい心霊体験です。もちろん、この話についても、現実的な説明がつけられるなら是非お願いしたいです」

最後にもうひと勝負、と口には出さなかったが、その目が言っている。

「とっておきですね」

「拝聴しましょう」

意外なことに、火村も乗り気な様子だ。

辻はいったん腰をあげて座り直し、姿勢を正して話し始める。

それは、こんな話だった。

辻が大学生のころ、例によって、心霊スポット巡りにはまっていた時期のことだ。夏休みで、地元に戻っていた彼は、高校の同級生で仲の良かった加川《かがわ》に、廃遊園地へ肝試しに行かないかと誘われた。

加川の中学の先輩で、土木工事のアルバイトをしている湯本《ゆもと》という男が、廃墟となった遊園地の解体現場に配属されたので、取り壊す前にこっそり手引きしてくれるという。もともと、加川と湯本と、湯本の友人と三人で行く予定だったのだが、その友人が急に都合が悪くなったのだそうだ。男二人で肝試しというのも盛り上がらないから、是非来てほしい、という話だった。

中心地から車で三十分ほどの距離にあるその遊園地に、辻は小学校低学年のころ、一度だけ行ったことがある。スリリングな乗り物がたくさんあるわけでもなく、数年の間に閉鎖となってしまったのも理解できる、特にこれといった売りのない遊園地だった。ただ、看板にピエロの絵の描かれたミラーハウスがあって、とても怖かった、という記憶があった。

そのミラーハウスも、まだ取り壊されずに残っているという。解体前に見ておきたい、というノスタルジックな気持ちも少しあり、辻は加川の運転する車で、遊園地跡へと向かった。遊園地の近くに宿をとっている湯本とは現地集合だ。

湯本は先に着いていた。工事現場で働いているというだけあって、がっしりとした体格で、日に焼けている。体育会系の先輩、といった印象だ。

解体工事が始まるのは、明日からだという。警備員がいるわけでもないし、人も近づかないから、夜の間に忍び込んでも見つかる心配はないと、湯本は請け合った。

無人のチケット売り場の前を通り、まずは三人で敷地内を見て回る。メリーゴーラウンドやコーヒーカップ、ジェットコースターなど、定番のアトラクションが一通りそろっていた。不良少年たちのたまり場になっているのではと危惧《きぐ》していたのだが、町から離れていて、周りに何もないというのもあってか、想像していたほど荒れてはいない。

ミラーハウスは、敷地の一番奥にあった。

記憶にあったピエロの看板は外されてしまったのか、見当たらない。

建物の正面の壁、左右の端に、扉のない出入口が二つある。左側の出入口の横にペンキで書かれた「IN」という文字が、かろうじて読みとれた。左側の入口から建物に入り、中をぐるぐると回って、右側の出口から出てくる、という構造らしい。

そういえば、子どものころに来たときも、入口の前に並んでいると、先に入った客たちが笑ったり、悲鳴をあげたりしながら、すぐ横の出口から出てきたのを思い出した。そうやって、入場前の客の期待感を高めるために、入口と出口を同じ側の壁に設置していたのかもしれない。

「一人ずつ中に入ってみようぜ」

湯本が言い出した。

確かに、朽《く》ちかけたミラーハウスは、肝試しにはうってつけだ。当然予想できた展開だったので、辻も加川も、いいですね、と追従する。

ペンキが剝がれて外観はぼろぼろだが、建物自体はしっかりしているから、中に入っても問題はないという。解体工事を請け負っている湯本が言うなら、そうなのだろう。ただ、鏡が割れているところがあるかもしれないから、鏡に触らないようにするのと、足元には気をつけて歩くようにと注意をされた。

「何かあったら、俺の責任になるんだからな。仕事、クビになりたくねえし」

不法侵入したことを知られただけでも、湯本は職を失うことになるだろう。辻と加川は、十分気をつけます、と約束した。

まずは湯本が、ペンライトを持って一人で入っていった。湯本が出てきたら、ペンライトを預かって次に加川が、加川が出てきたら辻が、という順番で入ることになっている。

普通、肝試しのときは、ちゃんと行って帰ってきたということを示すために、何か証拠になるものを現場に残すなり現場からとってくるなりするものだが、このミラーハウスなら入口から入って出口から出てくるだけで、ちゃんと正規のルートを通ってきたことの証拠になる。

辻と加川は、建物の前に立ち、高校時代の昔話などをしながら、湯本が出てくるのを待った。

加川はどちらかというと怖がりで、この後一人でミラーハウスに入ることにも気乗りしない様子だ。だったら肝試しになんて来なければいいのに、と思ったが、おおかた、先輩に誘われて断れなかったのだろう。湯本は押しの強そうな雰囲気だった。もしかしたら、加川は、苦手な先輩と二人きりになりたくなくて自分に声をかけたのかもしれない。

湯本がミラーハウスに入って、五分ほどが経過した。思ったより時間がかかっているな、と感じる。

ミラーハウスは大した広さでもないし、大人が迷うほど複雑でもないはずだ。暗いので、慎重に歩いているのだろう、ということにして、さらに待ったが、十分が経過し、十五分が経過しても、湯本は出てこない。

遅いな、と辻が口に出し、加川も頷いた。

「そんなに時間かかるもんじゃないよな？　基本は子ども向けだし」

加川は不安そうにしている。視線がミラーハウスと辻とを行ったり来たりした。何かあったのかな、と呟いたが、中に入ってみよう、とは言い出さなかった。

加川から湯本のスマホに電話をかけてみたが、電源を切っているか、電波のつながらないところにいるというアナウンスが流れるだけだった。横にいた辻にも、平坦な女性の声のアナウンスが聞こえてきた。

「俺たちが探しにいくのを、中で待ち構えてて、驚かすつもりかも」

加川が言わないので、辻が指摘した。加川もその可能性には思い至っていたはずだ。

「ありそう」と嫌な顔をする。

「入りたくないな」

「驚かすつもりで待っているんなら、いつまでも俺たちが来なかったら機嫌を損《そこ》ねそうだな」

渋る加川に、辻は、気持ちはわかると思いつつ言った。

だよなあ、と加川は息を吐く。

今日が初対面の辻はともかく、加川にとって湯本は地元の先輩だ。中で何かがあったのだとしても、湯本がふざけているだけだとしても、どちらにしろ放っておくわけにはいかない。

二人一緒に中に入ってしまうと、湯本が出てきたときに入れ違いになる可能性がある。

加川が入って湯本を探し、辻が外で待つことになった。

ペンライトは湯本が持って入っているので、スマホのライトをつけて、加川はおそるおそるミラーハウスに入っていった。

辻は自分のスマホを握りしめ、ミラーハウスの入口と出口の両方を視野に入れた状態で待った。

五分ほどで、出口のほうから加川が出てくる。

辻と目が合うと、「あれ」という表情になった。

「俺が入ってる間に、先輩出てきた？」

加川は、中で湯本には会わなかったと言う。湯本は出てきていない、と辻が答えると、加川は目に見えて動揺した。嘘だろ、なんでだよ、怖えよ、と泣き言を言う、その声まで震えている。

「ミラーハウスの中って、迷路みたいになってるんだろ？　加川が通らなかったほうの道、突き当りとかに隠れてるとか……」

「何のためにそんなことするんだよ。飛び出てきて驚かすとかでもなくさ」

確かにそうだ。

これは、もしや、加川と湯本がぐるになって自分を驚かそうとしているのか。

しかし、加川の様子は演技には見えない。

辻が困惑していると、

「二人でぐるになって、俺のことからかってるとかないよな？」

加川のほうからそう言われてしまった。慌てて「まさか」と否定する。

「なわけないだろ。湯本さんとはさっき初めて会ったんだから。むしろ、俺のほうがそう思ってたところだよ」

加川は、断じて自分は湯本としめしあわせてなどいない、と言った。ここはお互いを信じるしかない。

今度は、加川が出入口を見張り、辻が中に入ってみることになった。

以前この建物に足を踏み入れたのは子どものころで、中がどんな構造になっているのかなど記憶の彼方《かなた》だ。「湯本さーん」と呼びかけながら、懐中電灯がわりのスマホを手に、真っ暗な中をそろそろと進んだ。

ハウスの中はかなり埃《ほこり》っぽいものの、覚悟していたほど荒れてはいなかった。鏡が割れている箇所もあったが、さほど多くはない。

無事な鏡はどれも埃まみれで、曇《くも》っている。はっきりと像を結びはしないが、うっすら自分の影が映るので、不気味ではあるものの、鏡の迷宮という感じではなく、もはやただの迷路だった。

辻は主に足元をライトで照らし、ときには止まったり戻ったりしながら、行き止まりになっている道を一つ一つ確認して、湯本を探した。

進むにつれ、だんだん、落ち着かないような気分になってくる。

これまで歩いた距離から考えて、半分以上は進んでいるだろう。しかし、どこにも湯本の姿はない。鏡像に惑わされることがなければ、迷路は決して複雑な構造ではなく、身を隠せそうな場所などなさそうに思えるのにだ。

それに、なんとなく、誰かに見られているような気がした。全方位を囲んだ埃まみれの鏡に、スマホのライトが作り出す自分の影が、ぼんやりと浮かんでいるのも気味が悪い。自分の影だと思っていたものが、よく見たらまったく別の人間だったら――などと想像してしまい、慌てて目を逸《そ》らした。

「湯本さーん？」

わざと明るい声で呼びかけ、じわじわと滲み出した恐怖をごまかす。返事はない。

前だけを見て歩こう、とライトの角度を変え、視線をあげて、ぎょっとした。思わず声をあげるところだった。

正面に、人がいる。

――と思った。しかし、それが鏡に映った自分であることに、すぐに気がついた。

なんだ、とほっとしたが、すぐに、あれ、と思う。

他の鏡はどれも割れているか汚れているかで、まともに姿が映る状態ではなかった。厚く積もった埃の上に、ぼんやり影が浮かぶ程度だ。しかし正面の鏡には、はっきりと自分の姿が映っている。

その一枚だけが、何故か、汚れていないのだ。埃がほとんど積もっていない。

そのかわり、細かい傷がいくつもついている。そのせいで、鏡像はわずかに霞《かす》んで見えた。相当古い鏡だろうから、傷があること自体はおかしなことではないが、自分の姿に細かな傷が散らばっているようにも見えて、それがなんだか不気味だ。

正面にある鏡に突きあたると、道は左へ続いている。

何故この一枚だけ、ほかの鏡と違うのだろう。近づいて、自分の鏡像に向かってライトを当てたそのとき、鏡の中の自分に重なるように、自分ではない誰かの姿が浮かんだ。

うわっ、と声をあげて飛び退《の》き、辻は一目散に逃げ出した。

途中でスマホを落とし、しかも蹴り飛ばしてしまったが、幸い撥《は》ね飛んだ先は進行方向だったので、走りながら回収する。

後ろを振り向いたら、鏡の中と同じものがいるかもしれない。そう思ったから、一度も振り向かずに走った。

左へ抜け、二度ほど曲がると、出口が見える。転がるように外へ出ると、加川が駆け寄ってきた。

「で、で、出た。何かいた。鏡に映った」

「えっ、えっ」

先輩は？　と訊かれ、いない、とだけ答える。ミラーハウスの前にいたくなくて、とにかく足を動かしてその場を離れた。加川もついてくる。

手に握ったスマホを見ると、画面が蜘蛛《くも》の巣状に割れて、もはや使い物にならない状態だった。それを見ただけで、加川も、辻がふざけているのではないとわかったようだ。

加川は、辻がハウスに入っている間、湯本が出てくることはなかったと言った。辻は、念入りに湯本を探しながら歩いたが、見つからなかったことを伝えた。

それから、自分が見たもののことも話した。加川は、自分が体験したわけでもないのに青ざめている。

「一枚だけきれいな鏡があっただろう。先に入ったとき、気づかなかったか」

なかったと言われたらますます怖い、と思って訊いたのだが、加川は「そういえば」と心当たりがある様子だ。

怖がりの加川は、ハウスの中では終始うつむいて、視線をあげないようにしていたそうだ。だからよくは見なかったが、言われてみれば一枚だけ、やけにはっきり自分の足が映っている鏡があったような気がする、と言う。

「それに、何か、音がしたんだよ。どんって、壁を叩《たた》くみたいな音。普通に風で木の枝か何かがどこかに当たった音だろうと思って、気にしないって自分に言い聞かせてたけど……」

話しているうちに怖くなってきたらしい。加川は、もう帰ろう、と言い出した。

「こっそり出てきて、先に帰ったのかもしれない。そういうとこあるんだ、人を怖がらせておもしろがったりとか」

交代で出入口を見張っていたのだから、それはないのではと思ったが、帰りたいのは辻も同じだ。湯本がまだ中にいるのなら、置いて帰るのはどうかとも思うけれど、心配する気持ちより、ここから離れたい気持ちの方が強い。

もう一度加川から湯本に電話をかけてみたが、やはりつながらなかった。

できるだけのことはした、それでも見つからなかったのだから仕方がない、と自分自身に言い訳をして、結局、辻と加川は遊園地を後にした。明日になっても連絡がつかなかったら警察に届けようと話し合って、加川の車で自宅まで送ってもらい、別れた。

数日後、辻は東京へ戻った。加川からの連絡はないままだった。

「それで、湯本さんは見つかったんですか」

私が尋ねると、辻は「わかりません」と頭を振った。

「警察に届けた、とも、見つかった、とも聞いていません。気にはなったんですが、何かあれば加川から連絡が来るだろうと思って待っている間に、時間が経ってしまって。自分から連絡することも考えたんですが、もともと頻繁に連絡をとりあう仲でもなかったし……僕のスマホは使い物にならなくなってしまったので、修理に出していたのもあって、タイミングを逸したというか」

もしも湯本が無事ではないと知ってしまったら、怖いし、後味が悪いから、知りたくない。無事だったなら無事だったで、「置いていきやがって」と因縁をつけられても嫌だ、という気持ちもあったのだという。その気持ちはわかる。加川の態度や辻の話しぶりから察するに、湯本はあまり人望のあるタイプではなかったようだ。

辻は、どうですか、というように私と火村とを交互に見る。

「あのまま行方不明になっていたら、さすがに加川から『どうしよう』と連絡があったでしょうから、見つかったんだと思いますよ。でも、湯本さんがミラーハウスから消えたことや、僕がハウスの中で気味の悪いものを視たことは実際にあったことですから、怪談と言っていいんじゃないでしょうか」

「そうですね。戻ってきた湯本さんは、すっかり人が変わったようになっていた――というようなオチでもつけけば、さらに怪談らしくなる」

私が辻にそう返すと、火村がおもしろがるように片方の眉をあげた。

「さすがは作家だな。ほかにはどんな展開が考えられる？」

「翌日湯本さんは何事もなかったかのように出勤していて、前夜に辻さんたちと廃遊園地に忍び込んだこと自体否定する、しかもその時間別の場所にいたというアリバイがある——というのはどうや。湯本さんが戻ってきていないバージョンなら、彼は最初から存在しないことになっていて、加川さんと辻さん以外は誰も湯本さんのことを覚えていない、というのもよくあるパターンやな」

「よくあるパターンでも、実際にあったら怖いですよ」

辻が口を挟む。それはそうだ。

本人が怪談として語ったとはいえ、知人が行方不明になったという話を茶化している、ととられたら人間性を疑われそうなので、早めに解説編に移ることにした。

「本当に湯本さんがいなくなったんやったら、こんな話をするのは不謹慎ですけど、たぶん湯本さんは無事やと思います。やろ？」

私が水を向けると、火村は、「おそらく」と頷いた。

「ということは」と辻が身構える。

「この話にも、現実的な説明がつくんですね。僕は何年も、本気で心霊現象に遭《あ》ったと信じて怖がっていたんですが」

「私は、たまたまある事実を知っていたから、気づけただけですよ。……おまえも知っていたみたいだな、アリス？」

「トリックに使うために調べたことがあったんや」

真相に気づいたからといって自慢にはならないぞと、釘《くぎ》を刺されたような気分だ。言われずとも、これしきのことで調子に乗ったりはしない。私は「助手」らしく、手のひらを探偵火村へ向けて再び解説役を譲った。

火村は、辻へと視線を戻して話し出す。

「辻さんは、そのミラーハウスが、子ども心にとても怖かった、ということでしたね。先に入った人たちが、怖かった、と感想を言いながら出てくる様子も覚えていると。その話だけ聞くと、まるで、お化け屋敷のようです」

私は相槌を打つかわりに頷いた。

鏡張りの迷路というと、確かにどこか不気味な雰囲気はあるにしろ、本来は——一般的には、鏡の反射のせいで自分がどこにいるのかわからなくなる、不思議な感覚を楽しむものだ。しかし、子どものころの辻にとって、そこは怖い場所だった。そう記憶されているからには、理由があるはずだ。

「そのミラーハウスには、来場者を怖がらせる仕掛けがあったのではないですか。たとえば、お化けに扮《ふん》したスタッフが迷路の中に潜《ひそ》んでいたり、追いかけてきたりする」

あっ、と辻が声をあげる。

「そうです、確かにそうでした。間違った方向へ行くと、行き止まりの奥にピエロがいて……道を間違えなくても、そちらからピエロがばあっと顔を出して脅《おど》かしてきたりして。

飛び上がって逃げたのを覚えています。他にも風が吹いてきたり、笑い声が聞こえたりみたいな仕掛けがあったかな……そんなに大がかりなものでもなかったはずですけど」

指摘されて、細部まで記憶がよみがえったようだ。早口でまくしたてた後、何かに気づいたようにトーンダウンした。

「でも、たとえば鏡に幽霊を映し出すような仕掛けがあったとしても、肝試しをしたときには電気は通っていませんでしたから、作動するわけないですよ。したとしたら、それはそれで怖いです」

もちろん照明もついていませんでしたし、とつけ足す。

火村は頷いた。

「ええ、電気は通っていなかったでしょう。でも、それ以外の仕掛けはまだ残っていた。具体的には、辻さんが見た、一枚だけ曇っていなかった、傷だらけの鏡です」

埃が積もって、まともに像を結ばなくなっていた鏡の中で、一枚だけ汚れていないものがあり、自分の姿がはっきりと映った。それに重なるように、幽霊も映った、という話だった。それを聞いたとき、私もピンときた。

「おそらく、その一枚だけがマジックミラーだったんです。マジックミラーは光を透過させるため、塗料で表面を保護することができない。そのため、普通の鏡よりも傷つきやすいんです。姿が映るように表面を磨《みが》いておいたのは、湯本さんでしょうね」

マジックミラーが普通の鏡と比べ、汚れにくいということはないはずだ。一枚だけきれいだったなら、誰かが事前に拭《ふ》いておいたのだ。

「湯本さんが？　じゃあ……」

「ええ、一連のことは、湯本さんの仕組んだいたずらだと思います。ミラーハウスの中には、隠し扉があったはずですからね。電気が通っていなくても、使える仕掛けです。辻さんが鏡の中に幽霊を視たとき、その鏡——マジックミラーの裏側には、湯本さんがいたんでしょう」

客を驚かすお化け役——ピエロだと辻は言っていた——がいたのなら、そういったスタッフが待機したり出入りしたりするための隠し通路か、隠し部屋のようなものがなければおかしい。マジックミラー自体が隠し扉だったのか、近くに別の出入口があったのかはわからないが、マジックミラーの裏側に人が潜める空間があったことは間違いないだろう。

「おそらく、解体作業をすることになっていた彼は事前に下見をして、ミラーハウスに隠し扉があることを知っていたんだと思います。後輩で怖がりの加川さんをからかってやろうと、最初からそのつもりだったんじゃないでしょうか」

加川はミラーハウスの中で、ろくに顔をあげずに歩いたと言っていたそうだ。それで、「一枚だけ汚れていない鏡があり、そこに幽霊が映る」という湯本の仕掛けにも気づかず、通り過ぎてしまった。物音が聞こえた、と言っていたのは、加川の注意を引こうと、湯本がたてた音だったのかもしれない。

湯本は加川を驚かすのに失敗し、ターゲットを辻に切り替えて——二人が一緒に入ってくることを想定していたかもしれない——待った。

　マジックミラーは、暗いほうから明るいほうを見通せる造りになっているから、ミラーの内側を暗くして待てば、湯本には、ライトを持って歩いてくる辻の姿が見えたはずだ。ころあいを見て、湯本が手に持ったライトをつければ、内側と外側の明るさが逆転し、辻の見ている鏡面に湯本の姿が浮かび上がる、というわけだ。

「僕が見た幽霊は、ミラーの向こうの湯本さんだったんですね。顔なんか確認もしないうちに逃げ出したので、気づきませんでしたけど……はあ、そうかあ」

　辻は大きく息を吐き、椅子にもたれて天井を仰ぐようにしている。なるほど、納得しました、と言って、ゆっくりと身体を起こし、視線を火村へ向けた。

「どうして加川は教えてくれなかったんでしょう。まさか、あいつも気づいていないなんてわけ、ないですよね」

「肝試しの直後に、加川さんにはネタばらしがされたでしょうね。そこで湯本さんが、辻さんのスマホが壊れてしまったのを知って、弁償しろと言われたら厄介《やっかい》だから黙っていよう、と言ったのかもしれない」

「さすがにもう時効だと思っていますけど、加川も、ネタばらしをするタイミングを逸したままになっているのかもしれませんね」

　火村の説は、納得のいくものだったようだ。辻は朗らかな表情になり、手をあげてマスターに追加のビールを頼んだ。私と火村にも確認して、三人分。今夜はこれが最後の一杯になるだろう。

「僕の体験談は、今ので弾切れです。これまでさんざん怪談会で語ってきた話が論理的に解体されてしまって、正直恥ずかしいですけど、いいほうに考えますよ。先生方のおかげで、長年の謎が解けたんですから」

若干悔しげではあったが、負け惜しみではないようなのでほっとした。蓋《ふた》を開けてみれば「なあんだ」となるようなことばかりで、不思議な話のままにしておいたほうが彼にとってはよかったのではないかという気もしたが、本人がそう言ってくれると、我々も推理を披露した甲斐がある。

なごやかな雰囲気になり、残ったつまみをつついていると、視界の隅で、カウンター席にいた一人客が立ち上がるのが見えた。荷物は置いたままなので、トイレにでも行くのかと思ったら、こちらへ近づいてくる。

おや、と思うのと同時に、

「あの」

と遠慮がちに声をかけられる。

「突然、すみません。お話が聞こえて……盗み聞きをするつもりはなかったんですが、気になって。少しだけ、話をさせてもらってもいいでしょうか」

私たちは顔を見合わせた。何と答えたものかわからずにいると、彼は慌てた様子で上着から名刺を取り出す。

「私は伊東《いとう》と言います。怪しいものじゃありません。と言っても、こうして話しかけている時点で、怪しまれて当然だと思いますが……あの、こういう者です」

サラリーマンのお手本のようなお辞儀をしながら、一枚を火村に渡した。確かに、名乗った通りの名前が書いてある。私たちの会話が漏れ聞こえて興味を持ったというなら、ライターか何かだろうかと思ったのだが、肩書は食品会社の営業担当とあった。

「実は、私も、今、幽霊につきまとわれているんです」

突然の告白に、私も火村も、辻も一瞬言葉を失う。

これは予想していなかった。

伊東は一度下げた頭を上げ、縋《すが》るような目で火村を見る。

「気のせいや、誰かのいたずらだと思いたいですが、とてもそうは思えなくて……もう何日も、ろくに眠れていません。誰に相談したらいいのかもわからなくて、困りはてていたんです。どうか、助言をいただけないでしょうか」

初対面の相手に、これだけ下手に出られると無下にもできない。

火村は、同意を得るかのように私と辻にちらりと目を向けた。私に否やはなかった。人助けだ。興味深い話が聞けるかもしれない、という期待もある。私が小さく頷いてみせると、火村は伊東に言った。

「助言などというのはおこがましいですが、私でよければお話をうかがいます」

伊東は、大げさなほど、「ありがとうございます」と繰り返している。よほど困っているらしい。

辻が、マスターの許可を得て、隣のテーブルから椅子を一脚引っ張ってくる。

伊東は恐縮した様子で座り、マスターに、酒ではなくグレープフルーツジュースを注文すると、その到着を待たずに話し出した。

「毎晩、女性の幽霊が枕元に立つんです」

顔も知らない女性だという。ゆったりとしたシルエットのニットに白いスカートというでたちで、髪を肩まで伸ばしている。血塗れだとか、顔が崩れているとか、一目で死んでいるとわかるような外見ではないが、なんともいえない嫌な雰囲気があるのだと彼は説明した。

「湿ったような、冷たい空気を感じて、気がついたら、彼女が黙ってベッドのそばに立って、こちらを責めるような、恨《うら》みがましい目でじっと見ているんです。気がついてもできるだけ見ないようにするんですが、気配を感じるし、いつまでも立っているので、気になります。いつも、最後にはつい顔を見てしまって……目が合った瞬間、ぞぞっと寒気がして、目が覚める。その繰り返しです」

最初はただの夢だと思ったが、それが何日も続くと、さすがに気味が悪くなってきた。

女の霊は、うとうとし始めたところで現れることもあるし、夜中に気配を感じて目を覚ますと、そこに立っているということもある。ホテルに泊まったり、友人宅に泊めてもらったりしても、自分が眠れば現れる。彼は、すっかり寝不足になってしまったという。

「あなたのほかに、その女の霊を視た人はいますか」

火村の問いに、伊東はいいえ、と首を横に振る。

「誰かと一緒に寝ていても、私だけふと目を覚まして視てしまう、というような感じです。友達に寝ずの番をしてもらったとしても、たぶん、私以外には視えないんじゃないかと思います」

困った。

これは、辻の話した四つの体験談とは話が違う。何せ、幽霊が現れるという事実を裏づけるのが、伊東の証言だけなのだ。伊東が嘘をついているとは思わないが、彼にしか視えない霊の存在を、否定することも肯定することもできない。

ホテルや友達の家でも現れるということは、誰かのいたずらという線はないだろう。となると、伊東の前に現れているのは――夢にしろ脳の異常にしろ本物の心霊現象にしろ――実体のない何かなのだ。

彼に視えているのなら、彼にとっては間違いなく現実で、それはあなたの妄想でしょう、で終わらせるわけにはいかない。

しかし、存在すら確かめられないものが相手では、火村にも、推理のしようがないではないか。

グレープフルーツジュースが運ばれてきたので、話は中断した。

伊東に私たちの話が聞こえていたということは、マスターにも聞こえているだろう。しかしそこはプロフェッショナルというべきか、マスターは素知らぬ顔でカウンターの中へ戻っていく。

「幽霊につきまとわれるようになったきっかけに、心当たりはありますか」

火村が尋ねると、意外なことに、伊東はあると応えた。

「通勤途中に通る道に、交通事故の現場らしき交差点があったんです。花が供《そな》えられているのを横目で見ながら通りすぎていたんですが、ある日……ロマンティックな映画を観て、無性に人に優しくしたい、という気持ちになっていたときに、ちょうどそのことを思い出して」

近くの花屋で季節の花を買い、すっかりしおれていた供花と取り換えてやったのだそうだ。ほんの気まぐれだった。彼は事故現場に新しい花を供え、手を合わせて見知らぬ誰かの冥福を祈り、いいことをした、と晴れやかな気分で立ち去った。

女の霊が現れるようになったのは、まさにその夜からだという。

「いいことしたのに、なんでつきまとうんですかね」

辻が、納得がいかないといった様子で首をひねる。

親切に花を供えた人間に対して、理不尽な仕打ちだ、と感じているらしい。

「あ、もしかして……優しくされたのが嬉しくて、ついてきちゃったんでしょうか。軽い気持ちで霊に情けをかけちゃダメだとか、知らない祠《ほこら》には手を合わせないほうがいいとか、言いますすよね」

私も最初にそれが頭に浮かんだ。不用意に死者に同情すると、優しい人だ、自分を助けてくれるかもしれない、と思った霊が縋ってきて、取り憑《つ》かれてしまう、というような話を聞いたことがあった。

しかし、伊東は暗い表情で言う。

「その女性はいつも、恨めしそうにこちらを睨《にら》んでいて……とても好意を持たれているとは思えません」

「それなら、幽霊のストーカー、って線はないのかな……うーん、僕にはこれくらいしか考えつきません」

辻は救いを求めるかのように火村を見たが、火村は首を横に振った。

「残念ながら、私はお役に立てそうにありません」

むしろお前向きじゃないのか、というように視線を向けられる。自然と、辻と伊東の視線もこちらへ集中し、私は姿勢を正した。

推理作家として、期待に応えなければならない。

「これは動機の問題や。幽霊が何故伊東さんのもとに現れるのか。幽霊は、何を求めているのか」

女性の幽霊は伊東を恨めしげな目で見ているというが、もしかしたら、彼女としては、何かを訴えているつもりなのかもしれない。

一緒にあの世へ来てほしい、ということなら応えるわけにはいかないが、そうでないなら、対応のしようはあるのではないか。

「確かに、それがわかれば、消えてくれるかもしれないですよね」

辻が合いの手を入れる。私は頷いた。

「その幽霊が、交通事故の被害者やと仮定して、彼女と伊東さんの接点は、花を供えたことくらいや。このとき、伊東さんは彼女に目をつけられた、ということになる」

本人の印象では、決して好意を持たれている風ではないとのことだから、何らかの理由で、伊東は彼女にネガティブな感情を抱かれた、端的に言えば、恨まれた、ということだ。

「彼女を怒らせるようなことはしていませんよね。うっかりお供えものを蹴っとばしたとか、踏んだとか、余計なことを言ったとか」

「花を供えて、手を合わせただけです。時間にして、五分くらいのことですよ」

それだけの時間では、恨みを買うのもそう簡単ではない。となると……。

「実は、伊東さんは忘れているけど、生前のその女性と伊東さんの間に接点があって……それが正当なものかはさておき、恨みを買っていた。花を供えたときに、彼女の霊が伊東さんに気づいたとか」

「毎日通勤途中に現場を通っていたんだろう。一方的に恨んでいた相手が通りかかったら気づくんじゃないのか」

そうだった。

火村の冷静な指摘に、私は前言を撤回する。

幽霊の女性と伊東とが、間違いなく「初対面」だったとすると——やはり、花を供え手を合わせるわずか数分の間に、つきまとわれる理由が生じたということだ。恨まれるにしろ好かれるにしろ、そんな短時間で何があったのか。

「伊東さんを好きになったとかじゃなくても、見ず知らずの自分に花を供えてくれる優しい人だから、助けてくれるんじゃないかって勝手に期待されたのかもしれないですよね」

辻が、フォローするように言った。

あるかもしれない。それこそ、この人なら助けてくれそうだ、と目をつけられたわけだ。

「恨めしそうなのは、なんで助けてくれんのや、という逆恨みか。それなら筋は通るな」

そんな、と伊東が声をあげる。

「そんな理由でつきまとわれるなんて、納得いきません。こんなことなら、気まぐれで花なんか供えなければよかったですよ」

まあまあ、まだそうと決まったわけじゃないですから、と辻がなだめる。

しかし、もし本当に「優しそうだ」という理由で目をつけられたのなら、理不尽なことこの上ない。彼が憤《いきどお》るのも無理はなかった。

さきほどから黙っている火村に、どう思う、と水を向けてみる。火村は、さあ、と肩をすくめた。

「逆恨みかもしれないとか、恨めしげに見える表情にはこういう意味があるかもしれないとか、考え出したらきりがないとは思うけどな。深読みしようと思えばいくらでもできてしまうんだから、シンプルに考えるしかないんじゃないか」

それはそれで一理ある。

深読みせず、物事をそのまま受けとめるとしたら――幽霊が恨みがましい目で見ている、ということは、やはり恨んでいるのだ。問題はその理由だ。

「シンプルに考えると、どうなる？」

「俺は役立たずだと言ったぜ」

「そう言わんと、もうちょっとヒントをくれ」

「別に、もったいぶっているわけじゃない。専門外だからおとなしくしているんだ。幽霊が何を考えているかなんて、俺にはわからない」

名探偵が、随分と気弱なことを言うではないか。

「幽霊やと思うから、苦手意識が生まれるんや。生きてる女性と思って考えればええ」

及び腰な火村へ向けた言葉だったが、言った後で、はた、と気がついた。我ながら核心に迫ることを言ったのではないか。

女性に花を渡して、恨まれる理由は何か。嫌がられる、というならわかる。好意を持っていない相手から花を押しつけられても迷惑だ、ということだろう。

しかし、夜な夜な枕元に現れ、恨めしげな目を向けるとなると――。

「……そうか」

シンプルに考える。幽霊は伊東を恨んでいる。接点が花を供えたことだけなら、花が恨む理由だ。

私は伊東を見て、言った。

「新しい花を買って供えたとき、もともと供えてあった花は、捨てたんやないですか」

伊東は、戸惑った表情で頷く。

「はい……もうすっかりしおれていたので」

やはり。私は伊東に向き直る。

「もしかしたら、それが原因かもしれません。その花は、彼女の大事な人、あるいは好きな人が、彼女のために供えたものやったのかも」

伊東と辻が、同時にあっと声をあげた。

枯れた花は、本来、価値のないものだ。新しい花に換えることは、一般的には、善行に当たるだろう。しかし、彼女にとってだけは、枯れてしまったその花が、かけがえのないものだったとしたら。

「だとしたら――私は、親切のつもりで、とんだおせっかいを」

伊東は青ざめている。

「仕方ないですよ。悪気はなかったんですから……むしろ親切心からしたことで」

辻が慰《なぐさ》めたが、気休めにもならないのは彼もわかっているだろう。伊東の気持ちはどうあれ、女性にとって大切なものを捨ててしまったことが問題なのだ。

伊東は途方に暮れた様子で言った。

「どうしたらいいんでしょう」

わからない。恨まれている理由がわかったところで、相手は幽霊だ。話が通じるのかも怪しい。どう解決すればいいのか、見当もつかない。

「今度幽霊が出てきたら、謝ってみるとか……あ、捨ててしまった花を供えた人を見つけて、もう一度花を持ってきてもらうっていうのは？」

辻が提案する。前向きなのは素晴らしいが、前者はそもそも聞く耳を持ってもらえるかわからないし、後者はなかなかハードルが高そうだ。亡くなった女性の素姓を調べ、彼女の交友関係を探り、特定の時期に花を手向《たむ》けた人間、あるいは、彼女が思いを寄せていた相手がいないか訊いてまわることになる。そこまでしても、花を供えた相手にたどりつけるかは不確定だ。

「そもそも……謝罪するにしろ説得するにしろ、幽霊とコミュニケーションはとれるものなんかな」

「ごめんなさいとか来ないでくださいとかは、これまでも、現れるたびにずっと念じていたんですけど……通じている感じはしませんでした。私が、何が悪かったのかわかっていなかったからかもしれませんけど」

「しないよりはしてみたほうがいいんじゃないですか。意外と、非を認めて心から謝罪すれば通じるかもしれませんよ」

火村が心にもないことを言う。

火村は心霊現象を信じていない。だから、謝れば幽霊が許してくれるなどと思っているはずがない。おそらく、火村は、幽霊は伊東の脳が彼に視せているものにすぎないから、彼自身が納得できれば幽霊も消えるはずだ、と考えているのだ。

そういう意味では、火村の助言には一定の根拠があるともいえる。

しかし、いずれにしても、伊東は、謝って許してもらえると考えていないようだ。つまり、謝れば消える、とは到底思えない。かといって、他にどうすればいいのかも思いつかない。

火村の言ったとおり、専門外なのだ。

「こういう問題を解決してくれる専門家がいたらええんやけど」

「拝み屋とか、霊能者とかですか。有栖川さん、版元のつながりで心当たりとかないんですか」

「全然ない」

辻が期待の目を向けてくるのに応えられないのは申し訳ないが、私は推理小説作家なのだ。それでも、友人に本物の名探偵がいるというのは相当レアなはずだ。ジャンル外の霊能力者とのコネクションまで期待されても困る。

どうしたものかと皆で頭を抱えていると、マスターが空いた皿を下げに来た。

ごちそうさま、と声をかけると、彼は小さく会釈《えしゃく》し、

「差し出がましいとは思いましたが――」

皿を重ねながら、遠慮がちに口を開く。

「お客様方のお話が、耳に入ってしまいました。お困りのご様子なので、お声をかけさせていただきました」

私たちはそろってマスターを見た。

伊東が辻と私たちの話を漏れ聞いて声をかけてきたのだから、マスターにも聞こえているだろうとは思っていたが、彼まで話に入ってくる展開は予想していなかった。

マスターは空いたグラスをまとめてトレイに載せて続ける。

「以前当店にいらした別のお客様から、そのようなことを専門になさっている探偵の話を伺《うかが》ったことがあります。なんでも、心霊探偵――とか」

火村が片方の眉《まゆ》をあげた。うさんくさいな、と思っているのがありありとわかる。

しかし伊東は「教えてください」と飛びついた。藁《わら》にでも縋りたい気持ちは理解できる。

辻も、まじですか、すごい、と歓声をあげていた。

思わぬところから差し伸べられた救いの手だ。私は、専門家に任せよう、と火村に目配せをする。

火村は再び肩をすくめ、グラスに残ったビールを飲み干した。

「連絡先とか、わかるんですか」

メモをとるためスマホを取り出した伊東に、マスターは、はい、と答える。

「電話番号が特徴的で、語呂《ごろ》合わせになっているんですよ。それで覚えておりました。確か——」

伊東は急いでメモをとり始めた。何故か辻までメモをとっている。いつか本物の心霊現象に遭遇したときのためだろう。

私には必要のない番号だ。しかし、覚えやすい語呂合わせのせいか、一度聞いただけの電話番号が、妙に記憶に残った。

きっとすぐに忘れてしまうだろうが、何故だろう、また思い出すときが来るような気がした。

いつか、必要になったら。

火村は黙って、東京の夜景を眺めている。

ブラックミラー

白井智之

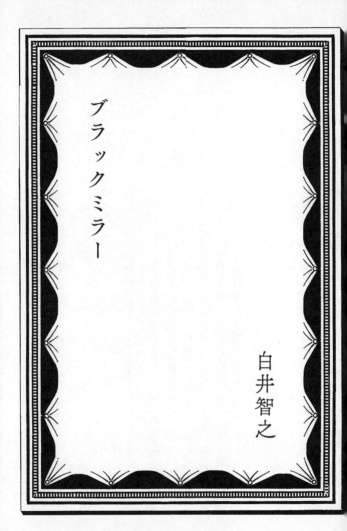

白井智之（しらい・ともゆき）

一九九〇年、千葉県生まれ。『人間の顔は食べづらい』が横溝正史ミステリ大賞の最終候補作となり、二〇一四年にデビュー。二三年、『名探偵のいけにえ　人民教会殺人事件』で本格ミステリ大賞〈小説部門〉を受賞。他の著書に『東京結合人間』、『おやすみ人面瘡』、『エレファントヘッド』、『ぼくは化け物きみは怪物』など。

※『マジックミラー』（有栖川有栖・著）の真相の一部に関わる記述があります。未読の方はお気を付けください。

1

友人からメッセージが届くと気が重くなる。何か迷惑をかけただろうか。気を悪くするようなことを言っただろうか。僕は気を揉《も》みながら十分くらいかけてメッセージを開く。するとたいてい、「最近どう？」とか「元気？」とかスカスカの麩菓子《ふがし》みたいな言葉が並んでいる。僕は胸を撫《な》で下ろすが、返信を練るうち、今度はだんだん腹が立ってくる。なぜこんな駄菓子野郎に自分の近況や健康状態を開示しなければならないのか。実家が焼け落ちたり難病で余命宣告を受けたりしていても受け止める覚悟があるのか。テキストを打っては消してを繰り返すうち真面目に考えるのが馬鹿らしくなって、僕はスマホをポケットに放り込む。缶ビールのタブを起こし、柿ピーの袋を開ける。そのうち眠くなってスマホのアラームをセットしようとしたところでふと我に返り、憑《つ》き物《もの》が落ちたような気分で「まあまあかな」と麩菓子みたいな言葉を送り返すのである。

普通の友人でもこうだから、長く連絡を取り合っていない友人からメッセージが来ようものなら正気ではいられない。いったい何の目的で連絡を寄越したのか。金に困っているのか。変な情報商材を売りつけようとしているのか。そういえば衆院選が近かったな。保険屋に就職したとFacebookに書いていたっけ。気づけば息は荒くなり、脇にびっしょり汗をかいている。ほとんどの場合メッセージは開かないし、むかっ腹に任せてメッセンジャーアプリをアンインストールしてしまうこともある。

各務影二《かがみえいじ》から四年ぶりにメッセージが来たとき、僕はやはり冷静ではいられなかった。

影二との出会いは六年前に遡《さかのぼ》る。当時の僕は仙台の東石《とうごく》大学に通ういっぱしの大学生で、ミステリ研究会というサークルに籍を置いていた。その名称からいかにも胡散《うさん》臭い、誰も訊いていないのにふた昔前のオカルト雑学を披露《ひろう》してきそうな鬱陶《うっとう》しい印象を受けるが、僕が所属していたそれはノストラダムスの大予言ともアポロ陰謀論とも関係のない、推理《ミステリ》小説の愛好者の集まりだった。この手の文芸関連のサークルは中学生に毛の生えたような垢《あか》抜けない大学生が首を揃《そろ》えているのが常だが、ミステリ研究会はその垢抜けなさを煮詰めて発酵《はっこう》させたようなところで、幽霊を入れても会員は五、六人ほど。常時、廃部の危機に瀕《ひん》しているくせに、会員たちは新入生にビラを配るでもSNSで活動の様子を発信するでもなく、他の文芸サークルを腐しながらだらだらと時間を潰《つぶ》すばかりだった。もっともビラを配ったところでそのレ・ミゼラブルな風体に魅かれる新入生がいるとは思えないのも事実で、かつて高邁《こうまい》な先人たちは愛読書にヒントを得てキャンパス中に『虚無《きょむ》への供物《くもつ》』の単行本を落として回ったというが、「不審な人を見かけたら守衛室へ連絡してください」という注意喚起を思い出した新入生に警備員を呼ばれ、サークル棟の巡回が強化されただけだった。

　そんな無気力なサークルだけあって、人間関係も富士山頂の酸素のように希薄だったが、僕と影二は不思議と馬が合った。どちらも頻繁《ひんぱん》に人の首が飛んだり腸がまろび出たりするような小説が好みで、よく本を貸し合ったり、部室で柿ピーをつまみながら感想を言い合ったりした。

　そんな影二ともかれこれ四年、連絡を取っていない。今は何をしているのだろう。僕は不安と期待が柿の種とピーナッツくらいに入り交じった気分で、おそるおそるメッセージを開いた。

　まず目に飛び込んできたのは写真だった。A5判の雑誌の左側のページを写したもので、「第十三回雄峰《ゆうほう》ミステリ大賞最終候補作決定！」と見出しが躍っている。その下に小説のタイトルと筆名が四組並んでいた。

『古本屋で見つけた。小説書いてるなんて言ってなかったじゃん！』

　胸がちくりと痛んだ。

　大学時代、僕はずっと小説を書いていた。人にそれを打ち明けたことはない。恥ずかしかったからだ。周りの学生たちがバイトやインターンやボランティア活動に精を出す中、およそ人生の役に立たない密室トリックや犯人当てのロジックのことばかり考えている自分は、ひどく世間知らずな浮かれ者のように思えた。同じ趣味を持つ影二に対しても、その思いは変わらなかった。

『本読むの楽しみにしてるよ！』

鼻から湯気を噴いた顔の絵文字が添えられていたが、あいにく影二が古本屋で見つけた『小説雄峰』は一年前に刊行されたもの。翌々号に掲載された選評で「くだらない」「つまらない」「小説の体《てい》を成していない」とこきおろされてから、僕は一行も小説を書けずにいた。

Googleで検索すれば最終選考の結果はすぐ判る。影二も僕が落選したことは知っているだろう。テキストを打っては消してを十分ほど繰り返した後、僕はこんなメッセージを送り返した。

『ありがと。まあ暇潰しみたいなもんだから。気楽にがんばるよ』

二日後。

再びメッセージが届いた。

『十一月に法事で東京行くんだけど。一杯どう？』

違和感を覚えたのはこのときだった。

大学時代の影二はいかにも田舎の次男坊という感じで、メシも酒も古書店巡りも、声をかけるのは僕の方だった。一杯やりたくて仕方がないときも「最近飲んでないなあ」とか「夜、暇だなあ」とか思わせぶりに呟《つぶや》くだけで、「飲む？」の一言はこちらに言わせようとした。

この四年で数皮剝《む》けたのか。だが三つ子の魂なんとかとも言う。まさか本当に情報商材を売りつけようとしているのか。スマホ一つで月百万稼ぐ方法を大公開しようとしているのか。

アプリを開いたり閉じたりしながらたっぷり四十分悩んだ挙句《あげく》、僕は何も感づいていない体で返信を送った。

『いいよ。どのへんがいい？』

2

僕らの飲み会は実現しなかった。

影二の叔母《おば》の法要が日曜日に行われたからだ。

その日、十一月二十六日は法事の後、精進落《しょうじん》としに懐石料理屋へ行くため、途中で抜けるのは難しい。かといって翌二十七日は月曜日。信じがたいことだが、僕は社会人なので仕事に行かねばならない。月曜日の夜まで東京にいてくれればと思ったのだが、腰が悪く参列できなかった親戚が法要の様子を知りたがっているとかで、影二は夜までに青森へ戻らねばならないという。

どう足掻《あが》いても乾杯はできそうにない。ならばせめて茶でもしばいておくか、ということで、二十七日の午前中に東京駅の近くで会うことになった。

僕が勤めているＷｅｂ制作会社は西新宿にある。営業以外の社員は昼過ぎまでほとんど出社してこない。入社二年目の僕は第二制作部の電話番を任されていたが、かかってくるのは不動産の営業電話ばかり。さぼったところで誰も気づかないだろう。

午前十時。仕事のできそうな大人ばかり行き交う八重洲地下街の中にあって、もっともマルチの勧誘に向かなそうなカフェレストラン PINKY PROMISE の一角。

「元気そうだね」

僕と影二はそこで四年ぶりに顔を合わせた。

「実は、見てほしいものがあるんだ」

影二は少し緊張しているようだった。台本を読むような口調で言って、ボストンバッグの横のチャックを開ける。袖がぶよぶよのセーターに色落ちしたデニムパンツ。眼鏡は学生時代から変わらぬハーフリム。

「これなんだけど」取り出したキャンパスノートには米粒のような文字がびっしり並んでいた。思わず目を逸《そ》らし、ストローを袋から引っ張り出す。どうせGoogleで検索すれば一ページ目に出てくるようなＳＥＯの基本施策が書き連ねてあるのだろう。今すぐ席を立つか、導入くらい聞いてやるべきか。逡巡《しゅんじゅん》しながらストローで氷を掻き回していると、

「ミス研の連絡ノート。懐かしいでしょ」

影二がぱらぱらとページを捲《めく》った。学食の新メニューの感想に一限の必修科目への恨《うら》み

節、自動車学校の教官への罵詈《ばり》雑言《ぞうごん》。益体《やくたい》もない書き込みばかり並んでいる。連絡ノートというより落書き帳だ。影二が家庭の事情で大学を退学したとき、このノートを贈ったのを思い出した。

「これ、覚えてる？　皆で決めたやつ」

影二が指したページには「東石大学ミステリ研究会選、アリバイ崩しベスト10！」とぶっとい文字が並んでいた。「密室殺人」「人間消失」「首なし死体」「犯人当て」「意外な動機」「倒叙」など、さまざまなテーマのベスト10が書き連ねてある。

「密室殺人の一位は高橋風子《たかはしかぜこ》『密室の犬』か。判ってるな」

懐かしさと小っ恥ずかしさに、つい口許《くちもと》が緩む。

「真壁聖一《まかべせいいち》の『ありえざる鍵』が三位どまりなのは納得できない。日本のディクスン・カーが草葉の陰で泣いてるよ」

口では文句を言いながら、影二もにやにや笑っていた。

「アリバイ崩しの一位は赤星楽《あかぼしがく》『アリバイの鐘』。これって弘前《ひろさき》教授シリーズだっけ？」

「そう。アメリカ人の子供が出てくるやつ」

「あれが一位はないだろ。『時計仕掛けの旅人』の方がずっとよくできてる」

「空知雅也《そらちまさや》なら『第三の鉄路』が四位にランクインしてるね」

「朝井小夜子《あさいさよこ》の『赤い雨』って犯人当てだったか？」

「そんな要素もあった。僕なら『一千二百年目の復讐《ふくしゅう》』にするけど」

「犯人当ての一位は間違いないね。やっぱり――」

「ねぇ」影二はマドラーで字を書く仕草をした。「最近も書いてるの。小説」

「書いてる。おかげで減給になった」

「は？」

マドラーが落ちた。

遡ること約二カ月。影二からのメッセージを受け取った僕は一念発起《いちねんほっき》した。人生で初めて、小説を書いていることが人にばれた。これはいい機会だ。このまま上司の機嫌を窺《うかが》い、取引先への言い訳を考えながらおっさんになっていくのではつまらない。今こそ本気を出すときだ。

会社の最寄りのコンビニで公募情報誌を捲ると、十月末が締め切りの新人賞が一つ見つかった。珀友社《はくゆうしゃ》主催、ゴールドアロー賞。錚々《そうそう》たる受賞者を輩出してきた、推理作家の登竜門の一つだ。その割に賞金が少ないのが玉に瑕《きず》だが、そこは印税で取り返せばいい。

パソコンのデータフォルダを漁ると、大学時代に原稿用紙換算で三百枚まで書いて放り出したアリバイものの長編が見つかった。ゴールドアロー賞の規定枚数は三百五十枚以上。あと五十枚なら何とか書き上げられるはずだ。

それから一カ月。ホワイトボードがへこむほどNR《ノーリターン》を乱用し、部長に押しつけられそうになったプレゼン資料の作成を「ちょっと忙しいかもですね」と後輩に押し流して、どうにか三百七十一枚の長編を書き上げた。

読み返してみると、なかなかよくできている。プロットに捻《ひね》りが利いていて、トリックもうまい。だが文章の粗《あら》も目立った。

もう一日、推敲《すいこう》の時間が欲しい。でも有給は残っていない。こうなったら奥の手だ。

翌日、僕は会社を出ると、向かいのコンビニの喫煙所でマルボロをふかしていた同期の合田《ごうだ》に声をかけた。合田は社用のスマホでTinderを見ていた。

「明日、頼む」僕は首からカードホルダーを外し、「ピッしといて」合田のポケットに突っ込んだ。合田は乾燥わかめのような前髪を通して僕を一瞥《いちべつ》すると、

「すし秀のSランチ」

日焼けした指で画面をスワイプした。シーズー犬を抱えた女が左に消える。

このスパイラル前髪ゴリラが顔色一つ変えなかったのにはわけがある。彼はつい最近まで大手の広告代理店に出向しており、そこで手に入れた名刺とプロフィールを使って青山や六本木に出没するYSLのロゴが入ったプロテーゼを鼻に入れていそうな女とIT'S A MATCH!しまくっていた。だがいかんせんしょぼくれた制作会社の営業マンなので能書きのわりに言動が薄っぺらい。ゆえによく素性を疑われる。シャワーを浴びているときにスマホを覗《のぞ》かれたり、疑り深い奴には後を付けられたりする。すると彼はどうするか。正体がばれないよう、わざわざかつて出向していた広告代理店へ足を運び、そこへ出社するふりをするのである。往復三十分のウォーキングでもう二、三回ホテルに行けるなら安いもの、というわけだ。

とはいえあまり席を空けてばかりでは、今度はソフトモヒカンの営業部長に目を付けられかねない。そんなとき、彼はあらかじめ優秀な同期に社員証を預けておき、代わりにカードリーダーにピッとかざしてもらうのである。出勤しているという記録さえあればモヒカンもケチを付けようがない。僕はこの男がそのうちベッドで刺されるのではないかと期待していたが、その行動力には数ミリグラムの尊敬の念を抱いていた。

そんな小利口ゴリラに、珍しくこちらが社員証を預けた、その翌日。

僕はコンビニで三百七十一枚の原稿を印刷し、推敲に取りかかった。スマホの電源を切り、物語に没入する。飲まず食わずで赤を入れ続けること十一時間。最後の紙をぺらりと引っくり返したときにはペンが三つ空になり、窓からはオレンジ色の日が差していた。

ぐびゅうと腹が鳴る。朝から何も食べていない。バナナの皮を剝きながらスマホの電源を入れると、

ぴょん！　ぴょん！　ぴょん！　ぴょん！　ぴょん！

立て続けに通知音が鳴った。

画面を見て、血の気が引いた。着信履歴がずらりと並んでいる。得意先の担当者。第二制作部の先輩に、部長、役員の名前まである。おそるおそる部長の番号に折り返すと、昨日公開した接着剤のＷｅｂサイトに記載洩《も》れがあり、得意先からクレームが入ったという。至急、修正が必要だが、担当者と連絡が付かない。部長が出勤記録を確認すると、当該社員は会社に来ている。でも姿がない。いったいどうなっているのか。

「で、減給三カ月」

僕はアイスコーヒーを一息に飲み干し、プラスチックのカップをトレイに叩《たた》きつけた。水滴で濡れた手を紙ナプキンで拭《ぬぐ》う。

「締め切りは間に合ったの？」

影二は瞼《まぶた》をぴくぴくさせ、泣き笑いのような顔をしていた。笑っていいのか、同情すべきか判らなかったのだろう。

「まあ、なんとか」

「だったらいいじゃん。賞獲って見返してやれば」

紙のカップを握り、ファイティングポーズを取ってみせる。影二なりに友人を励《はげ》まそうとしているようだ。そのままホットコーヒーに口を付け、

「熱っ」

カップを落とした。倒れたカップからコーヒーがこぼれる。テーブルから床へ、土色の水たまりが広がる。

「ご、ごめん」

紙ナプキンを取ろうとして、今度は僕のアイスコーヒーのカップを倒した。幸い中身は胃袋に収まっていたが、プラスチックのカップは床をころころ転がり、二つ隣りのサラリーマンのバッグにぶつかった。

「ミナちゃん、七番」

店長らしいチョッキのおっさんが店員に指示を出す。引っ詰め髪の若い店員が小走りにやってきて、ペーパータオルで床を拭《ふ》き始める。二つ隣りのサラリーマンは仏頂面で影二を一瞥した後、何もなかったように Excel を弄《いじ》っている。

床がぴかぴかになったときには、影二は叱《しか》られた子供のように肩を小さくしていた。

せっかく減給トークで空気が和んだと思ったのに、また振り出しに戻ってしまった。こうなったら捨て身で突っ込むしかない。

「そっちはどうなのさ」単刀直入に尋ねた。「大学辞めて四年でしょ。どうしてんの、最近」

大学三年の夏。影二は大学を中退し、実家のある青森市へ帰った。

きっかけは母親が急逝《きゅうせい》したこと。父親はさらに前、影二が小学生のときに事故で亡くなっていた。出会った頃から懐《ふところ》が苦しそうで、奨学金を借り、出費がかさむときはクレジットカードのキャッシングを使ってなんとか生活をやりくりしていた。相続手続きの後、わずかな遺産が振り込まれたものの、後期の学費を払う目途《めど》が立たなかったという。

いや。

この説明は正しくない。厳密に言えば、影二一人なら大学に残ることもできたはずだからだ。

影二は双子だった。兄は光一《こういち》という。一卵性で、顔も背丈も瓜《うり》二つ。青森の高校から二人揃って仙台の東石大学へ進学したが、さすがに学問の興味は違ったようで、兄の光一は経済学部、弟の影二は文学部に在籍していた。

母親の死後、兄弟はどんな言葉を交わしたのか。気の弱い影二が一方的にやり込められたのではないかと想像してしまうが、本当のところは判らない。確かなのは、兄の光一が大学に残り、弟の影二が青森に帰ったことだけだ。

それから卒業までの二年間。キャンパスで光一を見かけるたび、僕は深呼吸をして、醜《みにく》い感情を抑え込まなければならなかった。どうして影二だけが大学生活を奪われなければならなかったのか。学食に響く陽気な笑い声が憎《にく》らしくてたまらなかった。

「食品工場で働いてるんだっけ」

ミス研の送別会の帰り道、地元のお菓子メーカーの工場で働くつもりだと話していたのを思い出す。

「そこは辞めた。二年働いたんだけどね。実は、事故があって」

つい全身を見回してしまう。

「いや。僕じゃない」睫毛《まつげ》が一瞬、寂しそうに揺れた。「同い年の同僚がいたんだ。彼も本が好きでね。といっても好みは恋愛もので、竜胆紅一《りんどうこういち》を全作読んでる変わり者だったんだけど」

僕らと同い年の男が？ それは変わり者だ。

「その同僚が事故を起こした。ベルトを掃除するとき、カッターの電源を切り忘れたんだ。で、機械に巻き込まれた」

「まさか――」

「いや、クッキーの生地を切るやつだから。怪我しただけ」人差し指を摑《つか》んで、「工場は次の日、再開した。でも僕はラインに近づけなかった。作業場に入ると血の色が目に浮かぶ。ベルトの音を聞くだけで喉《のど》が詰まったようになる。半月休んで、結局、退職した」

無理やり頰を引っ張ったような、ぎこちない笑みを浮かべる。僕は面白おかしく減給処分の話をしたことを後悔した。

「兄貴は?」話を逸らす。「あっちは元気なの」

「ああ。なかなか調子良さそうだよ」ようやく自然な笑みがこぼれた。「新卒で大阪の製薬会社に就職したんだけど、いつの間にか独立して会社つくってた。メディカル・ポーター・ジャパンっていうんだけど」

「何だそりゃ」

「海外の医薬品を輸入してるんだって。育毛剤とかEDの治療薬とか、美容外科手術に使う麻酔薬や抗炎症剤なんかが主な商材らしい」

「それ、大丈夫なのか」

だいぶ怪しい気がするが。

「ちゃんと手続きを踏めば合法なんだってさ」

知らないけど、と首の後ろを搔く。

「あいつはすっかり天狗《てんぐ》だよ。商人気取りでピンクのネクタイ締めて、葉巻なんか喫《す》ってやがる。津軽のリンゴで育ったくせに『せやなあ』なんて言ってるんだから世話はない。昨日、叔母さんの三回忌だったんだけど、こーんなホストみたいな指輪を着けてたせいで、坊さんに小言言われてたよ」

親指と人差し指でゴルフボールくらいの円をつくる。本当かよ。

「でもまあ、僕が飯に困ってないのはあいつのお陰だから。二年分の奨学金も返してもらっちゃったし、あんまり悪く言っちゃいけないな」

ぴょん！　スマホが鳴った。総務部から経費精算の問い合わせが来ていた。

「時間、大丈夫？」

影二もスマホを見て言う。十一時三十分。十二時過ぎにはデスクに戻らないと、さらに給料を減らされかねない。

「そろそろ行くか」

順に会計して店を出る。エスカレーターを上り、

「そんじゃ」

八重洲中央口の改札前で別れた。

丸の内側へ抜ける通路を足早に進む。久しぶりに影二と会えたのはうれしかったが、近況報告だけで終わってしまったのは残念だった。次の機会があるなら、大学時代のようなくだらない話をしたい。また連絡を取ってみよう——そう考えていたとき。

「熱っ」

野太い声が耳を打った。

スカジャンの男がコーヒーのショート缶でお手玉をしている。自販機のヒートポンプが強力すぎたようだ。

鷲《わし》だか鷹《たか》だかの後ろを通り過ぎ、何歩か進んだところで、足が止まった。

つい数十分前。影二はホットコーヒーを飲もうとして、「熱っ」とカップを落とした。僕は当然、カップの中のコーヒーが熱すぎて、つい手許が狂ったのだろうと思っていた。

でもあのとき、店に入ってからすでに三、四十分が過ぎていた。席に着いた直後ならさておき、あのときはもうホットコーヒーも温《ぬる》くなっていたはずではないか。

気持ち良く失敗談を話していたせいで、時間の感覚が狂っていたのだろうか。だが影二の粗相《そそう》はそれだけではない。紙ナプキンを取ろうとして、今度は僕のアイスコーヒーのカップを倒したのだ。プラスチックのカップは床を転がり、二つ隣りのサラリーマンのバッグにぶつかった。

アイスコーヒーのカップがあんなに転がったのは、僕がすでに中身を飲み干していたからだ。氷さえも解けてなくなっていたからだ。やはりあれは席に着いて十分や二十分の出来事ではない。

となると、可能性は一つ。

影二は演技をしていた。

コーヒーが熱かったふりをして、わざとカップを落としたのだ。

二月前、影二からのメッセージを読んだときの違和感がよみがえってくる。影二は何のために自分に連絡を寄越したのか。いったいなぜ、あんな演技をしたのだろうか？

3

通販サイトの運用を担当している文具メーカーの定例ミーティングに出席し、広報部長のお通じがヨーグルトで良くなった話に渾身《こんしん》の相槌《あいづち》を打った後、僕は立ち食いでおろし蕎《そ》麦《ば》を食って会社に戻った。

第二制作部のフロアに入った瞬間、周りから視線を感じた。シャツにめんつゆでも飛んでいただろうか。思わず窓ガラスに目をやると、

「おい」

部長が顰《しか》めっ面で手招きした。隣りには役員が二人。何事だ。

「警察から連絡があった。お前に話を訊きたいらしい」

血の気が引いた。

たった一度、出勤記録をごまかしただけで、わざわざ警察が出張ってくるのか。そんなことでサラリーマンを捕まえていたら新橋や大手町から人がいなくなってしまうのではないか。

指の顫《ふる》えを抑え、渡された付《ふ》箋《せん》の番号に電話をかける。すぐに男が出た。

「貴社から十分ほどの場所にいます。そちらでは人目もあるでしょう。よろしければお越しいただけませんか」

どうやら本気らしい。こちらも予定があるんだと言い返したかったが、退社するまで近くで待機されても困る。

僕はホワイトボードの予定表を前にしばし立ち尽くした後、「とりしらべ」と書いて会社を出た。

指定された喫茶店に入ると、男が二人、同時に腰を上げた。

「神奈川県警の根府川《ねぶかわ》です」

もみあげの長い方が名刺を差し出す。所属は刑事部捜査第一課。階級は警部補。てっきりVシネマの敵役みたいなのを想像していたが、根府川は人の良さそうな驢馬面《ろばづら》で、地銀の渉外担当みたいな雰囲気の男だった。

「こちらは――」

ソフトな声でもみあげのない方を紹介しようとするので、

「前置きは結構です」進行役を取られまいと、声を張った。「僕は善良な市民ですよ。ゴミは分別するし年金だって払ってる。そりゃ一度ばかし同期に社員証をピッとしてもらいましたけど――」

「我々は三浦海岸の別荘で起きた殺人事件を捜査しています」

何それ。

「各務影二さんをご存じですか」

絶対に答えを知っているくせに、根府川はそんな訊き方をした。

「大学のサークルで一緒でしたけど。まさか、影二に何か」

「安心してください。影二さんは無事です。殺されたのは野々島久《ののしまひさし》さん。五十代の男性です」

「じゃあなんで」僕のところに？

「野々島さんは四年前、影二さんのお母様——各務友里《ゆり》さんと入籍していました。わずかな期間ではありますが、野々島さんと影二さんは戸籍上の親子だったことになります」

四年前といえば、影二の母親が亡くなり、彼が中退を余儀なくされた頃だ。その野々島という男が一連の不幸に関わっていたのか。もしそうだとすれば、影二にはそいつを殺す動機があったことになる。

「あなたたちは影二がその男を殺したと思ってるんですか」

「二十七日、影二さんと会われましたね」

質問に質問で返してくる。

促《うなが》されるまま、法事で上京するから会おうと誘われたこと、午前十時に八重洲地下街のカフェレストランで会い、十一時半過ぎに東京駅八重洲中央口の改札前で別れたことを説明した。

「その日、影二さんはどんな様子でしたか。普段と違ったところはありませんでしたか」

なかった、とは言えなかった。あの日の影二はおかしかった。だが迂闊《うかつ》なことを言えば、影二は余計な疑いをかけられてしまうかもしれない。

「一つの証言から何かを断じることはありません。我々は必ず裏を取ります」

こちらの逡巡を見抜いたように、根府川が言う。店員がアイスコーヒーを運んできたので、僕は返答を練りながらゆっくりストローを差した。

「まあ、ちょっと緊張してるようには見えましたね」

嘘ではない。

「会話の中で不自然に感じたことはありませんか」

もう一人の男が口を挟んだ。根府川が地銀ならこちらは外資の証券マンという感じで、公務員のくせに海外のセレブみたいなチャラいジャケットを着ている。SNSでサウナの感想をつぶやきながらグラビアアイドルの自撮りにいいねしていそうな男だった。

「例えば、そうですね。あなたと影二さんの記憶が食い違っていたり、影二さんがよく知っているはずのことを忘れてしまっていたりとか」

ミステリ読者のセンサーが反応した。影二には双子の兄がいる。警察は双子の入れ替わりを疑っているのではないか。

「僕の会った影二は本物ですよ」

男は苦笑して、

「そんなの——」

「その根拠は」

「一目見れば判りますよ。光一と影二は身振りも喋《しゃべ》り方も全然違いますから」

「練習すれば似せられます」

「僕らがミステリ研究会に入っていたことはご存じですね。影二はあの日、ミス研の連絡ノートを持って来てました。そこに当時のメンバーで決めたテーマごとのベスト10が書いてあったんです」

「それが何か」

「僕がアリバイ崩し一位の『アリバイの鐘』より『時計仕掛けの旅人』の方が出来がいいと言うと、影二はすかさず四位の『第三の鉄路』に言及しました。『時計仕掛けの旅人』が空知雅也の作品だと知らなければあんな反応はできない。あれは間違いなく僕の旧友、ミステリ愛好家の各務影二です」

自分で言いながら、確信した。あの男は真壁聖一が日本のディクスン・カーと呼ばれていることも、赤星楽の『アリバイの鐘』でアメリカ人の少年が謎解きの鍵になることも知っていた。あれは間違いなく、本物の影二だ。

根府川は隣りのグラビアいいね男に目配せすると、

「もう一つだけ。これは皆さんにお訊きしていることです。二十七日の午後三時二十分から四時にかけて、どこにおられましたか」

野々島はその時間に殺されたのだろう。僕はスマホで二日前のスケジュールを確認した。

「十二時過ぎに会社へ戻って、後は真面目に働いてましたよ。デスクで見積りでも書いてたと思います。同僚に訊いてみてください」

根府川は手帳に僕の電話番号を書き留めると、

「ご協力感謝します。何か思い出したことがあればいつでもご連絡ください」

ペン先で自分の名刺を指した。


十一月二十七日、午後四時七分。

自転車で三浦海岸駅へ向かっていた男性から、「うろこ屋根の家の扉から血のようなものが流れ出ている」と１１０番通報があった。

三浦海岸駅前交番の巡査が国道１３４号線に面した住宅を訪問し、玄関で男性が倒れているのを発見。男性は金属製の鈍器——スパナやトルクレンチなどとみられる——で頭部を繰り返し殴《なぐ》られており、その場で死亡が確認された。

実話誌を主戦場にしているライターが一人、被害者の野々島久が過去に多額の金銭トラブルを抱えていたことに触れていたが、ほとんどのネットニュースは捜査本部の発表をそのまま伝えているだけだった。

信じたくはない。それでも僕は確信していた。

野々島久を殺したのは、光一と影二だ。

少なくとも、影二はあの日、野々島が殺されることを知っていた。だから自身の足取りを裏づけさせるため、僕を誘ったのだ。

考えてみれば、僕ほど証言者にふさわしい人間はいない。親戚や親しい友人の証言は、容疑者を庇《かば》うため嘘をついているのではないかと疑われる。赤の他人の証言は、それが本物の影二に関するものか判らない。その点、四年ぶりに再会した大学時代の友人なら心配不要だ。嘘をついて庇うほど親密ではないが、本人であることは裏づけられる。わざわざ熱くもないコーヒーをこぼしたのは、僕の他にもう何人か姿を覚えていてほしかったのだろう。

影二の行動が腑《ふ》に落ちると、今度はだんだん腹が立ってきた。情報商材を売られこそしなかったものの、一方的に利用されたことに違いはない。光一と影二は何らかのアリバイトリックを講じたのだろう。すると二人は、僕を事件に巻き込んでもトリックを身破られる恐れはないと判断したことになる。舐《な》められたものだ。

平静を繕《つくろ》ってデスクへ戻ったものの、まったく仕事に手が付かなかった。人が死んでいるのに企画書なんぞ書いている場合ではない。定時の六時を回った瞬間、NRと書き殴って会社を出た。

東京メトロ丸ノ内線で東京駅へ。八重洲側へ向かう通路を抜け、地下街の雑踏《ざっとう》を進む。

カフェレストラン PINKY PROMISE は仕事終わりの酔客で賑《にぎ》わっていた。二日前、午前中に訪れたときとは別の店のようだ。こんな時間から飲める仕事が羨《うらや》ましいと思ったが、リクルートスーツの女の子がおっさんに黒ビールを注いでいるのを見て浅慮《せんりょ》を恥じた。

店内を見回し、舌を打つ。一杯くらい飲みたかったのに、席がない。祈るような気分で影二がいた奥の席に目をやると、

「あ」

見覚えのある男が一人でカレーを食っていた。海外セレブ風のジャケットを二つ折りにして椅子に掛けている。

「奇遇ですね」

とっさに目を逸らそうとしたが、遅かった。グラビアいいね男がスプーンを置く。

「あの、もう一度、一昨日のことを思い出してみようと思って、それで」

つい言い訳めいたことを口走ってしまう。男はじっと僕の顔を見つめた後、店内を見回し、「よければ」と前の椅子からジャケットを取った。

刑事と向かい合わせ。もはや取り調べではないか。思わず腰が引けたが、こんな奴に芋を引くのも腹が立つ。

「では、失礼します」

足を組んで座り、店員にコロナを頼んだ。

「あの、訊きたいことがあるんですが」

「何でしょう」

「警察は各務兄弟を疑ってますよね。でもアリバイが崩せず、逮捕状を取れずにいる」

「捜査の内容を明かすことはできません」

男は素っ気なく答えて、見覚えのある紙のカップに口を付ける。コーヒーはすっかり冷めているようだが――これはただの猫舌か。

「じゃあ勝手に喋らせてもらいます。役に立ちそうだと思ったら本部に伝えてください」

「検討します」

「影二は一人二役を演じることで、兄のアリバイを作ったんじゃないでしょうか」

ずずっ。男の口許で無作法な音が鳴った。

「事件当日、兄弟はそれぞれ東京駅の近くで人と会う約束をしておきます。でも当日、そこにいたのは弟の影二だけでした。影二はミステリかぶれの友人と別れた後、素早くスーツに着替え、ピンクのネクタイとホストのような指輪を身に着けて、兄の約束相手の許へ向かいます。そうして影二が兄の分もアリバイを作っている間に、光一が三浦海岸で野々島久を殺したんです」

男はカップを置くと、両手で口を覆い、げぼっ、と咳《せ》き込んだ。紙ナプキンで唇を拭い、ふいに顔を上げる。

「あなたは推理作家ですか」

心臓が跳《は》ねた。

「違いますけど」

今は、まだ。

「そうですか。失礼をお許しください。気が動転してしまったようです。天の配剤なんてものはありませんが、もし私の心がもう少し澄んでいたら、ここであなたと会ったことには偶然ではない何かを感じていたでしょう」

「ということは、僕の推理が――」

「ええ」男は畳《たた》んだナプキンを置いた。「間違っています」

は？

「学生の頃、問題文をよく読むようにと言われませんでしたか？　あなたが各務影二とこのPINKY PROMISEにいたのは午前十時から十一時半の間。野々島久が殺されたのは午後三時二十分から四時の間です。あなたと別れてから三浦海岸へ向かったとしても充分すぎる時間がある。これでは何のアリバイにもならない。あなたは自分の見つけた答えに跳び付くあまり、前提となる事実の確認を怠《おこた》っています」

男は急に笑い出した。

「俺は病気だな。真顔で的外れな浅知恵を披露してくる相棒がいないとものを考えられない体になっちまったようだ」白髪交じりの髪を払って、「この後、時間はありますか。もう少し静かなところで飲みましょう。金は払います。タクシー代も」

一見穏やかだが、有無を言わさぬ口調だった。

何なんだこいつは。

「一つ訂正しておきます。神奈川県警にこんな不埒《ふらち》なことを言う刑事はいません。私は捜査に協力している民間人です」

名刺を差し出す。英都《えいと》大学社会学部准教授、火村英生《ひむらひでお》とあった。

4

若い男が駈けてくる。息を荒らげ、チェスターコートをはためかせて。

JR新大阪駅、三階。火村は地下鉄御堂筋《みどうすじ》線の中改札からアルデ新大阪を抜け、エスカレーターを上ってきたところだった。

ベビーカーを押していた男が振り返り、ハンドルを右に寄せる。セーラー服の中学生がスクールバッグを反対の肩に持ち替える。そうして人混みに生まれた道を、男はなりふり構わず走り抜ける。

「ただいま在来線コンコースにて排水管の故障による水漏《も》れが発生しております。お急ぎのところ恐れ入りますが、ご注意のうえ通行をお願いいたします——」

火村もとっさに肩を寄せた。荒い息が横を通り抜ける——と思いきや。

「ぐゃっ」

杖の転がる音。七十前後の女性が突き飛ばされ、尻餅を搗《つ》いていた。男も姿勢を崩し、蹈鞴《たたら》を踏む。火村に肩をぶつけ、「おわっ」手と膝《ひざ》を突く。

「失礼」

火村にだけ言って、男は北口の方へ駈けて行った。全力で走れば捕まえられそうだが、今すべきことはそれではない。

「大丈夫ですか」

突き飛ばされた女性に声をかける。女性は腰を打ったらしく、尻を突いたまま立ち上がれずにいた。無理に姿勢を変えようとするのを両手で制して、「すみません」駅員を呼ぶ。

「繰り返し申し上げます。ただいま在来線コンコースにて排水管の故障による水漏れが発生しております――」

火村の言葉はぶっきら棒なアナウンスに掻き消される。

5

「生前の被害者を最後に目撃したのは、現場の別荘から七五〇メートル離れたコンビニのアルバイト店員だった。防犯カメラの映像が彼の証言を裏づけている。野々島久は午後三時八分に来店すると、ブラックニッカのミニボトルと水のペットボトル、プライベートブランドの柿ピーとジャッキーカルパスを買って、三時十分に店を出た」

ロックグラスの氷を転がしながら、火村は淀《よど》みのない口調で言った。

さすがは大学の先生。舌を噛《か》み切りそうな情報もすらすら口にしてみせる。地下街のカフェレストランではチャラい小金持ちのように見えたジャケットも、バーの薄い照明の下では知的に見えてくるから不思議だ。最近はテレビに出ている大学の先生たちもこぞって漫画の悪役みたいな格好をしているが、彼らに比べればましな方――いや、かなり様になっている。

「死体は玄関の三和土《たたき》に俯《うつぶ》せに倒れていた。死体とシューズラックの間にレジ袋が落ちていて、コンビニで買った酒とつまみがそのまま入っていた。犯人は野々島がコンビニから帰ったところを狙って玄関に侵入。頭部を繰り返し殴打《おうだ》して殺害したとみられる。脳裂傷が生じていたが、死因は失血死だ」

僕はスマホでメモを取るふりをしながら、名刺に書かれた准教授の名前をGoogleで検索した。ヒットしたのは大学の公式サイトと、論文のポータルサイトだけ。テレビに出たりオンラインサロンを開いたりはしていないようだ。フィールドワークの一環で捜査に協力しているそうだが、もちろんそんな情報も見当たらなかった。

「おい名探偵。聞いてるか？」

火村が指でカウンターを叩く。僕は慌てて頷《うなず》いた。

「酒を買いに行った帰りに襲われたんでしょ。嫌な犯人ですね」

「人殺しはみんな嫌な奴だ」

真顔で言って、蝶《ちょう》ネクタイのマスターに灰皿を頼む。わざわざ昭和通りを歩いて日本橋のバーまでやってきたのは、心置きなくニコチンを摂《と》るためだったようだ。後ろのテーブルでも太鼓っ腹の爺さんが葉巻をカットしていた。

「コンビニから現場の別荘までは徒歩十分ほどの距離だ。三時十分にコンビニを出てから寄り道せずに帰ったとして、家に着くのは三時二十分。扉から血が流れていると通報があったのが四時七分だから、犯行はその間に行われたことになる」

犯人が家の外へ流れた血をそのままにしたのは、できるだけ早く死体を見つけてもらい、犯行時刻の幅を狭めたかったからだろう。これは臭う。アリバイトリックの臭いがする。

「その時間、光一と影二は」

「光一は自分の会社のある大阪へ戻っていた。影二は青森へ向かう東北新幹線の車内にいた。どちらも三浦海岸で野々島を殺すことはできない。アリバイは成立している——ように見える」

やはりか。アリバイがなければ崩すこともできない。望むところだ。

火村はキャメルに火を点けると、

「現場の状況について質問は？　なければ次へ進む」

急に教員らしいことを言った。

「えっと、そうですね」ブラックニッカ、水、柿ピー、カルパス。お遣《つか》いにでも行くようなメモを見返す。「野々島という人は過去に金銭トラブルを抱えていたんですよね。お金持ちとは程遠い印象ですが、そんな人が三浦海岸に別荘を持っていたんですか」

「別荘は交際相手のものだ。塙双葉《はなわふたば》、六十二歳。京阪神で四つの居酒屋チェーンを展開しており、腕利きの経営者としてテレビや雑誌にもたびたび取り上げられていた」

〝塙社長〟ならバラエティ番組に出ているのを見たことがある。筆舌に尽くしがたい化粧をして、英国の王妃しか似合わないような鍔《つば》の広いハットを被っていた。

「野々島は年の三分の一ほどをその別荘で過ごしていた。釣りにサーフィン、ときには友人を呼んでパーティを開いたりしながら、楽しく暮らしていたようだ」

テキーラグラスで乾杯している写真をInstagramにアップして、〝#仲間に感謝〟などとタグを付けたりしていたのだろう。

「現場に指紋は」

「野々島と塙、二人の知人以外のものは見つかっていない。犯人が彼ら以外の誰かだとすれば、そいつは手袋を嵌《は》めていたんだろう」

「何かそれっぽい手がかりは？　消えたおつまみとか、血で書かれたニッカおじさんとか」

「真剣にやれ」怒られた。「キッチンの水栓とマグカップに少量の血液が付着していた。鑑定中だが、おそらく被害者のものだろう」

「野々島がマグカップで水を飲んだんですか」頭から血を流しながら？

「水を飲んだのは犯人だよ。野々島を殺した後、マグカップに水を注ぎ、飲んだ。そのとき手袋から血が付いたんだ」

失血で死ぬほど人を殴ったら息も上がる。喉も渇《かわ》く。犯人も水を飲みたくなったのだろう。

「そのマグカップから犯人の唾液《だえき》が検出されていたりは」

「この犯人はそこまで無知じゃない。マグカップの縁は水で濯《すす》がれていた」

火村がグラスの水滴を拭う。

「被害者について教えてもらえますか」

「野々島久は五十五歳。出身は群馬県旧水上町《みなかみまち》。高崎の商業高校を出てから数年、キャバクラで黒服をしていたが、客とのトラブルが重なり退職。その後はすすきのから中洲まで全国の盛り場を転々としながら、水商売のスカウトや風俗案内所の店員をやって糊口《ここう》を凌《しの》いでいた。見栄っ張りな性格で、ブランドコピーの時計や財布を身に着け、寮のマンションを持ち家と言いふらしていた。地元の友人と会うときはいつも羽振りの良いふりをしていたが、実際は常に借金を抱えていた」

できることなら身近にいてほしくないタイプだ。

「五年前、野々島は青森市のカラオケパブで各務友里と知り合い、男女の仲になった」

根府川刑事から聞いた名前だ。

「影二のお母さんですね」

煙草の火が上下に揺れる。

「十二年前、夫を事故で失った友里は、建設会社の事務とカラオケパブの仕事を掛け持ちしながら二人の息子を育てていた。双子が仙台の大学に入ってからも、少しでも仕送りをしようと、かなりつましい暮らしをしていたようだ。野々島はそんな友里に近づき、生活費の援助をちらつかせて交際を迫った」

嫌な予感がする。

「野々島が狙っていたのは、友里が夫から相続していた土地だった。交際二カ月で入籍すると、野々島は二千坪の耕作地を抵当に入れ、借り入れた金を自身の借金の返済に充《あ》てた。友里の許に差押え通知が届いたときには、野々島は忽然《こつぜん》と姿を消していたという。役所には偽造した離婚届が提出されていた。友里は鬱《うつ》病とパニック障害を発症し、三週間後に頸《くび》を縊《くく》った」

そして取り残された双子は、一人が大学に残り、一人が地元の工場に就職したというわけだ。

「ぶっ殺されて当然のカスですね」

「今のは聞かなかったことにする」まったく起伏のない声だった。「それから三年間の野々島の足取りは判っていない。どこかで大阪へ居を移し、梅田のナイトクラブで知り合った塙双葉と交際を始めたようだ」

ゴージャスハットの敏腕社長である。むろん、目当ては財産だろう。

「塙は社会貢献に熱心で、今年の春にも新たな社内プロジェクトを立ち上げた。店舗で余った食材を貧困家庭に届ける『フードバンクはなわ』だ。この活動を委託されたのがドリームスケープというNPOで、その支援者に医薬品の輸入代行会社を営んでいた各務光一がいた」

点と点が繋《つな》がる。

光一のつくった会社――メディカル・ポーター・ジャパンは、薄毛やEDの治療薬に美容外科手術用の麻酔薬、抗炎症剤などを輸入しているという。影二に聞いたときは随分胡散臭く思えたが、光一がNPOを支援していたと知り、印象が変わった。

四年前、母を亡くしたとき、光一は弟に外れ籤《くじ》を引かせてしまった。ずっとそのことを悔いていたのだろう。だから弟の奨学金を返し、生活を支え、さらには自分と似た境遇の若者を支えるNPOにも金を出すようになったのだ。その活動を介して母親を死に追いやった仇敵《きゅうてき》と巡り会ったのは運命の皮肉と言う他ない。

「今年の六月、堂島《どうじま》の貸会議室でドリームスケープの総会が開かれた。光一はそこで、塙双葉のパートナーとして足を運んでいた野々島久と再会したようだ。二人が話しているのを見たという証言はないが、光一が母親の仇《かたき》に気づかなかったはずはない」

火村はグラスを持ち上げ、水滴でできた円を指で拭った。

「約半年後、野々島は殺された」

地下街のカフェレストランで対面した影二の、どこか緊張した様子を思い出す。

「光一と影二の事件当日の足取りを教えてください」

「前日の十一月二十六日、兄弟は叔母の三回忌のため上京し、四ツ谷の双恵寺《そうけいじ》を訪れた。父親が早くに亡くなっていたこともあって、二人は子供の頃、東京に住む叔母によく可愛がってもらっていたそうだ。

懐石料理屋での食事の後、親戚らと別れると、兄の光一は日本橋のビジネスホテルへ向かった。チェックインは午後九時十五分。チェックアウトは翌二十七日の午前十時三十五分だ。光一はその後、知人の経営する大手町のギャラリーに顔を出してる。これが十一時十五分。十分ほど雑談をしてギャラリーを出ると、その足で東京駅へ。12時ちょうど発ののぞみ227号に乗り、新大阪へ向かったそうだ。この供述が正しければ、光一は14時30分に新大阪に着いていたことになる。駅の防犯カメラの映像は現在、確認中。光一と背格好の似た人物は見つかったが、断定には至っていない」

火村はすべてそらで言った。慌ててスマホに時刻を打ち込む。

「午後二時五十分、光一らしき人物が新大阪駅北口から徒歩十分の朱雀《すざく》銀行新大阪支店を訪れている。貸金庫から土地の権利書を取り出し、バッグに入れて銀行を後にした。本人曰《いわ》く、土地は運用のために購入したもの。信用金庫に融資を頼む予定があって、手許に権利書を持っておく必要があったらしい」

「何だか臭いますね」

「ジョニーウォーカーか？」

「アリバイトリックですよ」

光一は東京を発つ前にギャラリーを、大阪に着いた後に銀行を訪れていた。いかにも作為的なものを感じる。

「朱雀銀行を訪れたのが別人だったとは考えづらい。防犯カメラに姿がはっきり写っていたし、警備員も彼が訪れたときのことを覚えていた」わずかに声が硬くなる。「ただ」

「ただ？」

「朱雀銀行の貸金庫を開けるには三つの操作が要る。キャッシュカードの読み込み、暗証番号の入力、そして指静脈認証だ。警備員曰く、光一はこの操作にかなり手間取っていたらしい」

「めちゃくちゃ臭いますね」湊《はな》が飛んだ。「秋の銀杏《いちょう》並木くらい臭う。それ、弟の影二だったんじゃありませんか」

「弟にカードを貸し、暗証番号を伝えていたとしても、指静脈認証はどうにもならない。双子でも血管の形は違う。指紋みたいに型を取って偽造することもできない」

「初めに貸金庫を契約したとき、指の静脈をスキャンしたはずですよね。その時点で光一と影二が入れ替わっていたのかも」

「光一が金庫を借りたのは昨年の十二月だ。それから一度もデータを更新していない。ドリームスケープの総会でかつての父と再会したのが今年の六月。半年も後だ。獲物が現れる前から罠の準備をしていた、というのはおかしい」

そりゃそうだ。

「光一は権利書を取り出すと、正味五分ほどで銀行を後にした。御堂筋線で江坂《えさか》の自宅へ帰ったと言ってるが、裏は取れてない。ただ銀行を出てすぐに新大阪駅で新幹線に乗ったとしても、新横浜までは二時間以上かかる。15時6分発ののぞみ30号に飛び乗っても、新横浜駅到着は17時14分。三時二十分から四時の間に三浦海岸で人を殺すことはできない」

残念ながら、光一のアリバイは固い。——ならば。

「影二は？」

「二十六日、叔母の三回忌のため上京したところまでは兄と同じだ。大手町のカプセルホテルで一泊したそうだが、記録は残っていない。ただし翌二十七日の午前十時から八重洲地下街のカフェレストランで友人と会っていたのは間違いなさそうだ」

火村がこちらを見る。ええ、僕です。

「その友人と十一時三十分過ぎに別れた後、駅でいくつかの用事を済ませ、14時20分発の東北新幹線はやぶさ27号で青森へ向かったらしい」

「いくつかの用事、ですか」

何だか怪しい。

「一番街のキャラクターストリートで限定品のぬいぐるみを買ったり、改札の中の土産物《みやげ》売り場で親戚に買っていくお菓子を選んだりしていたらしい。こちらも防犯カメラの映像を確認中だが、影二と断定できる人物の姿は見つかっていない。

供述通りにはやぶさ27号に乗っていたとして、新青森駅に着くのが17時30分。そこで降車した後、駐車場に停めてあった車に乗り、旧浪岡町《なみおかまち》の従叔父《いとこおじ》の家を訪ねたそうだ。これがちょうど一時間後の六時三十分」

腰の悪い親戚が法要の様子を知りたがっている、という話は聞いていた。

「浪岡は青森市の中心部と弘前市の中心部のちょうど真ん中にある。新青森駅からは車で三十分ほど。そこに住む従叔父も影二が六時半にやってきたと証言している。

東京駅から新青森駅までの所要時間は約三時間。影二が三時二十分に三浦海岸で野々島を殺したとしたら、どう足掻いても六時半に浪岡へ行くことはできない」

「親戚の証言ですよね。臭いますよ」

「年の瀬の終電くらいか」

「真夏のホビーショップくらいです」

兄のアリバイが最先端技術に守られていたのと比べ、こちらは随分心許ない。

「影二はあらかじめ従叔父と口裏を合わせていたんでしょう。六時半に家に来たと嘘をついてもらうことで、その少し前まではやぶさに乗っていたというアリバイを作ったんです」

「従叔父は影二から東京駅限定のさつまいもプリンを受け取ってる。賞味期限の表記から、二十七日の午前十一時以降に改札内の土産物売り場で販売されたものと確認された」

「警察が話を訊いたのは当日じゃないでしょ。駅で買っておいたのを後で持って行ったんですよ」

「実は証人がもう一人いる。従叔父の家の斜向《はすむ》かいのアパートに、影二が以前勤めていた食品工場の同僚が住んでいた」

クッキーを作っていた、あの工場か。

「友人に煮干しラーメンを食いに行こうと誘われ、午後七時前に家を出たそうだ。そこで従叔父の家を出て来た影二と鉢合わせしたらしい」

火村は口許に笑みを浮かべた。

「この男は少し君と似てる。小説が好きで、作品を出版社の賞に送っていたそうだ。もっとも血腥《ちなまぐさ》い殺人よりもめくるめくロマンスが好みだったようだが」

もしや二十代にして竜胆紅一を全作読んでいるという、あの男か。

「影二はその男に、東京で久しぶりに会った友人の話をしていた。珀友社のゴールドアロー賞に落選したことや、会社をさぼったのがばれて減給になったことなんかも話していたらしい」

あの野郎、人の災難を話のネタにしやがって――というのはさておき。このクッキー工場の元同僚とも口裏を合わせていた、というのはさすがに裏の読み過ぎだろう。影二はこの日まで僕が減給になったことを知らなかったはずだから、あらかじめ話を合わせておくこともできない。

だがそうなると、光一と影二はどちらもアリバイがあったことになる。

「もう匙《さじ》を投げたそうな顔だな。そんなんじゃプロの作家になれないぞ」黙り込んだ僕を見て、火村が発破をかけてくる。「考えろ。各務兄弟はいかにアリバイを作ったのか？」

何か言い返そうと息を吸って、ふと我に返った。

「ちょっと待ってください。警察が各務兄弟に目を付けたのは、とどのつまり、動機があったからですよね。でも二人にはアリバイがあった。野々島はあちこちで金銭トラブルを起こしていたようですし、三浦海岸で悠々自適に暮らす彼を見て頭をかち割りたいと思う人間は他にもいるでしょう。それなのに先生は各務兄弟が犯人だと確信しているように見えます」

「そうか？」

「そうでなきゃこんな場所で僕と酒を飲むはずがないでしょう」

火村は声だけで笑った。

「君の言う通りだ。俺はあの二人のどちらかが野々島を殺したと思ってる」

「なぜですか」

「大阪であの男とぶつかったんだ」

へ？

喉から変な音が洩れた。後ろのテーブルで葉巻をふかしていた太鼓っ腹の爺さんが、げほっ、と咳払いする。

「二十七日の午後二時半過ぎ。俺は地下鉄御堂筋線の新大阪駅からJR新大阪駅へ向かって歩いていた。するとエスカレーターを上ったところで、ひどく慌てた様子の男が前から走ってきた。男は高齢の女性とぶつかり、女性は転倒。男も床に手を突いたが、すぐに体を起こして走り去った。女性は腰椎《ようつい》が圧迫骨折を起こしていて、今も梅田の病院に入院してる」

「その男が各務光一だったんですね」

「判らないが、双子のどちらかではあった」

細かい。

「淀川署の巡査がこの男の行方を追い、朱雀銀行新大阪支店で貸金庫を開けた男に行きついた。ところが江坂のマンションを訪ねてみると、どういうわけかそこに先客がいた」

「神奈川県警ですか」

「そうだ。君も顔馴染《なじ》みの根府川刑事が、三浦海岸で起きた殺人事件について事情を訊いていた」

なぜ京都の大学の先生が三浦半島の事件に首を突っ込んでいるのかと不思議に思っていたが、ようやく接点が見えた。

「それにしたって、なぜ先生は各務兄弟が野々島を殺したと思うんです？　新大阪駅のコンコースで婆さんを突き飛ばしたからって、三浦海岸の別荘で人を殺した証拠にはなりませんよ」

「当たり前だ。ただこのとき気づいたことがある。女性を突き飛ばした後、光一らしき男はよろけて俺の肩にぶつかった。そのときコートに手が触れたんだ。奴のコートはわずかに湿っていた」

だから何だ。

「あの日は関西一帯が晴れ。新大阪駅の周辺に噴水はないし、トイレで洗った手を拭くような位置でもなかった。奴のコートはなぜ濡れていたのか」

火村はロックグラスの水滴を弾《はじ》く。

「種を明かせば、あの日、在来線コンコースの東改札口付近で水漏れが起きていた。天井の古い排水管が破損したらしい。光一のコートを濡らしたのは天井から垂れた水だろう。ただ、そうなるとまた疑問が浮かぶ。新大阪駅は新幹線と在来線のコンコースが分かれてるんだ。光一が供述通りのぞみ227号でやってきたのなら、この水を浴びることはなかったはずだ」

なるほど。光一はどこかでのぞみを降り、在来線に乗り換えて新大阪へやってきたということか。何のために。

「光一はそれについて何と言ってるんです」

「女性にぶつかったことは認めてるが、在来線のコンコースには近寄ってないそうだ。コートが濡れていたというのは俺の勘違いだとさ」

鼻息がジョニーウォーカーにさざ波を立てる。納得はしていないらしい。

「直感でいいんですけど。先生はぶつかったのが光一だったと思いますか」

「判るかよ。俺は奴の友人じゃない」火村は一瞬、ロックグラスに目を落とすと、「ただ、そうだな。酒に任せて無責任なことを言えば、奴は光一本人だったんじゃないかと思う」

「その心は」

「俺とぶつかったとき、奴はかなり無理な姿勢で床に手を突いていた。十数分後、朱雀銀行に現れた男は、貸金庫を開けるのに随分手間取っていたという。俺は奴が転んだとき、手を痛めたんじゃないかと考えた」

さっとカウンターを撫でる。まるで刃物を研《と》ぐように。

「はたして昨日、江坂の喫茶店で光一に会ってみると、彼は右手の人差し指をサポーターで固定し、左足の膝小僧にでかい湿布を貼っていた。どちらも俺とぶつかったときに痛めたらしい。影二にはまだ会ってないが、話を訊きに行った神奈川県警の刑事曰く、こちらは怪我をした様子はなかったそうだ」

辻褄《つじつま》を合わせるためにわざとサポーターを巻き、湿布を貼っていたとはさすがに考えづらいか。怪我のない人があるふりをすることはできても、本物の怪我人が怪我のないふりをするのは難しい。

「俺の話はもういいだろ。君のアイディアを聞かせてくれよ」

火村は双子のさくらんぼを二つに分け、片方を口に放り込んだ。僕は「そうですね」とスマホのメモに目を落とす。

友人を疑いたいわけではない。だが光一の行動にある程度の筋が通っているのに対し、影二の行動には明らかに不自然な点がある。午前十一時半過ぎに僕と別れた後、14時20分発のはやぶさに乗るまで、三時間近く東京駅に留まっていたことだ。買い物にそんなに時間がかかるとは思えない。本当は改札内で土産を買った後、三浦海岸へ向かっていたのではないか。

乗り換えアプリで検索をかける。12時6分に東京駅を出発するJR東海道本線熱海行きに乗ったとして、12時32分に横浜駅で下車し、12時39分発の京急本線快特京急久里浜行きに乗り換える。さらに13時17分に終点の京急久里浜駅に到着後、13時18分発の京急久里浜線特急三崎口行きに乗り換えれば、13時27分には三浦海岸駅に到着する。野々島が殺されたのは午後三時二十分から四時の間だから、充分すぎるほど時間がある。

問題はその後だ。影二は午後六時三十分に青森県旧浪岡町の従叔父を訪ねている。犯行後、15時41分に三浦海岸駅を出る京急久里浜線特急の列車に飛び乗ったとしても、横浜駅で東海道本線に乗り換え、東京駅に着くのは17時7分。17時20分発の東北新幹線はやぶさ39号に間に合ったとして、新青森駅に着くのは20時40分。午後六時三十分にはまったく間に合わない。

車を使ったらどうか。ホーム画面に戻り、地図アプリを開く。三浦海岸の別荘から首都高湾岸線を経由して東京駅へ向かったとして、所要時間は一時間十分。法定速度をぶっちぎっても一時間はかかるだろう。三時三十分に車に乗ったとして、東京駅に着くのが四時三十分。電車よりも四十分ほど巻けている計算だ。だが時刻表を検索してみると、次に新青森へ向かうのは17時20分発のはやぶさ39号――先ほどと同じ列車だった。これでは結果は変わらない。

こうなったら空路だ。羽田空港から青森空港へ飛べば、移動時間はぐっと短縮できるのではないか。

乗り換えアプリで飛行機のマークをタップし、検索をかけ直す。15時41分に三浦海岸駅で京急久里浜線特急に乗り、16時44分に京急蒲田駅で下車。16時49分発の京急空港線急行羽田空港第1・第2ターミナル行きに乗り換え、17時2分に終点で下車。これは行けるかと思いきや、羽田から青森へ向かう便は一時間半後、18時40分発のＪＡＬ１４９便しかなかった。青森空港到着は20時だから、やはり午後六時三十分にはまったく間に合わない。

「アプリが時刻表代わりか。最近のアリバイ崩しは風情がないな」

火村が前を向いたままぼやく。視線をたどると、カウンターの奥の黒いガラスに人の姿が映っていた。さくらんぼを齧《かじ》る優男と、スマホに向かって背中を丸めた垢抜けない小男。黒く加工された鏡――ブラックミラーだ。

「俺が昭和の推理作家なら、お前の後ろに化けて出るぜ」

すっかり期待の失せた様子で、鏡の中の犯罪学者が種を吐く。

「馬鹿にしないでください」僕はショットグラスを呷《あお》り、内臓にジョニーウォーカーを染み込ませた。「影二のアリバイは、六時半に浪岡の従叔父を訪ねていたという事実に支えられています。ならばそこに何らかの仕掛けがあったと考えるべきでしょう」

「何か仕掛けがあった、か。小学生でもできそうなコメントだな」

「具体的に言えば、それはもちろん入れ替わりです。従叔父を訪ねたのは、影二のふりをした兄の光一だったんです」

火村が何か言おうとするのを制して、地図アプリを開く。新大阪駅の周辺を表示させ、そこから青森へ向かう経路を調べる。

「午後二時五十分、光一は朱雀銀行新大阪支店の貸金庫でアリバイを作ると、すぐさま伊《い》丹《たみ》空港へ向かいました。近くに停めておいた車に飛び乗り、阪神高速11号池田線を北上。16時30分発のＪＡＬ２１５７便に乗れば、17時55分に青森空港へ到着します。再び車を飛ばせば六時半に従叔父の家へ駆け込める。そうして光一が影二のアリバイを作り、その間に影二が野々島を殺したんです」

「本気で言ってるのか？」

「最近の光一が目立つ格好をしていたのは、この入れ替わりを成功させるためでした。外見の差がはっきりしていれば、それだけ成り済ましもしやすくなる。光一はそのためにピンクのネクタイを締め、葉巻を喫い、ホストのようなリングを指に嵌めていたんです」

どうだ。見直したか。口許が緩むのをこらえて鏡を見ると、火村はいっそう不愛想な面で紫煙をくゆらせていた。

「もう忘れたのか？　影二は従叔父の家を出た後、かつて同僚だった恋愛小説好きの男と話してる。影二は彼に君が減給処分を食らった話をしていた。光一が弟のふりをしていたのなら、どうして君の失敗譚を知っていたんだ？」

「それは――」やり方はある。「東京駅で僕と別れた後、影二が電話かメールで兄に伝えたんでしょ」

「わざわざ友人が会社をさぼった話を兄貴に報告したのか？　ロマンス好きの青年が煮干しラーメンを食いに出てくるのを事前に予想できたはずはない。それに合わせて話のネタを用意しておくのは不可能だろ」

駄目か。

だが真実に近づいている感覚はある。ならば――。

「逆だったんだ」鏡の中の自分がカウンターを叩いた。「朱雀銀行新大阪支店に現れたのは、ピンクのネクタイを締め、ホストのような指輪を嵌めた弟の影二だった。銀行を出た後、伊丹空港でＪＡＬ２１５７便に乗れば、午後六時半に浪岡の従叔父の家へたどりつける。ロマンス好きの男に僕の話ができたのは、それが本物の影二だったからだ。そうして影二が光一のアリバイを作り、その間に光一が野々島を殺したんだ」

「君の学習能力はうちの猫以下だな」火村は冷ややかに煙草を揉み消す。「一分前とまったく同じ轍《てつ》を踏んでるぜ。影二が光一のふりをしていたなら、彼はどうやって貸金庫を開けたんだ？」

尻がスツールから落ちそうになり、慌ててカウンターを掴んだ。葉巻の爺さんがまた咳をする。げほっ。

「結局、入れ替わりの一点張りじゃねぇか。もっと突拍子もないアイディアを期待したんだがな」

火村は容赦《ようしゃ》ない。普段の授業やゼミもこんな感じなのだろう。僕はため息をついて、グラスの底に残っていたジョニーウォーカーを呷った。

「お言葉ですが、一介の作家志望者を捕まえてそんなことを言ってる先生もどうかと思いますよ。僕はミステリ好きですが、別に湧き水のようにトリックが浮かんでくるわけじゃない。そんな奴はとっくにプロになってますよ。先生の知り合いにはミステリ好きがいないんでしょ」

火村は、ふふ、と口許を緩めた。

「そこまで言うなら、とびきり大学教員らしいことを訊いてやろう。君はどうして作家になりたいんだ？」

「そりゃ――」急な問いに面食らったが、答えはすぐ浮かんだ。「作家は夢がありますから」

「夢？」

「上司におべんちゃらを言う必要もないし、得意先にぺこぺこ頭を下げることもない。ベストセラー作家になればベンツに乗れるし、タワマンにだって住めます」

火村は片頬で笑うと、何本目かのキャメルを口に近づけ、すぐに離した。

「年長者からのアドバイスがある」

「何ですか」

「君は作家にはなれない」

は？

「ベストセラーを夢見る前に、君は目の前の人生と向き合うべきだ。半端なことを続けても碌《ろく》なことはない。また減給を食らって、タワーマンションが遠のくだけだ」

こいつ、素面《しらふ》同然のように見えてだいぶ酔いが回っているらしい。

「随分な言いようですね。言っておきますけど、僕が減給を食らったのはただ仕事をさぼったからじゃありませんよ」

子供扱いされたのが癪《しゃく》だったのだろう。どう考えても筋違いの反論だったが、僕はそんなことを言った。

「ほお。どんな悪事を働いたんだ？」

「うちの会社、社員証をカードリーダーにかざして出勤時刻を記録するシステムなんですけど。どうしても推敲の時間が欲しかったんで、同期に社員証を渡してピッしてもらったんです。で、そのことがばれて」

「ははあ」火村は虫を払うように手を振った。「仕事をさぼったことじゃなく、そのためにルールを破ったことが処分事由に該当したわけか。日本企業らしいな――」

言葉が途切れた。

火村は正面の鏡を見つめている。つられて鏡を覗くと、

「まさか――そういうことか」

色のない男が、人差し指でそっと唇を撫でた。

「だから犯人は、人を殺した後、マグカップで水を飲んだんだ」

6

ザッザッザッ。マスターが氷を削る音が響く。

火村はスマホを片手に店を出ると、階段の踊り場で誰か——おそらく神奈川県警の刑事だろう——に電話をかけていた。

きっかり一時間後。店へ戻ってきた火村は、新入社員のような「もう帰ります」の顔をしていた。

「謎が解けたんですね」

このまま出て行かれたらたまらない。僕はスツールのクッションを叩きながら言った。

「落ち着けよ」

火村は赤らんだ掌に息を吐くと、大人しく腰を下ろし、マスターに白湯《さゆ》を頼んだ。

「やっぱり、影二がやったんですか」

「犯行に協力したのは確かだが、主犯じゃない。起訴されても執行猶予《しっこうゆうよ》が付くだろう」

「そ、それじゃ、主犯は——」

「兄の光一だ」

マスターが「どうぞ」とマグカップを置く。火村は両手でそれを包み、鏡の中の僕と目を合わせた。

「犯人が野々島を殺した後、現場のマグカップで水を飲んだことが気になっていた。人を殺せば息は上がるし、喉も渇く。どうしても水を飲まずにいられなかったことは理解できる。だがこの犯人は無知じゃない。指紋を遺さないように手袋を着けていたし、唾液を遺さないようマグカップを濯いでもいる。そこまで頭が回っているのに、なぜ現場のマグカップを使ったのか。死体の横に落ちていたレジ袋には、酒やつまみと一緒に水のペットボトルが入っていた。これなら玄関で飲めるし、ペットボトルごと持ち去ってしまえば唾液も遺らない。何より、殺すほど憎んでいた人間のマグカップを使わずに済む」

それもそうだ。

「犯人がわざわざキッチンへ向かい、マグカップで水を飲んだのはなぜか。ペットボトルの水が飲めなかったからだ」

思わず腕を組む。それは問題を言い換えただけだ。だったら犯人はなぜ、ペットボトルの水が飲めなかったのだろう？

「犯人はプラスチックアレルギーだったとか？　それか飲料メーカーに個人的な恨みがあったとか」

「いちいち無茶な説で話の腰を折るな。人を殺してるんだぞ。そんなつまらないこと気にしてる場合じゃない。ペットボトルの水が飲めなかったのは、物理的にそれができなかったから。つまりペットボトルが開けられなかったからだ」

火村は「すみません」とマスターに声をかけて、カウンターに置かれた空のウィスキーボトルを手に取った。

「ボトルを開けるには、一方の手で本体を押さえ、もう一方の手でキャップを捻る必要がある。犯人はそれができなかった。どちらかの手が不自由だったからだ」

そうか。点と点が繋がる。

「光一は指を痛めていたんでしたね」

新大阪駅のコンコースで女性とぶつかった際、光一は無理な姿勢で床に手を突いていた。翌日、光一は人差し指をサポーターで固定していたという。

「その通りだが、ことはそう単純じゃない。俺が光一らしき男と新大阪駅ですれ違ったのは午後二時半過ぎだ。それからすぐ東海道新幹線に飛び乗っても、三時二十分から四時の間に三浦海岸の別荘を訪れることはできない」

混乱した。

犯人がマグカップで水を飲んでいた事実は、その正体が光一であることを示している。だがその光一には変わらずアリバイがある。どういうことだ。

「理屈だけで考えるな。具体的にイメージしてみろ」火村は右手を広げた。「光一がサポーターを巻いていたのは右手の人差し指だ。人間の指は五つある。残り四つの指でペットボトルを押さえれば、左手でキャップを開けられる」

「それじゃどうしてペットボトルを開けられなかったんです」

「指一本じゃなく、片手がまるごと使えなかったからだ」

車に轢《ひ》かれたみたいに、掌の骨が粉々に砕けていたというのか。だがそんな怪我をしていたら隠しようがない。ここまでに登場した人物の中で、手を怪我していたのは光一だけだったはずだ。

「野々島を殺したとき、光一は片手が不自由だった。でもそれは一時的な状態に過ぎず、翌日には人差し指以外はもとに戻っていた。普通はそんなこと起こらない。考えうる要因は人為的なものだ。つまり」注射器の押し子を押す仕草をして、「麻酔だ。犯人は右手に局部麻酔を打っていたんだ」

そういえば光一の会社――メディカル・ポーター・ジャパンは、美容外科手術に用いる麻酔薬を輸入していたという。だが。

「なんでそんなことを?」

「もちろん痛かったからだ。犯人は人差し指に、麻酔を打たなければ耐えられないほどの怪我をしていた」

ザッ、ザッ、ザッ。マスターが氷を削る音が響く。

まさか。

「指を切り落としていたんだよ」

店の空調が五度くらい下がった気がした。

7

「事件当日——十一月二十七日。光一は知人の経営するギャラリーに顔を出し、影二は大学時代の友人とコーヒーを飲んでから、それぞれ東京駅へ向かった。光一はどこか人目のない場所——駅のトイレの個室だろうな——で右手に麻酔を打っておく。二人は東海道新幹線の同じ列車に乗り込み、車内トイレで顔を合わせる。そこで光一は、右手の人差し指を根元から切り落とした」

タン。マスターのペティナイフがカッティングボードを打つ。

「ゆ、指って、そう簡単には切れない気がしますけど」

「そりゃそうだ。後のことを考えると、鋭利な刃物で真っすぐ切り落としておく必要もある。光一はこの頃、葉巻を喫ってたんだろ。根拠のない想像だが、シガーカッターを使ったんじゃねぇかな」

思わず後ろのテーブルの爺さんに目を向けてしまい、すぐに逸らした。あの爺さんの手許にもある。葉巻の頭を丸い穴に入れ、カッターで垂直に切り落とす——あれだ。

「切り落とした指はラップに包み、保冷剤を詰めた容器に入れる。切断面にはガーゼを当て、糸できつく縛っておく。右手の切断面にも同じ処置をした上で、手袋を嵌め、指がないのを隠しておく。

　二人が12時に東京駅を出るのぞみ227号に乗っていたとして、新横浜駅に着くのは12時17分。光一はその十七分の間に自分の指を切り落としたことになる。覚悟さえ決まっていれば、時間は充分だろう。

　新横浜駅で新幹線を降りた光一は、三浦海岸へ向かう。片手で運転はできないから、ここは在来線を使うしかない。12時29分発の横浜線快速桜木町行きに乗り、横浜駅で京急本線特急三崎口行きに乗り換えれば、13時47分に三浦海岸駅へ到着する。野々島が殺されたのは午後三時二十分から四時の間。途中で麻酔を打ち直してもお釣りが来る。

　一方の影二はというと、のぞみ227号が新大阪駅に着くのが14時30分。光一らしき人物が朱雀銀行に現れたのは午後二時五十分だから、こちらも問題なし。あとは貸金庫を開けて兄のアリバイを作った後、どこかで兄と落ち合って——。

「あれ？」

　Googleで指の再接着手術について検索する。やはり、おかしい。

「どうした。聡明なスマートフォンが俺の推論にご不満か？」

「いや、ええと」数秒迷った後、スマホの画面を見せた。「指の再接着が可能なのは、状態が良くても八時間が限界みたいなんです」

「知ってるよ」

「貸金庫を開けるには容器から指を出さないといけませんし、どうしたって多少、状態は悪くなりますよね。再接着できるのは、せいぜい、六、七時間後までじゃないでしょうか」

「だろうな」

「光一が指を切り落としたのは12時から12時17分の間。この要領で考えると、再接着が可能なのは午後七時過ぎまでです。確実を期すなら、六時には病院へ駆け込みたいところです」

「その通りだ」

火村は動じない。僕もだんだん向きになってくる。

「問題は、どこで弟から兄へ指を返すかです。たとえば影二が新大阪駅のコインロッカーに指を入れておき、光一がそれを回収する、というのはどうか。手早く犯行を終えた光一が15時41分三浦海岸駅発の京急久里浜線特急に乗ったとして、新横浜へ着くのは16時49分。16時58分発ののぞみ２４１号に飛び乗ったところで、新大阪に着くのは19時６分です。そこから指を出して病院に駆け込んだのでは手術は間に合いません」

「そりゃそうだ」

「では早く指を返せるよう、影二が関東へ引き返したとしたらどうか。朱雀銀行を出た後、15時６分に新大阪駅を出るのぞみ30号に飛び乗れば、17時14分には新横浜に着くことができます。そこで三浦海岸から戻ってきた光一に指を渡す。光一がすぐに病院へ駆け込めば、切断後六時間以内に手術が受けられます。指が繋がる可能性は高いでしょう。

ただこの場合、影二の方に問題が生じます。新横浜駅でのぞみ30号を降りずに東京駅へ向かったとして、到着は17時33分。乗り継ぎが悪く、次に青森へ向かうのは18時20分発のはやぶさ41号です。新青森駅到着は21時37分。これでは到底、午後六時半に浪岡の従叔父を訪ねることはできません。空路でも同じ。新横浜駅から羽田空港へ車を飛ばしても、次に青森へ向かう便は18時40分発のＪＡＬ１４９便。青森空港に着くのは20時ですから、やはり六時半には間に合いません」

「検証ありがとう。妥当《だとう》な指摘だ」

「やっぱり」

「今のは君のスマホに言ったんだ」温くなった白湯をゆっくり啜《すす》る。「その問題には光一と影二も頭を悩ませただろう。だが二人は答えを見つけた。アリバイを確保しながら、タイムリミットまでに指を受け渡す方法を編み出したんだ」

思わせぶりに言って、ふと遠くを見るような顔をする。

「余呉湖《よごこ》の別荘で起きた殺人事件を知ってるか？」

思い当たる節がない。その湖がどこにあるのかも判らなかった。

「知らないならいい」火村はマグカップを置く。「単純な話だ。新幹線に運ばせたんだよ」

まだ判らない。

「あらかじめ何両目のどこと決めておき、そこに容器を隠しておく。ゴミを拾うふりをして座席の下にでもテープで貼りつけたんじゃないか。のぞみが新大阪駅に停車している間に容器を設置しておけば、その後の二時間で新横浜まで運んでくれる。光一はそれを受け取り、病院へ駆け込めばよかった」

慌ててスマホをタップする。影二が15時6分に新大阪駅を出るのぞみ30号に容器を設置すれば、光一は17時14分に新横浜で指を回収できる。再接着までの時間は問題なし。影二は新大阪駅から車で伊丹空港へ向かえば、16時30分発のJAL2157便に乗ることができる。青森空港に着くのが17時55分だから、すぐに浪岡へ向かえば六時半に間に合う。こちらも問題なし。

「マスター、これ」

火村が指で会計の合図をする。マスターが頷き、会計票にペンを走らせる。

僕は一人、目の前の黒い鏡《ブラックミラー》を見つめた。

鏡の中の男は自分と瓜二つ。でも彼にだけ足りないものがある。色だ。

まるで光一と影二のようだった。大学を出て就職し、新天地で会社を興した兄。中退して田舎へ帰り、仕事も続けられなかった弟。見た目は瓜二つなのに、一人は彩り豊かな世界に、一人は色のない世界に生きてきた。

二人が実行したトリックは、彼らが双子であることを利用している。これは互いの役割を逆にしても成立するはずだ。光一は影二に指を切り落とさせることもできただろう。

でも光一は、自ら外れ籤を引いた。

彼はずっと後悔していたのではないか。弟を色のない世界へ追いやってしまったことを。だから弟の奨学金を肩代わりし、貧困家庭をサポートするNPOを支援し、さらには母の仇を前に、自ら指を切り落とす役を引き受けたのだ。

「もういいか？」火村の言葉で我に返る。「今日は喋り過ぎた。他言無用で頼むぜ」カードを財布に仕舞う。

いつもの自分なら、素直に礼を言って店を出ただろう。だがこのときは、まるでもう一つの世界に迷い込んだような、まやかしの高揚感に包まれていた。

「あの、すみません」スマホをタップする。「僕、ちょっとは役に立ちましたよね」あろうことか、自分でメッセンジャーアプリを開いてみせる。「またこっちの方で事件があったら、連絡もらえませんか」

火村は不愛想にこちらを一瞥すると、

「調子に乗るな。君はたまたま社員証を貸して出勤記録をごまかしていただけの不良サラリーマンだ。役に立ったのはその乗り換えアプリだけだろ」

キャメルのボックスをポケットに入れながら、素っ気なく加える。

「俺は友人のありがたさを嚙み締めていたところさ」

8

インターホンが鳴る。

ドアを開けるとスーツの男が立っていた。警察だろうか。いや、ＪＲのロゴの付いた官帽を被っている。新幹線の車掌《しゃしょう》だ。

立ち尽くした僕に、男は「こちら、どうぞ」と木箱を差し出す。何だろう。反射的に蓋《ふた》を開けて、

「うわっ」

箱を落としそうになった。見たことのない虫——まるで色の薄いヒルのような——がびっしり詰まっている。どれも死んでいるのか、ぴくりとも動かない。

何なんだこれは。おそるおそる目を近づけて、息が止まる。どの虫も身が千切れていて、断面に白い骨が覗いていた。

これは虫ではない。

人の指だ。

ぴょん！　ブーッ。スマホの通知音にボディの振動が重なる。目を開けると見慣れた六畳間だった。横倒しの缶ビール。柿の種。べたついた指で画面をタップすると、誰かがSNSを更新したことを知らせる定型のメールが届いていた。

欠伸《あくび》しながら目の前のノートパソコンを見る。色のない男が目脂《めやに》を穿《ほじ》っていた。残業を終えて帰宅し、新作に取り掛かろうとWordを立ち上げたものの、冷やしてあったビールの誘惑に負けてしまったらしい。新幹線の車掌が切り落とした指を運んでくるとは、なんとも安直な夢だ。悪夢をもとにしたホラー小説でヒットを飛ばした作家がいたが、落ちが「ぴょん！　ブーッ」ではSNSのネタにもなりそうにない。

十二月一日――准教授とウィスキーを飲んだ二日後。光一と影二は神奈川県警に逮捕された。

県警の捜査員が横浜市内の総合病院でローラー式に聞き込みを行い、二十七日の夕刻、港北区《こうほく》の病院で指の再接着手術が行われた事実を突き止めた。診療報酬支払基金への問い合わせの結果、健康保険証が偽物だったことが発覚。刑事が担当医に複数の写真を見せると、担当医はその中から光一の写真を選んだという。

どのネットニュースにも火村の名はなかったが、彼が事件を解決に導いたことは明らかだった。

――君は作家にはなれない。

画面に並んだ nnnnnn を delete していると、どこからかあの男の声が聞こえた。

――ベストセラーを夢見る前に、君は目の前の人生と向き合うべきだ。

あのときは腹が立ったが、素面の今なら判る。火村の言葉は的《まと》を射ていた。

自分は仕事が憂鬱《ゆううつ》で、こんな毎日が続くと信じたくなくて、気を紛らわすために小説を書いていただけだ。そんな奴の書く物語などたかが知れている。

ふと、初めて小説を書いたときのことを思い出した。あれは高三の春。今だから判ることだが、あの作品の出来はひどかった。プロの作家ならきっと、いの一番に棄てるネタだろう。もちろん賞にも落ちた。

でも、楽しかった。

キーボードを叩くたび、頭の中を漂っていた言葉が結びつき、物語が生まれていく。そのことに興奮し、夢中になった。あのときの僕の頭には、ベンツもタワマンもなかった。

もう一度、あの楽しさを味わいたい。

目を閉じ、空想の翼を広げる。

ドアをノックする音が聞こえた。何が届いた？　もちろん死体だ。それもただの死体じゃない。切断された死体だ。どこが。指？　つまらない。首だ。首なし死体だ。なぜ首がない？　うんとおぞましい理由がいい。何だろう。

死体が食用だったとしたら？　人間工場から届いた死体。顔があると食欲が失せるから、あらかじめ首が切り落とされているのだ。これはいい。たまらない。

目を開く。キーを叩こうとして、手が止まった。

こんなことをやって何になる？

くだらない。つまらない。小説の体を成していない。またそう酷評されるに決まっている。

「ふふ」

そんなの知ったことか。

ぴょん！　と通知音が鳴ったが、僕は構わず小説を書き始めた。

有栖川有栖嫌いの謎

夕木春央

夕木春央（ゆうき・はるお）

一九九三年生まれ。二〇一九年に「絞首商会の後継人」でメフィスト賞を受賞、同年に改題した『絞首商會』でデビュー。二二年に発表した『方舟』が各種ミステリ・ランキングを席巻、本屋大賞にもノミネートされる話題作となる。他の著書に『サーカスから来た執達吏』、『時計泥棒と悪人たち』、『十戒』、『サロメの断頭台』。

1

東京からは一日がかりだった。朝九時に品川駅で担当編集の水戸部《みとべ》氏と待ち合わせて、新幹線で岡山に向かうと、そこからは在来線とバスを乗り継ぐ。バスの本数が少ないから、停留所で二時間余りの暇つぶしが必要だった。

夕暮れ前にバスを降りると、川の向こうに宿泊予定の温泉ホテルが見えた。遠目にもコンクリートのひび割れが明らかな、いかにも古い五階建てだった。見渡す限り、他に背の高い建物はない。

「なんだ、これ地図見なくても余裕ですね。では、あそこまで歩きなので」

「ああ、はい」

水戸部氏は目的の建物を見やって、さっさと歩き出す。私は肩掛け鞄《かばん》の重さにうんざりしつつ後に続く。ホテルは川のすぐ向かいだが、しばらく先の橋を渡らねばならないから遠回りである。

二月で、寒さはひとしおだった。平日のことで、あたりに観光客は見当たらない。

ホテルのガラスドアを開けると、彼はスマホを取り出し、予約のメールを開く。

「チェックインしてきちゃいますね」

「あ、お願いします」

旅行の段取りは全て水戸部氏任せであった。

荷物を下ろしたらすぐに夕食に行こうという。近所の洋食屋だそうである。面倒ごとを丸投げしている以上、彼のプランにケチをつけるつもりはない。

洋食屋は、ホテルと同じ通りを歩いて数分のところにあった。外壁のモルタルがボロボロ剝《は》がれた、これまた一目で相当の年月を経ていることが明らかな建物だった。地図アプリのレビューを見る限り、店の評価は割れている。

窓から店内を覗《のぞ》くと、客はいなかった。観光シーズンでもないし、地元のひとたちがやってくるには時間が早いのだろう。

「はあい。いらっしゃいませ」

ドアのベルが鳴るなりすぐに、女性の店員に声をかけられる。真っ当な接客をしてくれる店らしいと分かり、安心した。

窓際の小さいテーブル席に案内された。メニューを広げると、古いデジカメで撮ったような、画質の粗《あら》い料理の写真がずらりと並んでいる。あまり吟味はせず、フライ定食を二つ頼んだ。

オーダーを済ませると、担当編集はおしぼりと水のグラスの置かれたテーブルに両腕を下ろして、こちらに身を乗り出した。

「何か思いつきました？　移動中、結構時間ありましたが」

「いや僕、揺れてると頭回らないんです。ずっとワトスン役の名前とか考えてました」

「何にしたんですか？　名前」

「まだ決まってないです」

これは取材旅行である。一体何を取材しにきたのかは、私自身にもよく分からない。

新作長編を依頼されている。一昨年、昨年と、旧約聖書の逸話からタイトルを取ったクローズドサークルものを執筆したが、それと同趣向の作品をさらにもう一つ、という話であった。

アイデアと呼べるほどのまとまったアイデアが見つからないまま、いつかテレビの旅番組で見た田舎町を念頭に、その場しのぎのように山地の小さな村を舞台にした設定の話をしたら、現地に行ってみましょうか、と担当編集から提案を受けた。

本当のところ、私は取材の必要性を感じていない。実在の場所を参考にするべき話でもないし、よく聞く「旅行によってインスピレーションを得て、創作が捗《はかど》った」のようなことも期待していなかった。これまでに、そんな経験はない。

しかし旅行には行きたかったので、「いいですね、何かアイデアが出るかもしれないですし」と返事をした。水戸部氏はテキパキと旅程を決め、出版社負担の三泊四日旅行が実現した。

私は当日までに新作のアイデアを詰めておき、それを取材の最中に、さも現地の風景からひらめきを得たかのように話そうと思っていた。そうして、この旅行を出来る限り気楽なものにしてやろうと目論《もくろ》んでいた。

が、結局今日まで構想は進展せず、空手でやって来てしまった。こうなった以上、何とかこの地でアイデアを捻《ひね》り出さなければならない。仕入れに失敗した無在庫転売業者の気分である。

「まあ、今月中にプロットをまとめたら、多分三ヶ月くらいで書けるでしょ？　そしたらいい時期に出せますから」

「はい。何とかなればいいんですけど」

私は何かに気づいたようなふりをして窓の外に視線を逸《そ》らした。

水戸部氏はそんな私の仕草をにこりともせずに見つめている。小動物の間抜けな生態を観察するような眼差《まなざ》しである。

彼とはおよそ三年の付き合いになるが、パンデミックが起こったので、これまで直接顔を合わせる機会は数えるほどしかなかった。万事にそつがなく、仕事には信用がおけるが、感情を露《あら》わにすることは少なく、小説作品に対する個人的な好みなども知らないままである。

さらに二言三言、新作の方針の意見交換が続いた。次第に私の思考は、アイデアを捻《ひね》り出すことより、如何《いか》に彼の追及をやり過ごすかに傾いてゆく。

見知らぬ土地の初めて入った店で、他に客もないから会話は店内にひどく響く。どうにも落ち着かなかった。

すると、先ほど注文を取って行った女性店員が奥から現れた。

「すいません、メニューの写真だとポテトが入ってるんですけど、ちょっと切らしちゃってて。大丈夫ですか？」

「ああ、そうですか。全然構いませんよ。いいでしょう？」

水戸部氏に続いて、私は頷《うなず》く。そもそもメニューの写真のポテトを見過ごしているから、何も文句はない。

店員もあまり悪びれていない。この店ではよくあることのようである。

彼女は厨房に行き、改めてオーダーを通すと、どうしたことか再びテーブルに戻ってきた。そして、右手のひらを口元に当てて声を潜《ひそ》める演技をしながら、実際にはさして小さくもない声で訊いた。

「あの、もしかして出版社の方ですか？　ミステリーのお話ですよね？」

会話はしっかり聞こえていたようである。さっきの我々の対応が気安い調子だったので、声を掛けても大丈夫だと判断したのだろう。

「ああうん、はい。えっとですね――」

言ってしまって大丈夫ですか、とこちらに視線で確認してから、水戸部氏は自分が文芸担当の編集者であることを告げ、私が数年前にデビューしたミステリー作家であることを説明した。

「へえー、じゃ、この辺を舞台にして書くんですか？　殺人事件？」

「いやまあ、もしかしたらこんな雰囲気の場所を書くかもしれないんで、来てみたんです」

迂闊《うかつ》なことを言わないように私は気を遣《つか》う。うっかりここを舞台にすると明言すれば、余計なお題が増えてしまう。それに、事件現場にしたくて見学に来ましたというのは、喜ばれることでもないだろう。

「そうなんですねー。この辺、普通に温泉地で、でも他に何かあるかって言ったら、まあ別にって感じですからね。あと、登山コースの出発点だから、シーズン中は登山のお客さんが多いんですけど、冬だとほんとに閑散としちゃうんですよね。だから何の方かなって思ったんですけど、小説の取材って聞いたらなんか納得しました。確かに、ミステリーの舞台にするならめちゃくちゃ観光地っていう感じのとこより、ここくらいの方が雰囲気的に合うかもですね」

そうなのだろうか。まだ何のアイデアも持ち合わせていない私は心もとなくなる。

それにしても、私のことは知らないようだったが、口ぶりからして彼女は多少なりともミステリーの読者のようである。

「――どうですか？　この辺で、何かミステリーっぽい話とかありますか？」

調子を合わせるつもりでそんなことを口にしてしまって、すぐに後悔した。

あまりにもつまらない質問である。新作の想を練るのが億劫《おっくう》になっていた私は、担当編集との話し合いを中断させたままにしたいがために、思わず彼女を引き止めてしまったのだ。

「ミステリーっぽい話ですか？　ここで？　ええ――、どうでしょうね？」

困惑声を上げながら、彼女は腕を組み、首を捻って考えごとの格好をした。真剣に何かを思い出そうとしているようである。

沈黙が長引きそうな気配だったので、私は、いやそんなのないですよね、変なこと訊いてすみません、と質問を取り下げようとした。

が、その前に彼女は口を開いた。

「一個、あるっちゃあるんですけど――、殺人事件とかじゃなくてもいいですか？　そもそも犯罪でもないっていうか、そんな話なんですけど。一応、ミステリーっぽいといえばぽいかも」

「へえ？　いや全然、どんなお話でもいいです。でも、すごいですね。ミステリーっぽい話なんてそうそうないですけど」

我ながら、訊いておいてひどい言い草である。

「いやほんとに、ぽいだけです。ぽいだけ。めっちゃしょぼい話です。でもちょっと、ミステリー関係のひとに話したら面白いかもしれないって今思いました。あの、有栖川有栖《ありすがわありす》っていうひと、知ってますよね？　多分」

「あ？　――はい。知ってます。勿論《もちろん》」

突然、実に馴染《なじ》み深い名前が出て来たのに私は面食らった。ミステリーに関わっている以上、知らない訳はない。

「有栖川先生がどうかしたんですか？」

「あ、もちろんご本人が関係あるとかじゃないんですけどね。会ったことがある訳じゃなくて。全然身内のことなんで恥ずかしいんですけど、私のいとこの話なんです。そのいとこ、有栖川有栖がめっちゃ嫌いだったんです。でも、なぜか作品は全部読んでたんですよね。普通、嫌いな作家の本を全部読むってことなくないですか？　今思っても訳が分かんないんですけど」

2

「あ、ちょっと店長に断ってきます」

私たちに目線を合わせようと、中腰の姿勢で話をしていた彼女は一旦厨房に引き返した。話が長くなりそうなので、仕事を中断する許可を貰《もら》いに行ったらしい。

戻ってくると、彼女は隣の席から椅子を借りて、テーブルの空いた一辺に腰を据えた。

「すいません、図々しく座り込んじゃって」

「いえ。とんでもない」

まず彼女は自己紹介をした。名前は福永藍《ふくながあい》、二十九歳だという。この町の生まれで、高校卒業後、二年間隣県の短大に行っていた他は、ずっとここで暮らしているのだそうである。

この店は子供の頃から通っていた店で、気楽にアルバイトをさせてもらっているのだ、と、そんな事情を教えてもらった。

「――で、私のいとこもこの町に住んでたんです。何年か前に出ていっちゃったんですけど。家はこっから歩いて十分弱くらいで、今は叔父《おじ》さん一人で住んでます」

「そのいとこが、有栖川先生が大嫌いなくせに、作品は全部読んでたってことですか？」

「そうなんですよ」

「全部って、一部シリーズだけとかじゃなくて、マジで全部ってことですか？　作品数、相当多いですよね。単著が五十冊とか六十冊はあるんじゃないかな」

「まあ、読んでるとこを見てはないから証拠がある訳じゃないですけど、でも話を聞く限りだとそうっぽかったです」

福永さんはいとこのエピソードを語り始めた。

「いとことは、昔はしょっちゅう顔を合わせてたんです。家も近かったし、仲も普通に良かったし。いとこの家、本がめっちゃたくさんあるんですよ。叔父さんがすごい小説好きで。それを読んでたから、いとこも詳しかったみたいでした。

私は、最近はそこそこ本読むんですけど、昔はそんなに興味なかったんです。たまに話題になってる本をいとこの家から借りるくらいで。

で――、あの、何年前でしたっけ？　有栖川先生の小説がドラマになったじゃないですか。『火村英生《ひむらひでお》の推理』って」

「ああ！　はい、そうでしたね。えっと、最初のは八年前じゃないですか？　作家アリスのドラマ化って」

対面の水戸部氏に問いかける。

「そうですね。二〇一六年の一月十七日開始だったかな」

彼はこの手の日付を妙によく覚えていて、スマートフォンを使わず諳《そら》んじてみせた。

『臨床犯罪学者　火村英生の推理』が地上波で放送されていたのは八年前の今頃のことである。

「そう、冬だったんですよね。それまでも、有栖川有栖っていう名前は知ってたんです。叔父さんが好きだってことで、いとこの家の本棚にそんな著者名の本があったのは記憶にあったんで。すごい印象に残る名前ですよね。でも、興味を持ったのはドラマをたまたま見てからでした」

八年前の一月十七日。すでに彼女は短大を卒業していて、実家でのんびりしながら仕事を探していた頃だという。

「私この日、夜に隣町の友達とカラオケ行く約束してたんです。だけど、出かけようとした時に急に雪が降り出して、車出すのは危ないかもってなっちゃって。仕方ないからカラオケは中止して、家でテレビ見てたら、火村英生の一話をやってました。

もう寝ようかって時間だったからぼーっと見てたんですけど、結構面白かったんで、原作はどんな感じなんだろって気になったんですよね。で、いとこに訊いてみることにしたんです」

彼なら原作を読んでいそうだし、おすすめの作品を教えてくれるだろうと思ったのだという。

「二日くらいして、いとこに会いに行きました。いとこの家、めっちゃ大きいんですよ。叔父さんが隣町にボウリング場とかレストランとか持ってるんで。

本館と別館があって、本館には図書室があるんです。ちょっとした会議室くらいの広さで、壁がびっしり本棚、っていう部屋なんですよ。そこでいとこと会いました」

平日の話だが、二人とも暇な身の上だったので、会ったのは昼過ぎのことだそうである。

こんなやりとりがあったという。

――あのさ、ちょっと教えて欲しいんだけど。有栖川有栖って作家知ってるよね？

――そら、知ってはいるけど。何？

――なんかドラマ始まったじゃん。原作読みたいんだけどさ、何から読んだらいいの？

――ええ？　読むの？

いとこは渋い顔をして、本棚の一角を見やった。そこには有栖川有栖の単行本やノベルス、文庫がずらりと並んでいたという。

図書室の本はいとこの持ち物ではなく、叔父さんが集めたものだったが、図書室というだけあって、家族は自由に蔵書を手に取ることが許されていた。福永さんも、しばしばそこから本を借りることがあったそうである。

――名前は何となく知ってたけどさ、一冊も読んだことないんだよね。

――いや、読まなくていいよ。マジで。有栖川有栖は本当に読む価値ない。

本棚に寄りかかるようにしていた彼は、福永さんに背を向けると、吐き捨てるように言った。

――いやさ、こんだけ本が出てるんだから、売れてる訳でしょ。ドラマにもなったんだしさ。全然面白くないはずはないと思うんだけど。

——藍ちゃん、それは世間知らずだって。世の中そういう風には出来てないから。時々、全然面白くない本がなぜかもてはやされるじゃん。有栖川有栖はマジで全部そのパターン。それもね、ただ面白くないってんじゃないんだわ。読んで時間の無駄だったとかなら別にいいけどさ、そういうんじゃないから。何ていうか、読んだら寿命が縮むレベルの面白くなさだから。

——何それ？　呪いの本みたいなものなの？

——いや、マジでそう言ってもいいかも。呪いの本。

——ちゃんと読んでんの？　なんかめっちゃ適当なこと言ってない？

——いや読んでる読んでる。何なら全部読んでる。ちゃんと読んだ上で言ってる。

——全部？　ほんとぉ？　じゃあさ、これどんな話？　この『スウェーデン館の謎』って。

福永さんはいとこの肩越しに、本棚に並んだ青い背表紙の文庫を指差した。

——ああ、それは雪の密室物。裏磐梯《うらばんだい》のログハウスで密室殺人が起こる話。ドラマになった火村英生も出てくる。

——へー。面白そうだけど。

——と思うじゃん？　全然そんなことないから。マジでビックリするくらい面白くない。

あらすじだけで十分。あとはもう、ネット回線の契約書とか読んでるのと一緒。

——そうなの？　じゃあこれは？　『双頭の悪魔』って。分厚くない？

黄色の背表紙の文庫である。

——そう。分厚くて最悪。火村英生とは別のシリーズで、江神二郎《えがみじろう》っていう探偵役が出てくるんだけど。

高知県の山奥に、木更《きさら》っていう資産家がつくった芸術家の村があって、大学の推理小説研究会のひとたちがそこに行くんだよね。旅行でその村に行ったまま、帰ってこないメンバーがいるから。そしたら川が増水して橋が落ちちゃって、研究会のひとたちが二か所に分断されちゃう訳。川のあっちとこっちで。

そんな感じで二つのクローズドサークルが出来るんだけど、そのそれぞれで殺人事件が起こって——、っていう話。

——結構入り組んだシチュエーションなんだ？　それじゃ、長くなるよね。

——いやいやいや。こんなん短編で十分だわ。全然読む価値ない。

——それなら、この『幽霊刑事《デカ》』は？　タイトル良くない？

再び青の背表紙の一群から、一冊を指差した。

――タイトルがピーク。背表紙だけ見とけばいいよ。内容は本当に、紙資源の無駄としか言いようがない。

「私、なんかもう途中から面白くなってきて、これは？　これは？　って本棚に並んでるタイトルを言ってったんですけど、何訊いてもずっとこんな感じでした。ほら、芸人のひとがよく、テーマを決めといて、五十音を振られたらすぐにそれから始まる言葉を言う、みたいなやつやるじゃないですか。ほとんどあれみたいでした。有栖川作品を振られたら、あらすじと、なんでそれが面白くないかを即座に返してくるんです」

しまいに呆《あき》れた福永さんは、こう言ったそうである。

――いやさ、そんだけ面白くないっていうものを、何でそんなちゃんと読んでんの？

――えっと、何て言うんだろ？　なんか読んじゃった。めっちゃ後悔してる。あれじゃない？　刷り上がった本に中毒性のある何かをまぶしてるんじゃない？　そうでなきゃ、こんなに売れるのおかしいわ。出版社もグルなんだろ。

――はあ？　本に麻薬が仕込んであるってこと？

――いや、知らんけど。

――叔父さんはさ、すごい有栖川有栖ファンなんじゃなかった？　それはどういうことなの？

図書室の主である叔父さんは、ことに有栖川作品を熱心に読んでいて、本をそれぞれ二冊ずつ買っているほどだという。

——だから、まあ、親父も有栖川有栖の手先なんだわ。とにかくね、有栖川有栖は出版界最大の闇。タブー中のタブー。もう多分、怖くて業界の誰も糾弾《きゅうだん》できないんだと思う。世の中狂ってるわ。関わんない方がいいよ。俺はもう手遅れだけど。焚書《ふんしょ》ってあるじゃん？　俺、基本的に言論統制的なことには一切反対だけど、有栖川有栖の本に関しては例外を認めるべきだと思う。政府が率先して社会から抹殺《まっさつ》していかなきゃいけないわ。

彼は真剣そのものの面持ちであった。

「で、もう仕方ないから私はそのまま帰ってきたんですけど。訳分かんなくないですか？」

確かに、どこまで真面目に受け止めるべきか迷うような話だった。

水戸部氏は言った。

「有栖川さんの作品は私のとこでも出してますけど、とりあえず、本に中毒性のある物質を散布するということは断じてないですね」

「いや、そうですよね。流石《さすが》に分かってます。結局、その時はそれきりだったんです。ただ、ドラマは流れでずっと見てて、最終話が終わった後なんですけど――、その年の三月ですよね。その頃に、いとこが家を出たんです。

だから、あらためて叔父さんの家に行って、図書室の本棚から借りて、読みました。有栖川有栖。めっちゃ面白かったです」

「なるほど。そうですよね」

当然である。

「何読んだんですか?」

「えっと、結構たくさん読みましたよ? 最初が『46番目の密室』で、その後の国名のやつも続けてって感じで。あと、学生アリスの方も、長編は全部読みました。シリーズじゃないやつも良かったです。短編集とか。『登竜門が多すぎる』がすごい好きです」

「ああ、あれいいですね。『ジュリエットの悲鳴』に入ってるやつですよね」

私は素直に共感した。

「――なんですけど、そうなってくると、なおさらいとこは何を言ってたんだって話になるじゃないですか。

でも、いとこがちゃんと読んでたのは本当っぽいんですよ。読んでみて分かったんですけど、とりあえず、内容について言ってたことは合ってはいたんで。ただ、感想が意味分かんなかったんです」

聞いた限りでは、いとこの作品評は無茶苦茶過ぎて腹を立てる気にもならないものである。『双頭の悪魔』が短編になる訳がない。

「いとこさんって、普段からそんな変わった読み方をするひとだったんですか?」

「いや、それが、全然そんなことなかったんです。昔っからちょいちょいおすすめの本を教えてもらったりしてたんですけど、私の好みとか分かってて、いい感じにチョイスしてくれてたので、結構信用してたんです。

だから、何で有栖川先生に敵意剝《む》き出しだったのか、ほんと不思議で」

全ての作品をきちんと読み込んだ上で、社会から抹殺するべきだ、と言っていたのだ。

そんな厄介《やっかい》な読者も珍しい。よほど粘着質のアンチということになるのだろうか? だとしたら、もう少し腹立たしくなる批評をしても良さそうなものである。

「いとこさんって、家を出たってことでしたよね。今はどうしてるんですか?」

「今、日本にいないんですよ。カンボジアの方に行ってて。ちょっと、これも身内の話でアレなんですけど――、叔父さんって、二十年くらい前に離婚してるんですよ。で、いとこのお母さんはそっちで仕事してるひとと再婚して、ずっと外国暮らしなんです。いとこは、思い立ってそっちの仕事を手伝うことにしたとかで、いきなりここを出ていったんです」

「へえ、そうなんですか。じゃ、それきりあんまり会ってないってことですか?」

「あんまりっていうか、一回も会ってないですね。年一くらいで日本には帰ってきてるみたいですけど、こっちまでは戻ってきてないんですよね。たまーに連絡はしますけど。年明けの挨拶《あいさつ》とか。あ、でも、私が有栖川さんの本を何冊か読んでから、一回メッセージ送ったことはあります。『有栖川有栖読んだけど、全然面白いじゃん』って。既読無視でした。私も、そもそも何考えてたのか意味が分かんないから、それ以上深く突っ込みませんでした」

そんな経緯で、この件は八年余りの間、謎のままになっていたのである。

奇妙な話で、つかみどころがない。いとこが変人だったと言えばそれで済んでしまうことなのだが、背後に事情がありそうでもある。

「どうでもいいっちゃいいんですけど、ずっと気にはなってたんです。ミステリーっぽい話で合ってますか？　これ」

「合ってると思います。立派な謎です。ただ、どう解釈したらいいんですかね。ちょっとすぐには思いつかないかなあ」

私は水戸部氏に視線を送る。

彼は、やはりこれといった思いつきはないのか、新作長編の話が置いてけぼりになっていることを気にしているのか、何とも言えない顔つきであったが、しかし会話が止んだのを見てとると、そつのない言葉を添えた。

「有栖川さんもこれだけ長く書いてるから、いろんな読者を抱えてますね。流石に」

やがて、厨房から「藍ちゃーん、料理運んで！」という声が飛んできた。

「あ、すいません。お話はこれで全部です。じゃあ、料理お持ちしますから」

彼女は立ち上がると、椅子を隣のテーブルに戻し、厨房に向かった。

フライ定食は、メニューのいい加減な写真より立派で美味しかった。

会計の際、レジに立った福永さんは思い出したように訊いた。

「そういえば、三泊されるんでしたっけ？　明日はどうするんですか？」

「えっと、まあ、その辺を見させてもらいます。面白いものがないか。で、何を書くか、ゆっくり考えようかなと――」

ゆっくり、のところで私は水戸部氏の顔色を窺《うかが》う。

「そうですね。その予定です」

彼は事務的な声で言った。

「お時間があったら、さっきお話しした叔父さんの家に行ってみます？　とにかく本好きなんで、出版関係の方にお会いできたら喜ぶと思います。それに、家が結構面白いんですよ。色々凝った設計をしてて、昔のヨーロッパみたいなデザインの別館があるんです。あと、古道具とか万年筆とか集めてるから、もし興味があれば、見るのは割と楽しいと思います。

あ、でも、お招きするんだったら一応叔父さんに確認しなきゃいけないんで、それからってことになるんですけど」

「そうか、近くなんですよね。叔父さんのお宅」

気を惹《ひ》かれる提案だった。何を書くとも決まっていないのだから、どうせ、何を見物したところで同じことである。最前の話で、有栖川有栖嫌いのいとこへの興味も湧いていたところでもあった。

叔父さんへ確認した上で私たちのホテルに言伝《ことづて》をくれる、ということになった。

3

翌日。朝食を済ませると、午前九時ごろにホテルを出て、辺りの見物に向かった。

取材がこの旅行の本義なのだが、差し当たりやることはただの見物である。

水戸部氏と一緒に徒歩で半時間ほどかけて近くのダムに赴《おもむ》き、ひとしきり周囲を歩いたのち、山中の散策コースを辿《たど》って小さな神社に参り、街を一望できる展望スポットでしばし休憩した。

道すがらに物珍しいものを見つけては「何かトリックに使えそうですね」のようなことを言ってはみるが、これはミステリー作家に一般的な口癖で、大した意味はない。

歩くほどに不安は募る。ノコノコと取材旅行に来てしまった以上は、いよいよここで見聞きしたものを種に作品を仕立てなければならないが、案の定、構想に進展はない。

今年の秋までに刊行できれば、という話である。それに間に合わせるのは無理として、どれくらい遅れても良いものだろうか。そういえば『マレー鉄道の謎』のあとがきに、編集者のお膳立てでタイとマレーシアへ六泊七日の取材旅行に行ったが、脱稿まではそれから四年半かかった、という話が書かれていた。私の場合は三泊四日の国内だから、それより罪(?)は軽いか。

埒《らち》もないことが頭を占拠して、なかなか次作のことを考える気にならない。

昼過ぎに私たちは一旦ホテルへと戻った。

鍵を受け取りにフロントへ行くと、福永さんからの伝言メモが残されていた。叔父さんは夕方六時ごろまでには家に戻ってくるので、それ以降なら会って話ができる、ということであった。

「どうします？　お伺《うかが》いしてみますか？」

水戸部氏は私の意向を問う。彼はこういう際、作家への気遣いの一環として我を出さずに選択を任せてくれるのだが、この取材旅行に負い目を感じている今は少し息苦しい。

「――じゃあ、せっかくなので。面白いお宅らしいですし」

メモに連絡先があったので、水戸部氏に電話をしてもらった。

福永さんは、午後五時半にホテルまで迎えに来てくれるそうである。そこから徒歩で家に向かうことになった。叔父さんは、松村《まつむら》さんというのだそうである。

「すみません、案内までしていただいて」

「いえ、全然全然。基本私、すごい暇なんで。今日はお店もお休みですし。こっちこそ、旅行中なのにわざわざ来てもらって申し訳ないんですけど。

叔父さんに出版関係のひとが来てるって言ったら、やっぱ結構食いついてました。なのでまあ、良かったらお話聞かせてあげて下さい」

そんな会話を交わしながら、温泉地の町並みを歩いた。

外は既に暗く、寒い。白っぽい街路灯が規則正しく並んでいる。人影は少ないが、周囲の商店や民家からは夕暮れ時の慌ただしい気配が漏《も》れ出していて、寂しげという訳でもない。

川上に向かって大通りをしばらく歩いた。建物が少なくなってきたところで、右手に折れる脇道が見えた。

「こっちです。あとちょっと」

福永さんが指差した先には、畑を隔てて、木立に囲まれた大きな二階建ての邸宅の影があった。窓には明かりが灯っている。夜目にも立派な建築であるのが分かった。

五十メートルほど歩いて、屋敷の近くまで来ると、木立は、塀に沿うようにして植えられた立派な庭木の群れであった。

門にはきちんと松村の表札が出ていた。それをくぐると、庭に砂利を敷いた一角があって、駐車スペースであるのが分かる。

「あ、叔父さんまだ帰ってないですねー。まあでもすぐだと思うんで」

「今は、他にどなたかいらっしゃるんですか？」

「遠藤《えんどう》さんっていう、家事をお願いしてるひとがいます。すごい昔っからお願いしてるんで、ほとんど身内みたいな感じのひとです」

建物は、周囲の景色と見比べると異質なコンクリート打ちっぱなしである。広い庭を見渡すと、右手にもう一つ建物があった。そちらは一階建てで、目前の建物と打って変わって古風な洋館の風情である。昨日の話では別館があるということだったから、おそらくそれだろう。

福永さんは本館の玄関をノックも無しに開けた。

足を踏み入れると、廊下の奥から初老の小柄な女性がこちらへやって来ようとしていた。

「遠藤さん、昨日言ったお客さん来たよ」

「ああはい、どうも。いらっしゃいませ」

遠藤さんはこちらが恐縮するほど深々と頭を下げた。

「何か用意しますか？」

「あ、じゃ、何か。コーヒーでいいですか？」

福永さんはこちらを振り返って問う。私たちはどうぞお構いなくと型通りに答える。

図書室に案内された。応接室もあるが、昨日の話を踏まえて、せっかくだからここで待ちましょう、ということになった。

聞いていた通りの四十平米あまりの部屋であった。

四方の壁には床から天井まで届く書棚があり、中央にはカフェのような丸テーブルが据えられていた。書棚は奥行きがかなりあって、大判の画集なども入るようになっている。四六判以下の本は奥と手前で二列に置かれていた。

なかなか見事な図書室である。冊数で言えばこれよりたくさんの本を所有している読書家は珍しくないけれども、コンクリートの壁に鉄筋を使って造り付けられた本棚は洒落《しゃれ》ている。ずらりと並べられた本は、単行本は作者別、文庫と新書は出版社別と、多くの新刊書店と同じ配置で揃《そろ》えられていた。それらは一糸乱れず五十音順に整理されている。

置かれているのはやはりミステリーに分類される作品が多い。戦後から二〇〇〇年代前半デビューの作家が中心だが、江戸川乱歩《えどがわらんぽ》賞などは最新の受賞作もあって、新刊にもきちんと目を通しているようである。

一方で、整然としてはいるが、作品は不揃いで抜けが多い。横溝正史《よこみぞせいし》は『本陣殺人事件』『獄門島』『犬神家の一族』『八つ墓村』のほか、『幽霊男』とか『死神の矢』もあるのに、『悪魔が来りて笛を吹く』がない。松本清張《まつもとせいちょう》は『眼の壁』と『点と線』しかない。

おそらく、家主はあまり積読《つんどく》をしないタイプなのだろう。読むつもりの本を買って、きちんと消化したものが溜まって出来たのがこの図書室なのだ。どうせろくに読みもしない全集だとかをやたらと買って本棚を圧迫させている私とは違う。

「――ほら、あそこです。有栖川先生の本」

福永さんが指差したのは、一番奥の棚の天井近くであった。

歩み寄って棚を見上げると、いかにも、そこには有栖川作品が勢揃いしていた。

壮観である。『月光ゲーム』の単行本から『長い廊下がある家』の文庫新装版まで、単著がずらりと並んでいる。

私も有栖川作品はあらかた読んでいるものの、単行本と文庫を全て持っている訳ではないし、整頓をしていないのでそれらは本棚のあちこちに散らばっている。こんな風に、全てのバージョンが漏れなく揃っている光景は初めて見た。

「これは、確かに大ファンの本棚ですね」

蔵書に収集家的性格は見られないが、有栖川作品に限っては一切妥協《だきよう》がない。

「しかも、これだけじゃないですからね。叔父さん基本、買う時は二冊ずつ買ってましたから。だから、別館の書斎にもう一揃い有栖川さんの本があるんですよ」

昨日も、そんな話を聞いていた。筋金入りの愛読者である。

他の本と見比べても、明らかに有栖川作品だけは特別扱いである。判型にかかわらず一箇所に纏《まと》められているのも、奥の棚の高いところに並べてあるのも、そう思ってみれば神棚に祀《まつ》っているように見えなくもない。

「──で、八年前、ドラマを見た私がここに本を借りに来て、いとこに有栖川有栖なんか全く読むに値しないって意味の分かんないことを言われた訳です」

福永さんは、本棚の前で当時のいとこが強弁する格好を真似てみせた。

実際の状況を目の当たりにしてから昨日の話を思い返してみると、いとこの振る舞いは、ただの変人の気まぐれでは済まされない気がしてきた。ここの蔵書には持ち主の敬意が込められている。いとこにとっては、それを否定することに明確な意味があったのではないか。

「いとこさんって、お父さんとはどんな感じだったんですか？　──訊いても大丈夫ですか？」

「あ、はい。もう今更なんで。まあ、仲はあんまり良くなかったっぽいんですけど、そんな、めちゃくちゃ悪かった訳でもないと思うんですよね。

あ、私、いとこの名前言いましたっけ？　雄一《ゆういち》君っていうんです。

雄一君、一人っ子で、ちっちゃい時に叔父さんたちが離婚したんで、叔父さんと二人で暮らしてた時期がすごい長いんです。お母さんが外国行くことになったから、雄一君を連れて行くのが難しいとかで、ここに残ることになったみたいな話だったと思います。

だから、なんか思うところはあったみたいで、叔父さんと話をする時、思春期感っていうか、よそよそしさはずっとあったんですよね。ハタチ過ぎてからも。ただ、そんな険悪な感じじゃなかったですね」

雄一は、小中高はずっと地元の学校に通い、大学は通信制に入って、近くの工場でアルバイトをしながら自宅で勉強をしていたそうである。それが、八年前に一念発起《いちねんほっき》して、母の再婚相手が仕事をしているカンボジアに行くことにしたのだという。

あまり連絡はないが、おそらくうまくやっているのだろう、と福永さんは言った。辛ければ早々に音《ね》を上げて帰ってきそうなものだから、だそうである。

「でも、めっちゃ有栖川先生の本が嫌いだったのって、やっぱ叔父さんのことが関係あったんですかね？　叔父さんがめっちゃ好きだったから、その反動で嫌いになった、みたいな」

「親父憎《にく》けりゃ有栖川有栖まで憎い、ってことですか？」

それなら、有栖川先生はとばっちりも良いところである。

遠藤さんがコーヒーを運んできてくれた。部屋の中央のテーブルでそれを飲みながら、家主の帰宅を待った。

4

しばらく、福永さんから既読の有栖川作品の感想を聞いたり、新装版の文庫をパラパラめくってみたりしていたが、やがて、自動車のタイヤが砂利を踏む音が聞こえた。

「あ、叔父さん帰ってきましたね。ちょっと待ってて下さい」

福永さんはそう言い残して図書室を出た。

身なりを確かめ、少々ソワソワしつつ待っていると、程なくしてドアが開いた。

彼女に伴《ともな》われて入ってきたのは、グレーのシャツにカジュアルなジャケットの、五十過ぎの男性である。長めの顎鬚《あごひげ》に、カラフルな縁の眼鏡をかけていた。レストランやボウリング場の経営をしているという話で、服装には自由が利くようである。

「あ、どうも、どうも。よくお越しいただきまして」

彼は穏やかな笑みを浮かべてこちらにお辞儀をした。経営者だというが、商売じみた気配のない、洒脱《しゃだつ》な物腰である。

私たちも慌てて頭を下げた。

「突然お邪魔させていただきまして申し訳ございません」

家にまで上がり込んでいる立場だから、水戸部氏はきちんと名刺を取り出して挨拶をした。名刺のない私は、彼に紹介される形で名乗った。

「はい、伺ってますよ。藍がお誘いしたっていうのなら、是非寄ってっていただいたらいいと思いまして」

彼は、作品を読んではいないが私の名前には聞き覚えがあったそうで、おかげで留守宅に上がり込むことを許してもらえたらしい。

水戸部氏は図書室を見回しながら言う。

「こちら本当に素敵な部屋ですね。編集者の立場からしますと、自分の作った本がこういうところに並ぶと思うととても嬉しくなります」

「いや、まあ、ここはね。飲食店をやってるもんだから、内装にこだわる癖がついちゃいましてね。

どうですか、ここはもうご覧いただいたんだったら、別館をご案内しましょうか。私の書斎なんですけども。作品の舞台に使ってくれてもいいし。——あ、そうだ。ちょっと、遠藤さん？」

彼はドアを開けて呼ばわった。遠藤さんが廊下をやってくる。

「はい？」

「別館の暖房は大丈夫？」

「はい。もう暖まってるはずですよ」

「そう。ありがとうね」

「私、まだ居た方がいいですか？　またお茶の用意しましょうか」

「もう帰ってくれていいよ。こっちでやる。藍もいるし」

それなら、と彼女は奥へ下がった。

「遠藤さんには、もう二十年くらいずっと家事をやってもらってましてね。朝も、朝食前に来て庭の掃除をしてくれるし、そのまま夕方までいてもらって、私が仕事から戻るのと入れ違いに上がることになってるんです。ほんとにありがたい」

近所に住んでいるそうである。ことに、息子がいた頃などは家事に手が回らないために大いに助かっていたという話であった。

松村さんの先導に従って、廊下を奥に進む。裏口に向かっているらしい。途中で、コートを着て小さな鞄を持った遠藤さんとすれ違った。


裏口から外に出て、庭を十数歩歩くと、二つの花壇が見える。それに挟まれたペーブメントの先に、別館の玄関があった。

遠目に見えた通りの、アール・ヌーヴォー風の洋館であった。細やかな装飾入りの出窓があって、オレンジ色の明かりが漏れ出している。

そこを眺《なが》めただけで、相当に凝った建築なのが分かる。今時、こんなのを建ててくれる施工業者を探すだけでも大変だろう。建物自体はさほど大きくないが、それでも費用は相当かかっているに違いない。

「別にね、部屋は足りてるんですよ。だけど、道楽でこんなもんを建てちゃったんですよねえ。古い翻訳ミステリーとか読んでたもんだから、昔っから憧れがあってですね。建ててみたら、思ったより管理が大変でした。昔のひとはよくやってたものだと思いますよ」

玄関の脇には、熊手や箒、雪かきの用具などが横たえてあった。それらは現代的な実用品で、ここだけは、古風な洋館の風情に幾らかの妥協を許しているようである。

松村さんは玄関扉のノブに手を掛けた。中は小さな玄関ホールで、その先は、正面と右手に扉がある。土足のまま上がるよう促《うなが》される。

右手の部屋が開かれた。

柔らかな熱気が扉から漏れ出した。室内を覗くと、向かいの壁の中ほどに鋳造《ちゅうぞう》の重々しい薪《まき》ストーブがあって、オレンジの炎が溢れんばかりに燃え盛っている。

二十平米くらいの書斎であった。床には大理石のタイルに中央アジア製らしい絨毯《じゅうたん》が敷いてある。部屋の中央には黒檀《こくたん》の大きなデスクがあって、壁に沿って置かれている飾り棚もやはり黒檀だった。いずれも肉厚で重厚な材料が使われている。

「この家具類も百五十年くらい前のもので、それを全部一回バラしてやすりをかけたり、綺麗にしてから組み直すってことを職人さんにお願いしましてね」

松村さんはデスクの角を摑《つか》んで揺すりながら言った。

三つある照明は、頭をぶつけたら昏倒《こんとう》しそうな鉄製の笠がついていて、子供の腕ほどの太さの鎖《くさり》で天井からぶら下げられている。デスクに置かれたルーペや、棚に飾られたパイプもことごとく古めかしく、どこかから探してきたアンティーク品らしい。

「すごいですね。手間がかかってる」

私も、この種の古道具類を海外のオークションサイトなどで調べてみることがある。金額が高かったり輸送が面倒だったりして、一つや二つ手に入れてみても仕方がないと思って諦めている。

「せっかく昔のデザインで建てたから、古いもので室内を統一しようと思って集めたんですよ。本当は、暖房も煉瓦《れんが》の暖炉にしたかったんですが、火事が怖いもんだから、薪ストーブで我慢しました。ガラス戸がついてる方が安心ですから」

私は室内をぐるりと見回した。許可を得て、スマートフォンで室内の写真を撮らせてもらった。

「エアコンもないんですね。徹底してますね」

「うん、そうですね。夏は涼しいからいいとして、冬も薪ストーブだけ。エアコンがあっちゃ流石に雰囲気がね。この辺はちょっと行くと森ばっかだから、間伐材をもらってきましてね。それを干して薪に使ってます」

松村さんは部屋の奥の窓を開けた。

見ると、庇《ひさし》の下には三十センチほどに切り揃えられた薪が乱雑に放り出されていた。

「ほら、こんなもんです。本館の近くに薪小屋があるんですけど、そっちに入りきらない薪はこんな風に庭に放り出しちゃってましてね。毎日、遠藤さんに、薪小屋から薪を持ってきて、火を入れてもらってるんです」

薪ストーブの脇には大きなブリキのバケツがある。中には薪が詰め込まれていた。

「いいですね。随分優雅ですね」

「まあ、優雅というか、物好きだね。やらなくてもいい不便をわざわざやってる訳だから。ただ、ここの設計は正直ちょっと失敗でしたねえ。

隣の部屋は洗面所付きで、寝室にするつもりだったんだけど、結局、全く使ってないんですよ。寒すぎちゃって。もっと断熱をよくしとけば良かったんだけど、昔風の設計に拘《こだわ》ったもんだから。だから、寝るときは結局本館に戻るんですよ。ここは本当に、ただの書斎ですね。こんなバカな家建てちゃったもんだから、そんな風にして何とか使ってる訳です。こういう道楽に意地を張っちゃうんですよ。私は」

しかし、不便を楽しむ余裕がある内は優雅と思っていいだろう。それに、本格ミステリー基準で言えば、この建物の設計は十分利口の範疇《はんちゅう》に入る。

窓を閉めた松村さんは後ろ手を組んで室内を見渡していたが、しばらくして、思い出したように言った。

「そうだ、万年筆でもお見せしましょうか？　もし良かったら」

彼が万年筆のコレクションをしていることは、昨日福永さんから聞いた。

私には全く知識がない。せっかくなので拝見することにした。

黒檀の飾り棚の下部の引き出しを開けて、松村さんは細長い箱を次々と取り出し、デスクに並べた。

「――熱心に集めていたのはもう二十年くらい前の話なんですがね」

コレクションを広げるのも随分久しぶりのことらしく、時折彼は、あれ、こんなの持ってたか、という呟《つぶや》きを漏らした。

百本余りはありそうである。数万円で買えるものから百万円を超える限定品まで国内外のメーカーの品が揃っているそうで、めぼしいものを十本ほど箱から出してくれた。

万事が古風な調度でまとめられた部屋なのだが、二つ例外があった。

一つはデスクの上に置かれた最新のノートパソコンである。現代人の書斎である以上、置かない訳にはいかない。

もう一つは、飾り棚の有栖川作品であった。

古くとも八九年刊行の本なので、装丁は部屋に調和しているとは言い難い。それでも敢《あ》えて目につくように並べられているのだから、よほどの優遇を受けている。手に取れる場所に揃えておくことを重視しているようである。

水戸部氏はそれを眺めながら言った。

「松村さんは、いつから有栖川さんの本を読んでらっしゃるんですか？」

「ええっとね、『孤島パズル』が出た時ですよ。だから、本当に最初の頃から。それまで私、どっちかっていうと翻訳ミステリーを読む方が多かったんだけど、現代の日本を舞台にして、こういうクイーンみたいなのが読めるのが嬉しくてですね。あと、そのちょっと後に出た『マジックミラー』が私ものすごく好きで。あれ傑作でしょう？　デビューからの三作を読んで、完全にハマってしまいまして。それからこっち、全部買ってますねえ。他の作家の本だと、わざわざ二冊買ったりはしないんだけど、ちょっと思い入れが深いんですよね」

『マジックミラー』は傑作である。私にも異存はない。

「ちなみに、二〇一六年のドラマって、ご覧になりました？　火村英生の」

「ああ、観ましたよ。配信でいいかなと思ってたんだけど、せっかくだから初回放送くらいはリアルタイムで観ることにして、出張を前乗りしました。この家、テレビがないもんですから。ホテルで観ました」

一月の十八日から一泊で東京行きの予定があったのだが、ドラマを観るためにわざわざ一日早くホテルに泊まったのだそうである。

「そういや叔父さんさ、雄一君って、結局有栖川先生の本は好きだったの？　嫌いだったの？」

出し抜けに福永さんが訊いた。そもそも私たちがこの家に招かれたのは、彼女のいとこがなぜか強烈な有栖川有栖アンチと化していたことがきっかけなのだ。

松村さんは苦笑を漏らした。ことの次第は昨日のうちに聞いていたようである。

「ああ、――何と言いますか、すみませんね。息子が妙なこと言ってたみたいでね」

彼にしてみれば、わざわざ客と一緒に論じたいことでもないだろう。私たちが出版関係者だからか、なんだか申し訳なさそうでもある。別に、責任を感じなければならない事柄でもないとは思うけれど。

「でもねえ。有栖川先生に何の恨《うら》みがあったんだかね。確かね、あいつが中学一年か二年の時に私が薦めたんですよ。『スウェーデン館の謎』あたりだったかな。面白いぞって」

「感想は聞いたんですか？」

「いや、特には。わざわざ親に本の感想なんか言わないですよ。でも、他の本もいくつか読んでる気配だったから、面白かったんじゃないかと思うんですがね」

いくつかどころか、福永さんの見立てでは全作品を読んでいたらしい。にもかかわらず、彼は有栖川有栖を出版業界の黒幕として糾弾する陰謀論者となったのだ。

「何なんでしょうね。私に不満があったから、有栖川先生に八つ当たりするようになったってこと？　それも意味が分からんしなあ。

私だって、そんな恨まれる覚えもないですがねえ。向こうが我慢ならなかったっていうんなら、私にはどうしようもないですけどもね」

松村さんは饒舌《じょうぜつ》になる。少し寂しげな口調でもあった。長らく一人暮らしなのだそうだし、突然降って湧いた、八年も会っていない息子の奇妙な振る舞いの話に心を乱されているのだろう。

「――まあ、あんまり甘やかさなかったから、それが不満だったってのはあるのかな。自分で生活費を稼げるようにだけはなってくれって思ってましたから。どうにかやってるみたいだから別にいいんだけど、カンボジアに行くってのは考えもしませんでしたね」

事情は知るべくもないが、家を出て母の居る国に行った息子に思うところはあるのかもしれない。

彼はなぜ有栖川作品に憎悪を持っていたのか。それが感情的問題に過ぎず、客観的合理性がないのなら、考えることに意味はない。

5

夕食のお誘いをいただいたが、固辞した。そろそろお暇《いとま》しよう、という時であった。お名残に室内を見回していた水戸部氏が、あっ、と小さな叫び声を上げた。

「どうしました？」

松村さんが問う。何事かと私も訝《いぶか》る。

「息子さんが、有栖川さんの本をめちゃくちゃに貶《けな》す理由を一つ見つけてしまいました」

「ほう？　そうですか」

謎が解けたのだという。こんな言い方をするからには、それは根拠薄弱の思いつきではなく、相応の説得力を持った推論であるはずだった。

色々怪しんではみたが、私には何も思いつかない。結局これは、松村さんの息子の乱心の結果である。――ミステリーを書くくせに、私はそんな解釈で片付けてしまいたい気分になっているところだった。

とはいえ、水戸部氏に事件解決に際した探偵の誇らしさはなく、むしろ気まずそうである。みなの視線が自分に集まっているのに気づくと、彼はますます居心地悪そうな表情になった。

「雄一が何を考えてたか分かったということですか？　ぜひ知りたい」

「いやもちろん、気づいてしまった以上、黙っておくのも気持ちが悪いからお話しします。するんですが、譬《たと》え話くらいの気分で聞いてもらえますか？　証拠はないです。後から証拠が見つかるかもしれないですが、何にしても、穏便にお願いできれば。責任が持てませんから」

口ぶりからして、思いの外《ほか》、不穏な事情があるらしい。

前置きを済ませて、水戸部氏は語り始めた。

「この話、何が謎かと言ったら、どうして有栖川さんの本を酷評しておきながら、その作品を全部通読していたのかっていうことですね。

この、酷評していた、というのが本心かどうかが問題でしょう？　本当に作品を低く評価していたのか、それとも思ってもいないことを口にしていたのか。

ですけど、まあ、素直に考えれば、思ってもいないことを口にしていたはずですよ。酷評の理由がデタラメもいいとこだったみたいですから。では、なんでそんなことをしたのかっていう話なんですが、福永さんが有栖川さんの本のおすすめを訊きに行った前後の出来事が、いかにも怪しいんです。

ポイントになるのは、ドラマですね。ある意味では『火村英生の推理』が放送されたことが、この謎を生む大きなきっかけになったのかもしれません。

まず福永さんは、火村英生のドラマを見て作品に興味を持ち、二日後にここを訪ねたんでしたよね。ドラマを見たきっかけは、元々お友達とカラオケに行く予定だったけども、雪が降ったので中止して、家にいることになったから、という話でした。

松村さんもドラマをご覧になったんですよね。家にテレビがないから、東京出張のついでに、ホテルで観たんでしたよね。

そしてこのお宅は、当時は松村さんと息子さんの二人暮らしで、日中は遠藤さんという方が手伝いにいらしてた。こういう状況で合ってますよね？」

松村さんと福永さんは頷いた。すでに二人から聞いた話である。

「この時、息子さんは二ヶ月後にカンボジア行きを控《ひか》えていたんですよね。色々準備をしていた時期でしょうね。

松村さんは、経済的にかなり余裕がおありだと思いますが、きっと息子さんにはそこまで積極的な援助はなさってなかったですよね。通信制大学で勉強をしつつ、アルバイトもしていたという話ですから」

「まあ、それは、そうですかね。もちろん、本当に困った時はどうにかしてやるつもりでしたが。カンボジアに行くっていうのも、私は別に賛成しなかったし」

「はい、そうでしょう。それを踏まえて、ドラマが放送された八年前の一月十七日です。この夜松村さんは東京のホテルに泊まっていたんですから、お手伝いの遠藤さんが帰ってしまえば、この家には息子さん一人だけだった訳ですよね。

そして、松村さんは別館の書斎に色々貴重品を持ってらっしゃいます。例えば万年筆のコレクションとか。するとーー、息子さんがちょっと悪い気を起こしたということも、お話としては、あり得なくはないと思いました。万年筆を持ち出して、こっそり売って今後の資金の足しにさせてもらおう、というような」

そう説明する時、水戸部氏は松村さんの顔色を慎重に窺った。

松村さんが気を悪くした様子はなかった。彼は両手を後頭部に回し、呆れたように天井を見上げて呟いた。

「ーーあり得る」

父から見ても、息子はそんなことを考えてもおかしくないのだ。

「そうですか。では、一応そういう仮定でお話をしてみます。

息子さんは、遠藤さんが仕事を上がって、家に一人きりになってから、この別館にやってきました。お父さんが留守で、ゆっくり万年筆を物色するチャンスだった訳ですね。

松村さんが万年筆を熱心に集めていたのは二十年ほど前のことでしたよね。だから、一本や二本無くなっていても、うまくすれば気づかれずに済むし、いずれ気づかれてしまうにしても、二ヶ月すれば自分はカンボジアに行くから、うやむやにして逃げ切れるという計算があったかもしれない。

もし息子さんに万年筆の知識がなかったのなら、持ち出すものを選ぶのには時間がかかりそうです。スマホでいちいち価値を調べるなりして、どれがいいか決めたんでしょう。

ところで、この夜にはもう一つ問題になる出来事がありました。雪が降ったことです。そのせいで福永さんはカラオケに行けず、家に足止めをされたんでした。この時、息子さんはどうしたんでしょうか？　別館にやって来て、万年筆を物色している うちに雪が降ってしまったのだとしたら？」

松村さんは呻《うめ》き声を上げた。

私も、ようやく水戸部氏の論理がどこへ向かおうとしているのかが分かった。

「雪を踏みしめて本館に戻る訳にはいきません。足跡を残せば、夜間に別館に侵入していたことがバレバレです。怪しまれてしまえば、万年筆の紛失にも気づかれるかもしれない。では、足跡を残さずに別館を脱出するにはどうしたらいいか。それはもう、翌日の朝まで待つしかないんじゃないですか？　朝になって、遠藤さんがやって来れば、別館の玄関に置いてある雪かきの道具を取りに来るでしょう。

そうすれば雪面に遠藤さんの足跡が残る。それを爪先立ちでもして辿ってゆけば、自分が別館に侵入していた証拠は残さずに済む。

こうして、息子さんはこの別館で一晩を過ごさないといけない羽目になった訳です。すると問題がありますよね。寒さですよ。雪が降る日のことですから。別館にある暖房は薪ストーブだけです。燃料の薪は、毎日遠藤さんが薪小屋から運んでいたそうですね。しかし、この日、松村さんは留守でした。すると、薪は運ばれていなかったとしてもおかしくない。

だとしたら息子さんは困ったでしょう。一晩居なければならないんですからね。元々は、万年筆を選んだらすぐに出ていくつもりだったはずですから、部屋着みたいな格好で気軽に侵入していたのかもしれない。そうなら、ものすごく辛いですよ。
しかし、幸いにというか何というか、この別館には燃料代わりに使えるものがありました」

私たち四人は、飾り棚の同じところを見つめていた。そこには有栖川有栖作品が一揃い並んでいるのだ。

「二〇一六年の一月ですから、当時は『鍵の掛かった男』が最新刊ですか。有栖川さんの本、その頃でも単行本とノベルスと文庫、全部合わせたら百冊はいってますよね。

それを燃やして暖をとったんでしょう。

本だけでは不足だったかもしれませんが、窓を開けると、庇の下に薪小屋に入りきらない薪が放り出してありますね。ちゃんと乾いていないものですから簡単に火はつかなかったでしょうが、百冊もの本を着火剤に使えば何とかなったんじゃないですか？」

「そうか。確かに――」

松村さんは呟きながら、薪ストーブをじっと見つめた。そこに有栖川作品を焚《く》べる息子の姿を想像しているみたいだった。

「これで寒さは凌《しの》げたとして、問題があります。飾り棚から本がごっそり無くなってしまうのだから、埋め合わせをしないといけませんね。松村さんの東京行きは二泊でしたね？

だから、二日後までにはそこに元通り本を並べておかなければならない。

多分息子さんは、松村さんが帰ってくる前の晩に、図書室のもう一揃いの有栖川さんの本を別館に運び込んだんでしょう。

すると今度は図書室の本棚から有栖川さんの本が無くなってしまうことになります。それも、どうにかして誤魔化さないといけない。

息子さんは、本を燃料にするとき、カバーと帯は燃やさずに残しておいたはずです。図書室から厚さの適合する本を選んでそれらをかけ、棚に元通り並べておく。そうすれば、一見して有栖川さんの本が二揃いきちんと揃っているように見えます。本は二列になってますから、奥から選べば、あるべき本がないことにもすぐには気づかれないでしょう。

こうして、表面的には別館に侵入した痕跡を取り繕《つくろ》うことができました。もちろん、中身の違う本を図書室に置いたままだと、いつ異変に気づかれてもおかしくない。有栖川さんの本は全部買い直す必要があります。冊数が冊数ですから結構な出費ですが、万年筆を首尾よく持ち出したのならそれで十分お釣りがくる、という計算ですね。

息子さんがやったことの全容はこんな感じだったと思うんですが、一つ、想定外の事態が発生しました。ドラマを観た福永さんが、有栖川さんの本を借りに来てしまった。

放送から二日後でしたね？　つまり別館に侵入して二日後ですから、新たに注文した本は、まだ届いてなかったでしょう」

「じゃ、私が借りに来た時、図書室に並んでたのはカバーと帯だけだった訳ですか？　中身は全然別の本で」

「はい。どうしても福永さんに本を手に取らせる訳にはいかず、有栖川有栖は悪の親玉、みたいな訳の分からない話をせざるを得なかったんでしょう」

そっかー、と彼女は呟いた。

松村さんも、ため息を漏らし、デスクに両手をついて脱力していた。二人の仕草は水戸部氏の話を肯定していた。この仮説に、雄一の性格と照らして不自然なところはないようである。

「こんな推論ですので、お話ししていいか迷いました。が、ちょっと条件があまりにも整ってましたので」

「いや——、すごく当たってそうです。参ったな」

松村さんは頭を抱える。

すると水戸部氏は、不意に何事かを思いついたようであった。

「そうだ、もう一つ状況証拠があるかもしれません」

私たちは再び図書室へと向かった。

「失礼します」

そう言って水戸部氏が手に取ったのは、『モロッコ水晶の謎』の文庫であった。「大人気『国名シリーズ』最新刊　作家の目前で謎の毒殺事件！　有栖川本格の超絶推理に酔う」

という帯がかかっている。

奥付を開くなり、彼は言った。

「あ――、やっぱりだ。これ、二〇一五年十二月の第三刷ですよ。多分、ドラマ化のタイミングで重版した分ですね。帯も替えられたはずですが、初版の帯がかかってる。古い版に新しい帯がかかることはちょくちょくありますけど、逆は普通ないですね」

「なるほど。――いや、そもそも私、この文庫出てすぐに買ったはずです。二〇一五年の版の訳がない」

私たちはさらに数冊を書棚から抜き出して、奥付を検《あらた》めた。やはり、松村さんが集めたにしては新しすぎるものが散見された。

「本を買い直すにしても、わざわざ同じ版のものを探すのは大変ですからね。どうせ奥付なんてそんなに見ないし、自分は外国にいっちゃうし、ということで、そこまでは徹底しなかったんでしょう」

福永さんが言った。

「もう決まりじゃん。雄一君、完全にやってるでしょ。これ」

「ああ――、そうだなあ」

松村さんは嘆《なげ》いた。来客を気遣うことを忘れた、情けない声であった。

図書室は気づまりになった。赤の他人の私たちが、下手な慰《なぐさ》めを言う訳にもいかない。

やがて、見かねたように福永さんはスマートフォンを取り出した。

「ねえ、叔父さんさ、今電話してみる？　雄一君」

「うん？　今？」

「だって叔父さん話しにくいでしょ？　それにさ、一人でいるときに電話して変な感じになったらすごい落ち込むでしょ？　私が掛けるからさ。出るか分かんないけど」

まあ、そうかあ、と松村さんは煮え切らない返事をする。

「カンボジアって時差何時間だっけ？　もう仕事終わってんのかな」

福永さんは通話アプリを開き、古い通話履歴を選んで発信ボタンを押し、すかさずスピーカー通話に切り替えた。発信音が図書室に響く。

私たちが聞いていて良い話ではなさそうである。席を外すべきだろうか？　しかし、躊躇《ためら》う間もなく通話は繋《つな》がってしまった。

――え？　藍ちゃん？　もしもし？

眠そうな、戸惑った声だった。連絡は滅多になかったそうだし、寝耳に水の電話なのだ。

福永さんは声のトーンを上げて、わざとらしい調子で言った。

「あ、雄一君？　久しぶりー」

――え？　うん。久しぶり。どうしたの？

「ちょっとさ、教えてもらいたいことがあるんだけど。あのさ、万年筆ってどうしたの？」

――はい？　万年筆？

「いくらになった？」

スピーカーから、ガラガラという雑音がした。スマートフォンを取り落としたらしい音である。福永さんは吹き出しそうになるのを堪《こら》えた。

――何で分かったの？

「めっちゃすぐ自白するじゃん。叔父さんの書斎からパクったんでしょ？」

――親父には黙っといてくれる？　なんとかするから。もうバレてる？

「いや無理。バレてるっていうか、今隣にいる。これ全部聞いてる」

再びスマートフォンを取り落とす音がした。

「あとさ、叔父さんの本を薪ストーブの焚《た》き付けに使ったでしょ。ちなみに今、出版社のひともいる」

――え？　何で？　何が起こってんの？　いや俺、有栖川有栖があれだけ小説書いてなかったら凍え死んでたわ。めっちゃ寒かった。それは、ちゃんと全部買い直したから許して欲しい。基本新品で買ったから。

「どんな言い訳？　凍え死んでたって、別に閉じ込められてたんじゃないでしょ。自分の都合じゃん」

――いやそうだけど、とにかく売り上げには貢献したから。めっちゃ貢献した。新品で買えなかったのもあったけど。『有栖川有栖の密室大図鑑』とか、ちょっと前に東京創元社から復刊したらしいけど、それまで割と見つけにくかったし。あと『有栖の乱読』とかも。どっか復刊したらいいのに。俺、あれきっかけで笹沢左保《ささざわさほ》読んだし。

すると、ずっと黙っていた松村さんが、ようやく口を挟んだ。

「雄一、次いつ帰ってくる？」

――うわ！　いや、ごめんなさいごめんなさい。四月。四月に帰る。

「日本に帰るって意味か？　一回こっちに帰ってきなさい」

――分かった。帰るって。家に。その時ちゃんと説明するから。

「体壊してないか？」

――ないないない。大丈夫。

それきり、松村さんは口を噤《つぐ》んだ。あとは福永さんが引き継いだ。

「あとさ、有栖川先生に何か伝えておくことある？　出版社のひといるよ？」

なんだその質問は、と思ったが、雄一からはすかさず返事があった。

――いや、とにかくちゃんと新品で買い直したんで！　あと『捜査線上の夕映え』はすごい好きでした。外国ですけど、電子版で読みました。学生アリスの長編五作目は早くして下さい。デビュー三十五周年おめでとうございます。

身勝手な口上を残して、通話は切れた。

「元気っぽかったね」

「まあ、そうかな」

素行の悪さが判明したところではあるが、ともあれ久しぶりに話した雄一は、この家に暮らしていた頃と変わりないようであった。血縁の二人は視線を交わして、しばしその懐かしさを確認しあっていた。

6

福永さんは、私たちを置いてけぼりにしていたことを思い出して、少々唐突に言った。

「そういえば、ミステリーのアイデアを探しに来てたんですよね。どうですか？　何か収穫ありました？」

「収穫ですか？　いや——」

　自分で生み出したアイデアを収穫と呼ぶなら、特にはない。

「このお話、どうですか？　小説になりませんか」

「え？　まあ、やろうと思えば、短編にはなりますね。しかし、内容的にちょっと、差し障《さわ》りがありそうですけど——」

「え、そうですか？　別に大丈夫じゃないですか？」

　そうだろうか？

　すると、松村さんまでがこう言った。

「まあ、息子のしょうもない悪戯《いたずら》ですけど、折角ですからお話にして供養していただいてもいいですよ。警察沙汰《ざた》とかじゃないし、誰だか分からないように書いてもらえれば問題ないでしょう」

「そうですか？　はあ——」

　この取材とは別件で、短編の仕事がある。そちらにこの話を使えるのなら、大変に助かる。

　そういえば、作家アリスの有栖川有栖は、火村のフィールドワークを自作に転用しない方針だったはずである。小説家というのはフィクションを書くものなのだ。

　しかし、短編の締切は二月の下旬である。もうあまり余裕がない。

もし万が一、いくらのたうちまわって考えてもアイデアを思いつかなかった時は、この話で乗り切ろう。――私はそう決めた。

「じゃあ、もしかしたら使わせていただくかもしれないです。有栖川先生に怒られないといいんですが、大丈夫ですかね？　多分」

私はお伺いを立てるように水戸部氏の顔を見た。

「知りません」

彼は無表情に答えた。他社の仕事の話なのである。

思い直して、夕食をいただいていくことになった。

松村邸を辞したのは午後九時に近かった。凍りつくような夜道をホテルへと戻りながら、私は目下の最大の問題である、クローズドサークルもののアイデアが何も進展していない現実を反芻《はんすう》した。

デビュー三十五周年。私がそこに到達するには、こんな調子であと三十年余りも書き続けなければならないのだ。想像すると眩暈《めまい》がする。

山伏地蔵坊の狼狽

阿津川辰海

阿津川辰海（あつかわ・たつみ）

一九九四年、東京都生まれ。二〇一七年に新人発掘プロジェクト「カッパ・ツー」により『名探偵は嘘をつかない』でデビュー。二三年に『阿津川辰海　読書日記　かくしてミステリー作家は語る〈新鋭奮闘編〉』で本格ミステリ大賞〈評論・研究部門〉を受賞。他の著書に『紅蓮館の殺人』に始まる「館四重奏」シリーズ、『透明人間は密室に潜む』、『午後のチャイムが鳴るまでは』、『バーニング・ダンサー』など。

※本編では『山伏地蔵坊の放浪』（有栖川有栖・著）の結末について明かしますが、各話のネタを割ることはありませんので、未読でもお楽しみいただけます。また、「ブラジル蝶の謎」に似たシチュエーションが登場しますが、こちらも原典のネタを割ることはありません。

1

この店から、最後の灯が消える。

という文章を思い浮かべれば、ロマンチックな気分になるかと思ったが、そうでもない。僕、青野《あおの》良児《りょうじ》はほとんど機械的な動作で、レンタル落ちのビデオテープをレジに通していた。

僕は同い年の友人と二人で、町に五つあるレンタルビデオ店の一つを経営していた。しかし、時代の流れに抗《あらが》えず、五つあった店は四つになり、三つになり、遂に最後の砦である僕たちの店も今日、店じまいをする。VHSからDVD、ブルーレイという流れまではついていくことが出来たが、配信サービスへの移行だけは予想がつかなかった。今では、ビデオ店に足を運んだり、延滞料金に悩まされたりすることなく、家のテレビから映画を見ることが出来る。いや、若い人はテレビも持たないとか。僕には正直、想像もつかない。

「本当に良いんですか、これ」

カゴに満杯のVHSテープを持ってきたのは、意外にも、純朴《じゅんぼく》そうな青年だった。

「こんな値段で……」

VHSテープは一本五十円。閉店セールならではの、在庫処分価格だ。

彼もかつての僕と同じく、映画青年なのだろうか。『探偵スルース』『謎の完全殺人』『薔薇《ばら》の銃弾』などがカゴに入っている。ミステリが中心で、どれもDVD化や配信サービスでの放映等がされていない貴重なもの。かなりの好事家《こうずか》と見た。

「閉店セール品ですから。動作の保証や返品・交換は出来ませんよ」

「そりゃもう」青年は目をぱちくりとさせる。「手に入るだけで、奇跡みたいですから」

僕は思わずにやりとする。どうせなら、若い人に手渡したいと思っていた。

青年が会計を済ませて出ていくと、後ろから白髪の男性が現れる。

「どうも」

顔に見覚えがあった。確か、彼は……。

「ああ、床川《とこかわ》さん。ご無沙汰《ぶさた》しています」

床川はぺこりと頭を下げる。頭頂部が少し禿《は》げていた。いつもベレー帽を被っていたが、今はもうやめたらしい。

彼は地元の出版社から著書を数冊出している自称風景写真家だが、町で一軒だけの写真館も経営している。

「さっきの子、いいですね。ああいう光景に触れると、心が洗われるようです」

床川は寂しそうな笑みを浮かべる。

「何か買うんです？」

「ああ、これを」

床川がレジ台に載せたのは、『二重の鍵』というフランス映画のＶＨＳテープだ。

「スタンリイ・エリンの原作が好きなんですよ。そっちの題名は『ニコラス街の鍵』」

「なるほど」

「ここが閉店すると聞いて、いてもたってもいられなくてね……ほら、昔馴染《なじみ》の店だから。それなら、何か買おうってのが人情でしょ」

「それはありがたい」

五十円玉を受け取る。床川は何かもじもじとして、そのまま立っていた。

「あの。今日の閉店後は、お暇ですか？」

少しの間、逡巡《しゅんじゅん》する。閉店時間までは三十分。締め作業を友人に任せれば、飲みに行けないこともない。どのみち、本格的な撤収作業は明日以降だ。

「いいですよ。少し、近くで待っていただくことにはなりますが……」

「ええ。喫茶店にでも、入っていますよ」

2

冬の冷たい風が、体に応《こた》える夜だった。

僕と床川は、どこか飲める店を探していた。二十年以上前は『えいぷりる』というスナックで一緒に飲んだ仲だった。僕と床川だけではない。あの時は、何人も仲間がいた。

「奥さんは、どうされてるんです？」

「最近、膝《ひざ》が悪くてね。留守番です。青野さんの店に行くと言ったら、よろしく伝えておいてくれ、と。飲みに行くのも公認ですよ」

僕は思わず苦笑する。

三島《みしま》、猫井《ねこい》、床川夫妻、そして僕——この五人が、『えいぷりる』の土曜の夜の常連客だった。

今夜の店を探しながら、僕たちはメンバーの近況話に花を咲かせる。三島さんは診療所を閉めた後どうしているとか、マスターは『えいぷりる』を畳《たた》んだ後どこかで別の店をやっているらしいとか。

いや、仲間と言えば、もう一人。

「地蔵坊《じぞうぼう》先生は、どうですか。その後、誰も消息を知らないんです？」

「ええ。さっぱりです。きっと、今日もどこかで、さすらっているんでしょう」

僕たちは顔を見合わせて笑った。

本当にさすらっているかどうかは、分からない。二十年以上前に会った時、四十五歳くらいに見えたから、今は彼もかなりの年だ。

山伏《やまぶし》地蔵坊──。

結袈裟《ゆいげさ》に笈《おい》を背負い、金剛杖《こんごうづえ》を手にして腰に法螺《ほら》貝を下げた、謎の男。彼は土曜の夜にふらっと現れて、『さすらい人の夢《ボヘミアン・ドリーム》』というカクテルを飲む。そして、二杯目のカクテルを空ける時、決まって、彼は自分の「体験談」を話す。

謎に満ちた物語。

彼自身の、探偵の記録を。

「僕は、あの話が好きだな。ほら、北陸の晩餐《ばんさん》会の席で、男が毒殺される話ですよ」

「ありましたね。なかなかユニークなネタだった。それでいうと、私は、割れた窓ガラスの問題が好きでした」

「そんなの、ありましたか」

「ほら、クーラー嫌いの男が、殺される」

「ああ」僕はようやく頷《うなず》く。「そういう風に、シチュエーションで言ってくれないと」

「でも、あの話の眼目は、ガラス窓の手掛かりの面白さでしょう」

床川の眼は、いかにもマニアらしくきらっと光る。この二十年余りで、床川の推理小説好きにも磨《みが》きがかかってしまったらしい。

あるいは、それもあの山伏のせいか。

「あとは、天馬博士《てんまはかせ》の話もいいですね」

「ああ、ぬけぬけとした足跡トリックでした」

「ええ、あの夜の――」

そう言いかけて、僕は口を噤《つぐ》んだ。

山伏の語る話は、どれも一編の推理物語としてよく出来ていた。しかし、実話だと思って聞いている者は誰もいなかった。実話であろうがなかろうが、あの頃の僕たちにとっては、どうでもよかったのだ。話として面白いことが重要で、山伏の語る話を肴《さかな》に、美味い酒が飲めればそれで良かった。

それで良かったのに、僕らは踏み込んだ。

――皆さん、あの方のお話を、いつもどう思いながらお聞きになっていらっしゃるんですか？

山伏が帰った後、マスターが常連客相手にそう問いかけたのが、始まりだった。

皆口々に、本当だとは信じていないとか、フィクションだとしたら大変な苦労だとか、好き勝手に思っていることを言い合った。

その時、「実は推理作家志望なのかもしれない」と口にしたのが、床川である。

それがいけなかったのか、なんなのか。あの日以来、山伏は僕たちの前から姿を消した。もう『えいぷりる』に現れることもなく、どこかへ旅立ってしまったのだ。信じるか信じないかを問うたからこそ、一時の淡い夢のように、掌中《しょうちゅう》から消えていってしまった。

あれは、そんな儚《はかな》い天使だった。

床川は乾いた笑い声を立てる。

「私はね、自分のせいじゃないかと思ってるんですよ」

「地蔵坊先生が来なくなったのが、ですか」

「そう。推理作家志望なんじゃないか、なんて言ったから……」

「考えすぎですよ。それに、あの夜のことが原因なら、きっと、僕らみんな同罪です」

実際には何の関係もないのかもしれない。ただ、僕らの町から別のところへ移っただけという可能性もある。

だけど、床川も同じだったのだと知って、僕は少し安心する。あの日のことがずっと胸につかえて、忘れられなかったのだ。

「ああいうの、意外とないんですよ」

「ああいうのって?」

「地蔵坊先生みたいに、ずうっと問わず語りで話して、事件も捜査も推理も全部自分で話しちゃう、そういう安楽椅子探偵です。どうも、忘れられなくてね。色んな本を読んだけど、大抵は、地蔵坊先生のようにはいかない。安楽椅子探偵っていっても、世間的には、一歩も外に出ないで解決する、ぐらいの意味しかないんですよ。捜査した人が探偵にお伺《うかが》いを立てに行くとか、そんなんばっかりでね。本当なのか嘘なのか、分からないくらいがちょうど良い。唯一、地蔵坊先生以外に渇《かわ》きを癒《いや》してくれたのは、バロネス・オルツィという作家の、『隅の老人の事件簿』だけでした」

〈隅の老人〉は、事件の概要も捜査の成果も、全部一人で喋《しゃべ》ってしまうのだという。聞き手が記者であるのに、該当の事件をまるで知らないせいで、「記者は新聞をまったく読んでいないようだ」と海外の評論書では皮肉られているという。

「でもね、あの記者はかわいそうなんですよ。ちょっと何か言おうとすると、すぐ〈隅の老人〉に遮《さえぎ》られるんです。男の高齢者が女性記者の言葉を遮り続けるっていうのも、今じゃあんまり良くないんじゃないかな」

床川の批評を聞いて、僕は思わず苦笑する。

「あそこなんて、どうです」

床川は前方を指さした。

古めかしいネオンサインの看板である。店名は「ふーるず・めいと」。確か、チェスの用語だ。最初の盤面から最小の手数で詰みにいたること。バーの名前としてはなかなか皮肉が利いている。

「行ったことは」

「ないです。でも、店名が良い」

「そうですか？」

「『えいぷりる』と『ふーる』で、四月馬鹿」

馬鹿馬鹿しい言葉遊び、言ってみれば駄洒落《だじゃれ》だが、今日の気分には合っている。それに、あの地蔵坊先生も、そういう駄洒落が趣味だった。

川沿いのビルの二階に上がり、店の扉を開ける。先客もいて、少しにぎやかだが、それもまた良い。奥側のカウンター席に通され、腰かけたところで、トイレの扉が開いた。

僕は何気なく、トイレから出てきた男を見た。

そして、そのまま凍りついた。

山伏がいた。

それも、あの日の姿のままで。

3

「何になさいますか」

硬い声で、マスターが僕らに声をかけた。ハッと我に返る。一体どれくらいの時間、硬直していたのだろう。

「あ、ああ、すみません。ええっと、ハイボールを」僕は目の前にあったボトルを指さす。

「メーカーズマークで」

「あ、じゃあ、私も同じものを」

床川も早口で言い添える。彼も動揺している様子だ。

山伏は、僕らから一つ離れた席に座った。

僕は落ち着いて、もう一度店内を見渡す。

カウンター席がざっと八席。奥まったところにテーブルが二つある。こぢんまりとした店で、雰囲気が良い。

カウンター席の入口側には、若い男性の三人組。彼らと僕らの間には、例の男。結袈裟を着て、いかにも山伏の格好である。

テーブル席の一つが客の荷物置場になっていて、笈や金剛杖といった道具は全てそこに置かれている。もう一つのテーブル席では、老夫婦が気分良さそうに杯《さかずき》を傾けていた。夫の方はカウンター席が見える位置に座り、口元に笑みを浮かべながら山伏を見ている。

山伏の格好をした男に、バーで偶然会う確率はどれくらいだろう。それだけでも異常なことだが、何より頭の痛い事実があった。

目の前の山伏の顔は、在りし日の山伏に、瓜《うり》二つだったのである。

このバーの扉は、タイムトンネルだったのかもしれない。二十年以上の時を飛び越えて、あの山伏ともう一度再会した……。

「夢じゃないですよね？」

隣の床川が、ひそひそ声で話しかけてきて、そんなロマンチックな思いは雲散霧消《うんさんむしょう》する。

僕も床川も、すっかり老けてしまっているし、床川の頭頂部は禿げている。

「僕にもどういうわけだか」

「だって、あれが『地蔵坊先生』だとしても……向こうだって、二十年老けていないとおかしいでしょう」

そう。そこが問題なのだった。

僕らが最初に会った頃の山伏は、恐らく四十五歳前後。多少の誤差はあるかもしれないが、今は六十代になっているはずだ。そんな年齢にはとても見えない。

やはり、彼は「ミステリの天使」だったのか？　天使であれば、年を取らないのも頷ける……。

僕の心に、そんな荒唐無稽《こうとうむけい》な思いが通り過ぎていく。

「地蔵坊さん、次は何を飲まれますか？」

山伏はグラスを前に滑らせながら言う。

「ボヘミアン・ドリームをおかわりで」

またしても衝撃を受ける。

名前。そして、飲んでいる酒。

全てかつての『えいぷりる』での光景に一致していた。

山伏は確かに「おかわり」と言った。つまり、これが二杯目以上ということだ。

どういうことだ、一体。

ハイボールの味がしない。薄いわけではない。頭が混乱していて舌が機能しないのだ。

僕と床川は、シンクロした動きでハイボールを傾けながら、山伏の手元のボヘミアン・ドリームを見つめ続けていた。あの杯を空けた時どうなるか。それが知りたかった。

「ねえ、山伏さん、さっきの話は聞かせてくれないの」

酔っ払った若者のうちの一人が、山伏に絡みだす。ビジネスパーソン風のスーツの男である。

僕はあらためて、若者の三人組を見渡す。それぞれ職業や職種が違うのか、三人とも服装が違った。

一人目は、今話しかけたスーツの男。彼は『スーツ』と呼ぶことにしよう。三人の中では、最も陽気そうに見える。

二人目は、カジュアルなシャツを着て、メガネをかけた男。彼は『メガネ』と呼ぶことにしよう。山伏をじっくりと観察しており、どこか抜け目がない目つきだ。

三人目は、Tシャツとジーンズのラフな装いで、終始俯《うつむ》きがちの男だ。呼び名は『猫背』にすることにした。

さて、『スーツ』の言葉に応えて、山伏が言う。

「さっきの話というと……」

「ほら！　殺人事件に巻き込まれたっていう」

「殺人事件に⁉」

僕は思わず声を出してから、ハッとして口元を押さえる。

「おじさんたちも一緒に聞きましょうよ」『スーツ』は爽《さわ》やかな笑みを浮かべた。「この山伏さん、とても面白いんです。全国行脚《あんぎゃ》の最中に、色んな事件に巻き込まれているとか言ってね……」

「は、はあ」

僕はバツが悪くなって俯くが、その時、山伏の目が真正面から僕を見据えた。

山伏は柔らかな微笑《ほほえ》みを浮かべていた。ひょっとしたら、僕や床川の顔を見れば思い出してくれるかもと思ったが、そういう気配はない。

「なんだか皆さんに聞かれていると思うと、緊張してしまいますが……」

山伏ははにかんでから、若者三人組に視線を戻した。そして、グラスの中のボヘミアン・ドリームを空けてから、ゆっくりと話し始めた。

「では、蝶《ちょう》に関するあの事件の話をお聞かせしましょうか。これが、奇妙な事件でしてね……」

4

『地蔵坊』の話――

五月晴れの日のことだった。

私は修行の最中、瀬戸内海のさる小島を目指していた。近くを通りかかった時、知己の存在を思い出したからである。

彼の住む家へ向かう途上、森の中でひとりの男に遭遇したのだった。

「動かないでくださいね」

そう言われた私は、中腰の姿勢で硬直するほかなかった。

「動かないで……」

目の前の男は、虫取り網を持って、じりじりと私に近寄ってくる。もしや、あの網で捕らえられるのではと、益体《やくたい》もない妄想をしていると、えいやっと男が網を振り下ろす。

網が兜巾《ときん》をかすめた。

「やったっ」

男が大げさな声で喜ぶ。網の中には蝶が入っていた。羽には淡い青色が映えている。

「そんなに珍しいのですか、その蝶は」

私が声をかけると、男は笑った。

「いえ、しかし、これならいくらいても――」

5

「ちょっと待ってください」

その時『猫背』が早口で割り込んだ。

「淡い青色の羽が特徴だとすると、種はアサギマダラでしょうか？　瀬戸内海と最初におっしゃっていたので、アサギマダラ園のある山口県の周防大島《すおうおおしま》が舞台でしょうか？」

バーの中の空気が硬直した。

『猫背』が早口に言った内容の情報量に圧倒されたのもあったが、何より、山伏がすっかりまごついていた。

「え――いや――その――」

僕はこの瞬間、すっかり興が醒《さ》めた。

――かつての『地蔵坊先生』のしていた話が、実体験だったのか、創作だったのかは分からない。しかし、こいつは虚仮《こけ》だ。

細部を考えていないからボロが出る。なんでも、小説家の中には、登場人物全ての年表を作ったり、裏設定まで全て作り込んだりしておくような人もいるんだとか。そうして作ったうえで、全ては語らない。だが、細かいことまであらかじめ決めてあるので、何か聞かれてもすぐに答えが返ってくるし、矛盾が生じることもない。

僕は面白くない気分でハイボールを呷《あお》った。隣の床川と動きが揃《そろ》った。床川の漏《も》らすため息も、どこか物憂《ものう》げだ。

作り手としての山伏への失望。それもあるが、僕の不満は、『猫背』の方にも向いていた。

かつての僕らは、山伏の話に綻《ほころ》び――細部の不徹底や、現実の出来事とは思われない駄洒落遊び等――が見えても、黙って彼の話に耳を傾け、楽しんだ（もちろん、いつ事件が起こるんだ、とか、その程度の野次を飛ばしたことはある）。ただゆったりと語りに身を任せているだけで、面白い謎と推理の物語が聞けると信じていたからだ。

信頼関係。そうなのかもしれない。かつての山伏と僕らとの間には、信頼関係があった。それを初対面の彼らに求めるのは酷なのかもしれない。それでも、本音を言えば、

――黙って聞けよ。

そういうことになる。

床川が『隅の老人の事件簿』について言ったことを思い出す。かつての僕たちは、問わず語り的な地蔵坊先生の話を一方的に聞いていた。〈隅の老人〉に対する記者と同じように。言ってみれば、彼ら三人組は、「黙らない記者」であるということになろう。

「あっ、ああ」

山伏が手を鳴らした。

「思い出しました。確かにおっしゃる通り、そういう名前の島で、そういう名前の蝶だったかと」

ガクッときた。『猫背』が早口だったせいで、正確に聞き取れていないと見える。

「そうですか？　いえね、淡い青色の羽という特徴と、瀬戸内海という情報だけで結論に飛びついてしまったので、別の解釈もあるかと思い直していたところだったのですが――」

「おい、いい加減にしろって。山伏さんも困っているだろ」

『スーツ』がそうたしなめると、『猫背』はしゅんとした。満更《まんざら》悪いやつでもなさそうだが、蝶には強いこだわりがあるのだろうか？

そうだとしたら、山伏の選んだ話も悪かったということになる。山伏と『猫背』たちの最初の会話（ボヘミアン・ドリーム一杯分）を聞き損ねた僕たちには、そこ《そこ》の脈絡は分からないが、下ろすネタは、客を見て選ばなければならない。

——さて、目の前の『山伏』は、かつての『地蔵坊先生』とそっくりだが、話芸は似ても似つかない。

だとすれば、ハイボールを空けて、さっさと店を出ればいいものだが……導入を聞くと、どうしても続きが気になってしまう。

芸はともかく、話の中身はどうか。

酒の肴には、そのくらいの興味でちょうどよい。

6

再び、『地蔵坊』の話——

「やあ、とんだ失礼をして、申し訳ありませんでした」

男は捕獲した蝶……なんでしたっけ……ああ、そう、アサギマダラを虫カゴに丁寧に仕舞うと、にっこりと微笑みかけた。いかにも隙《すき》のない笑みだったが、それゆえに、どこか胡散《うさん》臭いものも感じた。

「その蝶は、どうなさるんです？」

「家で標本にするんです。今日の夕方には取り掛かりますよ。昆虫針を刺して、展翅板《てんしばん》に留めて、二週間ほど乾燥させます。針を刺す時のコツはですね……」

私は虫が得意ではなかった。それ以上聞くと気分が悪くなりそうだったので、遮っておく。

「あなたは？」

「ああ、申し遅れました。私はこの近くに住んでいる黒沢醍醐《くろさわだいご》というものです。あなたは山伏とお見受けしますが、こんなところで一体何を」

「古い友人を訪ねて来たのです。確か、このあたりに住んでいると」

私が黒沢に友人の名前を告げると、「ははあ」と彼はしたり顔で言った。

「それは運が良いやら、悪いやら」

「良いというのは？」

「私はそのご友人の隣の家に住んでいるのです。案内が出来ます」

「ははあ。悪いというのは？」

「ご友人は旅行で不在です」

なんと。私の気力は挫《くじ》けかけたが、黒沢はにやりと笑った。

「どうです。これも何かの縁ですから、私の家で一泊していかれては」

「それは申し訳ない」

「いえいえ。どのみち、客はあなた一人ではありません。あなたのような人がいた方が、むしろ落ち着くという考えもありましてね」

私はなおも辞したが、黒沢は結袈裟の後ろに腕を回し、「さあ、こちらです」と私の背中を押してくる。私はこのやや強引な男に面食らいながらも、招きに応じることにした。災いの現場に迷い込むことになるとも知らずに。


黒沢の家は海辺に立つ大きなペンションだった。かなりの規模で、確かにこれなら、突然私が転がり込んでも、部屋が余るぐらいだろう。

屋外にあるウッドデッキには複数の人影があった。あれが、黒沢のいう「客」だろうか。

「ご友人の家、見て行かれますか」

「いえ」

もちろん、黒沢が嘘を言っている可能性もあるが、ひとまず信じることにした。それよりも、目の前の面々の方に興味があった。

三十代ぐらいの男が一人、立ち上がり、黒沢に声をかけた。団子鼻に黒縁のメガネがちょこんと載っている。

「ええと、そちらの方は？」

私の服装がよほど物珍しかったのか、男はしきりにメガネを弄《いじ》り、私を上から下まで繁々と眺《なが》めていた。

「今、森の中で会った山伏さんですよ」

黒沢はにこやかに応じて、出会った時の事情を話す。

「ははあ、そうでしたか。目的の相手が外出中とは、災難でしたな。申し遅れましたが、私は大蒲健一郎《おおかばけんいちろう》と言います。小説家です」

「黒沢さんって、たまにそういう気まぐれを起こしますよね」

そう言ったのは大きなサングラスをかけた女性だった。見たところ、四十代ぐらいだろうか。黒沢に向ける視線はどこか冷たい。

「いいだろう？　山伏っていうのは、修行のために全国を行脚しているんだ。きっと面白い話を聞かせてくれるに違いない」

黒沢は手を広げて、女性を指し示した。

「彼女は民井由梨《たみいゆり》さん。通信販売で有名な会社の女性社長だ。ご存じないかな？」

私は曖昧《あいまい》に微笑んだ。

「面白い話ねえ。ふん、どうだか」

そう言って鼻を鳴らしたのは、金髪の男性だった。鼻にピアスがついている。二十代後半とみたが、態度のせいで、ひどく若く見える。

「山伏ってのも、格好だけかもしれないでしょう。こういう風に施《ほどこ》しをもらったり、一夜の宿を期待したりってだけかも。案外、金にがめつかったりしてね」

男性はそう言いながら、なぜか黒沢の方を見やった。

「ジョー、君と一緒にするのはいけないな」

黒沢がニヤニヤしながら言うと、彼はチッと大きな舌打ちを返した。

「だから、やめてくださいよ、そのあだ名」彼はぎろりと私を見た。「浅木譲《あさぎゆずる》です。道を譲る、と書いて譲。黒沢さんが面白がって『ジョー』なんて呼んでいるだけですから」

彼は噛《か》んで含《ふく》めるように言った。心配しなくても、初対面の相手を、おちゃらけたあだ名で呼ぶつもりはなかった。

「浅木さんは、お仕事は何を？」

「……不動産経営です」

尊大な態度は余裕の表れだろうか。親から譲り受けた不動産を転がしながら生活をしている……そんな印象を受けた。しかし、そのこと自体、面白くないと思っているようだ。

見たところ、年齢層も職業もバラバラの顔ぶれである。家族や親族ということもなさそうだ。黒沢とはどんな関係なのだろうか？

「ところで」私は言った。「さっき蝶を捕まえていたのは、あれが趣味だからですか？」

「げ」浅木があからさまに顔を歪《ゆが》めた。「それ、聞いちゃう？　聞いちゃうと、話、止まらないよ」

「はあ」

私が言うと、「よくぞ聞いてくれた」と黒沢が言った。

「一度、私の蝶コレクションをお目に掛けましょう」

黒沢は由梨の肩に手を置いた。

「そういえば、前に欲しいと言っていた蝶が手に入ったから、君にも見せたかったんだ。良かったら一緒にどうかな？」

由梨はぶるっと体を震わせた。

「ええ……じゃ、ご一緒しようかしら」

「どうです？　他の方は」

返事は否だった。

──それにしても、妙な集まりだ。

私の疑念は膨《ふく》らむばかりだった。


ペンションは二階建てで、二階が客室になっている。一階の奥まった部屋に招かれた私は、扉を開けた瞬間、思わず、あっと声を上げた。

部屋の壁に、ずらっと蝶の標本が飾られていたのである。

標本はガラスケースの中に仕舞われている。ガラスケースは三十センチ×五十センチほどの長方形のサイズで、一つのケースの中に、大小さまざまな蝶が展示されている。大きめの蝶が五、六匹、どんと置かれているものもあるし、小さめの蝶が二十匹ほどひしめいているものもある。ケースの数は、全部で十個。こぢんまりとした展示かもしれないが、個人の趣味で所有しているにしては、大したものだった。

「これは、どういう基準で並べてあるんですか」

「生息域や種類ごとに分かれています。ほとんどは買い集めたものですが、さっきのように採集して、自分で標本にすることも」

部屋は展示室と書斎を兼ねているらしく、奥側の壁に蝶の標本、手前の壁には本棚が並んでいる。部屋の真ん中あたりに、書斎机が置かれ、パソコンがでんと鎮座していた。

机の上に、何か奇妙な形のオブジェが置いてあった。Yの字形の枝を組み合わせており、さながら台座のようになっている。

「この木は？」

「ああ」黒沢は頷いた。「流木で作らせた台座です。こういうのが得意な友人がいましてね。この枝に、標本に刺しているピンで蝶を留めると、まるで生きているようで面白いんです」

「せっかく標本にした蝶を、外に出してしまうんですか？」

私がそう言うと、黒沢はちょっとムッとしたようだった。

「私はあくまでも趣味で蝶を集めているのでね。どのように扱おうが、私の勝手というわけです」

そう言われては、返す言葉もない。由梨が何か湿ったため息をつくのが聞こえた。

「ところで」黒沢が言った。「これだよ。君の欲しがっていた蝶は」

黒沢はニヤニヤして、真ん中のケースに入っている蝶を指さした。青と黒を基調とした蝶で、その羽の色は実に鮮やかだった。

「ベアタミイロタテハ。中南米の蝶で、『空を飛ぶ宝石』とも言われている。マニアの間でも高値で取引されている。見つけるのに苦労したんだよ」

「そう……」

由梨が無理を言って探させたのかと思ったが、由梨は浮かない表情をしていた。

私には蝶のことはまるで分からない。しかし、色とりどりの蝶が並ぶ光景は楽しいもので、思わず少年のような心を取り戻した。

ふと、ケースの中に空白があることに気が付く。右端のケースだ。もちろん、私は元の状態を知っているわけではないが、整然と並んでいる蝶の中にポツンと空きがあるので、妙な感じがしたのだ。

「ここは、わざと空けてあるんですか？」

そう聞くと、黒沢はますますムッとしたように見えた。

「いえ……そこにあった一匹は、最近、別の蒐集家《しゅうしゅう》に譲りましてね」

「ほう」

金に換えた、ということだろうか？　それとも、ただコレクター同士の善意で譲り渡したのか。そこまで突っ込んで聞くと、ますます気分を害し、今日の宿に困りそうなので、やめておいた。

7

「なんで聞いてくれないんですか！」

意外にも、今度は『メガネ』が食って掛かった。

「それを聞いておいてくれれば、色々分かったかもしれないのに！」

「いやいや」『スーツ』が苦笑する。「お前はそう言うけどさ、せっかく手元に転がり込んできた宿を手放すやつはいないって」

ちょいちょい横槍を入れてくるのは、一体なんなのだろう。ようやくキャラクターの区別がついてきて、ディテールが分かってきたところだというのに。

「あのう」

『スーツ』が、紙ナプキンとペンを差し出し、おずおずと申し出た。

「もしよければ、登場人物たちの名前をここに書いてくれませんか」

「は？」

山伏はぽかんと口を開けた。

「いえね、僕は小説を読む時も、名前を覚えておくのが苦手でして。おまけに、こうやって耳だけで聞いていると、どうもダメなんです。それで、今出てきた人たちの名前を書いてくれないかなあと」

「はあ、なるほど」

山伏は唯々諾々《いいだくだく》と従い、紙ナプキンとペンを手に取った。

――やれやれ、また中断か。

僕はこのチャンスにトイレに行くことにした。年のせいか、最近はやけにトイレが近い。トイレの壁には、昭和の日本映画のポスターが飾ってあって、ぎょっとした。店の雰囲気にあまり合っていないが、店主の趣味で貼ってあるのだろうか。『危《やば》いことなら銭になる』というタイトルで、主演の宍戸錠《ししどじょう》が、ピストルを振り上げながら、もう片方の手で耳を塞《ふさ》いでいる。活劇風の赤い字もどこか快い。

かつての映画青年としての郷愁《きょうしゅう》だ。

席に戻って、床川に聞く。

「宍戸錠の『危いことなら銭になる』って、原作がありましたよね」

「都筑道夫《つづきみちお》ですよ。確か『紙の罠』かな」

こういうのは、床川に聞くに限る。

「出来ました」

山伏が紙ナプキンを示す。

僕と床川も、思わず顔を寄せた。

『黒沢醍醐　ペンションのオーナー

大蒲健一郎　小説家
民井由梨　通販会社社長
浅木錠　不動産経営』

おや、と思った。

浅木の名前だ。確か、譲る、と書くのではなかったか。ジョー、というのは、あくまであだ名だったはず。

あっ、と気付く。

確か、話し始める前、山伏もトイレに行ったはずだ。僕たちが入店した直後のこと。

そこで彼も、宍戸錠のポスターを見たのだ。

ジョーの音から連想して、つい間違えてしまったのではないか。馬鹿なミスだ。馬鹿なミスだが、無意識の流れを考えれば分からなくもない。

——こんなところまで、脇が甘いのか。

現・山伏の不甲斐なさには、ほとほと呆《あき》れ返ってしまうが、ここまで聞いたらせめて最後まで聞きたい。

予想が正しければ、きっと黒沢が死ぬのだろう。

8

再び、『地蔵坊』の話――

私が黒沢のペンションに着いた当日のことは、もう一つだけ話しておかないといけない。

私が展示室兼書斎を出て、ウッドデッキまで戻ると、大蒲が一人でいた。

「あれ、浅木さんは」

「散歩だそうですよ」

「そうですか」

大蒲はきょろきょろとあたりを見回してから、ひそひそ声で私に言った。

「――それで？」

「はい？」

「あなたは、何をやらかしたんです？」

「何を……とは？」

「そこの森で偶然会ったなんて、嘘なんでしょう？　取り繕《つくろ》わなくたっていいんですよ。どうせ、私たちはみんな脛《すね》に傷を持つもの同士。同じ穴の貉《むじな》です」

「あの、本当になんのことだか」

私がなおも否定し続けると、はあ、と大蒲は大げさなため息を吐いた。

「なんだ。本当に違うんですか？　その山伏姿も天然なんです？」

「天然も何も、私は本当に修行中の身でして」

「ああ、そういうのもういいですって。なーんだ、期待して損したなあ」

大蒲はぶすっとした顔で言った。

私はハッとした。共通点が見えない、年齢層もバラバラな客人たち。不意に、その正体が分かった気がしたのだ。

「なるほど。あなたたちは、その『脛の傷』が原因で、黒沢さんに招かれたというわけですね。もしや――」

「ええ、有り体に言えば、ね」

脛に傷を持つものたちが呼び出され、集まる。想像されるのは、恐喝されているという構図だ。

ただ、自分から言い出すこの男の真意が分からない。

「だからこそ、こんな日取りで黒沢さんのペンションに集まっているというわけでしてね。全く、頭の痛いことこの上ないですよ」

私が大蒲の顔をじっと見ていると、彼は「おっと」と飛びのいた。

「私の『傷』が何かは言いませんよ。そこまで教えてあげる義理はありませんからね」

さっきは、私のそれが何か聞こうとしていたではないか。そう呆れていると、彼はさらに続けた。

「私は人の秘密には興味津々でしてね。小説家だから、ですかね。ともかく、それであなたの秘密を聞き出してみようと思ったんですよ。どこからどう見ても、珍客ですからね、あなたは」

当の本人を目の前にして珍客と言い放つこの男の感覚は分からないが、私はともかく黙って聞いた。

「私の調べではね、あのジョーという男は、二年ほど前、インサイダー取引に関わった証拠を握られているようなんです。去年、同じようにこの屋敷に招かれ、その時顔見知りになったのですよ。いつ黒沢さんから金を要求されるかとひやひやしましたが、去年は虫のいどころが良かったみたいでね。今年はどうなることやら……それはさておき、インサイダー取引といえば犯罪ですからね。彼も喧嘩《けんか》っ早い男ですが、黒沢さん相手には慎重にいかざるを得ないというわけですよ」

「なるほど」

「それでね、私が気になっているのは、民井社長のことなんです。彼女が一体どんなネタを握られてここにいるのか、知りたくてたまらないというわけで」

私はゆっくりと頷いた。この男の魂胆が段々と読めてきた。

「お断りしておきますが」私は言った。「間に入ることは出来ませんよ」

「はは、分かっていますよ。ただ、あなたも聞いてしまったら気になるんじゃないかと思いましてね。好奇心旺盛《おうせい》なタチでしょう？　じゃなきゃ、突然こんな招待に応じて、得体の知れない家に来るはずがない」

大蒲の人間性はともかく、その観察眼には平伏するしかなかった。

まさしく。

「私の勘ではね」大蒲はさらに言い添えた。「黒沢さんは、あなたを監視役に据えるつもりなんですよ」

「監視役、というのは」

「だってそうでしょう？　私たちを招いておいて、なんの警戒もしていないはずがない」

なるほど。無関係な私を招いて、緩衝材にしようという狙いなのか。大蒲の言うような『監視役』の役割まで果たせるとはとても思えないが。

「期待していますよ」

その期待には、応えたくもない。

9

翌朝、私は女性の悲鳴で目を覚ました。

民井由梨の声だろうか。私はのそのそとベッドから起きて、悲鳴のした一階に向かう。

大蒲に言われた通り『監視役』を任じられたわけではないが、せめて二階の部屋から聞き耳を立てて、何かあった時に備えていた。しかし、突然強烈な眠気に襲われ、悲鳴を聞くまでぐっすりだった。

黒沢の展示室兼書斎の前で、由梨が腰を抜かして尻もちをついていた。

「どうかなさったんですか？」

「あ、あれ……」

由梨が震える手で部屋の中を指さす。

遅れて、他の宿泊客たちも到着する。大蒲は、小説のネタにでもなると思ったのか、スマホで写真を撮り始めた。

恐れていたことが現実になってしまった。

書斎机の前に、黒沢が横たわっていた。黒沢の胸には、ナイフが突き立っている。

異様なのは、その死体の周囲の様子だった。

黒沢の死体を、大量の蝶が取り囲んでいたのである。

その数、大小さまざま、八十匹ほどだろうか。見ると、奥の壁にあったガラスケースは全て開け放たれ、一匹残らず全ての蝶が取り出されていた。

蝶は標本を留めているピンで床に刺されている。どうしてこんなことをしたのか分からないが、犯人が行った工作なのだろう。

数十の蝶で、黒沢の死体を飾り付けているかのようだった。

10

「刺さりますか、それ」

『猫背』が言った。

「はい？」

「床です。どういう材質の床か分かりませんが、昆虫針が刺さるなら、せめて木や合板じゃないとダメですよね」

山伏は口をパクパクとさせている。

――考えていなかったのか。

だとすれば、死体を飾り付けていた、というシチュエーションそのものを思い付いて、それで突っ走ったということになる。

「――絨毯《じゅうたん》です」

「え？」

思わず、僕は言った。

僕の声に驚いたのか、山伏が振り返る。

「言いそびれていましたが」言い訳がましく山伏が言う。「黒沢さんの部屋には分厚い絨毯が敷いてあったんです。そこにピンを留めたんですよ」

いかにも即席のアイディアに聞こえるが、『猫背』は引き下がった。

「ああ、それなら納得です」

そう言いながら、『猫背』はまた紙ナプキンを差し出す。

「すみません、その、並んでいたという蝶ですが、全ての和名を書き出していただくことは出来ますか？」

山伏は首を横に振った。

「時間がかかるので、やめておきましょう」

上手く逃げた、という格好だ。

若者三人との間合いの取り方が分かってきたのか、現・山伏も負けていない、という感じになってきた。こうなってくると、また別の面白さがある。

「しかし」『メガネ』が言った。「突然眠気に襲われた、というのが気になりますね。ちょっと都合が良すぎるような」

山伏は優しく微笑んだ。

「それは、この後の話で明らかになります」

ふむ。

茶々を入れられるばかりで、狼狽《ろうばい》しきりかと思っていたが、次第に余裕が生まれてきたらしい。

いよいよ死体も転がった。話も佳境《かきょう》だろう。

11

再び、『地蔵坊』の話――

地元警察が到着し、事情聴取を受けることになった。

刑事は佐々木《ささき》と名乗った。

「黒沢さんとは昨日が初対面だったんですね？」

「朝まで目が覚めなかったというのは本当ですか？」

何度も同じ質問に「はい」「そうです」と答える。次第にまた眠気が襲ってきた。

私は仕方なく、大蒲から聞かされた話をする。黒沢に弱みを握られた人々が集まっているらしいこと。彼らには動機があるのではないか、ということ。

佐々木は頷いた。

「私たちもそれくらいのネタは摑《つか》んでいます」

なんと。

「大蒲さんからは、浅木譲さんの弱みを聞いた程度なんですね。インサイダー取引に関わっているのではないか、と」

「はい」

「大蒲さん自身と、民井さんについては、何も分からない」

佐々木はボールペンのノッカー部分で眉間《みけん》を揉《も》んだ。

「では、状況はあまり変わりませんね」

「そうなんですか」

「ええ。黒沢さんの書斎机の引き出しは荒らされていました。恐喝のネタ元を全員分、持ち去ったようです」

処分したかったのは自分の物だけだろうが、自分の物だけ抜いたら、すぐに犯人が分かってしまう。だから他の人の分も処理したのだろう。いや、全員が犯人ということもあり得るが。

「では、彼らが脅《おど》されていたというのは、どうして分かったんです？　大蒲さんが言ったんですか？」

「まさか。大蒲さんは、私たち相手にはだんまりですよ。引き出しが二重底になっていて、そこに手帳が隠されていたんです。イニシャルと、要求する金額だけが書かれている素っ気ない記録でしたが」

恐喝のネタはやはり分からず、か。

「死因はどうだったんです？」

「ナイフで刺されたことによる失血死。他に目立った外傷はありません。凶器のナイフに心当たりは？」

「そうです」

「さあ。本当に、昨日来たところなので」

「昨晩の二十二時から二十三時のアリバイはありますか？」

「ですから、ありません。眠っていたので」

その時間帯が死亡推定時刻か。分かりやすい刑事だ。

「昨日、突然眠くなったというのも、無理からぬ話ではありますよ」

「どういうことです？」

「台所のゴミ捨て場から、睡眠薬の包みが発見されました。あなたのコーヒーにだけ混ぜたようです」

なんと。

佐々木の話では、他の宿泊客には、突然眠くなるような症状はなかったらしい。動機が恐喝であるなら、私には動機もなく、罪もなすりつけられない。『監視役』を務められてはたまらないと私にだけ薬を盛ったようだ。ちなみに、薬を混ぜる機会は誰にでもあった。

佐々木はまじまじと私を見つめる。

「あの蝶の工作には、あなたは関わっていないんですね？」

「工作というと、死体の周囲に、あの大量の蝶がいた……」

「そうです」

「どうして、私が関わっていると思うんです？」

「さあ」佐々木は目をぱちくりとさせる。「何かの儀式なのかなと」

山伏に対して誤解があるようだ。

「じゃあ、また何かあったら呼びますので」

佐々木はあっさりと言い、私を解放した。

ウッドデッキには大蒲がいた。由梨は私と入れ替わりで、事情聴取に向かったという。浅木は部屋に籠っているということだった。

「事情聴取は、どうでした」

大蒲が興味津々といった目を私に向ける。

手帳のことは伏せておいた方がいいだろう。

昨夜の行動について聞くと、大蒲も眠っていて、何も知らないという。聞く限り、由梨、浅木にもアリバイはないのだとか。

「なぜ、蝶はガラスケースから全て出され、あんなふうに並べられていたんでしょうね」

「ふむ、確かにあれは気になりましたね」

「大蒲さん、現場の写真を撮影してましたよね。あのデータはありますか？」

「データは警察に渡しましたが、コピーしてありますよ」

抜け目ない。

大蒲はノートパソコンを開き、写真を表示した。

黒沢は絨毯の上に仰向けに倒れており、血はそのまま絨毯に染み込んでいた。死体を引きずったり、動かしたりしたような血痕《けっこん》もなかった。見たところ、蝶には血痕が付いていない。

ということは、犯人は、被害者を刺殺した後、なんらかの理由で、ガラスケースから全ての蝶を出し、このように並べた、ということになる。

黒沢が大の字に寝ており、その輪郭を取り囲むように、蝶が並んでいる。股の近くの絨毯にも、蝶がピン留めしてある。黒沢の体の輪郭を縁取っているようだ。

ガラスケースから蝶を取り出し、絨毯の傍でかがんで、刺す。特殊な道具は必要ない。八十ほどの数があるが、時間にして十分から十五分ほどの作業だろうか。

大蒲は顎《あご》を撫《な》でる。

「死体を飾りたかったんでしょうか」

「だとしたら、倒錯《とうさく》的な動機すぎますね」

「ガラスケースを空にしたかったのかもしれませんね」

「ありそうですが、十個も必要な用事とはなんでしょうね。それに、ケースが必要なだけなら、ただ取り出すだけ取り出して、その辺に放っておけばいい」

「蝶に注目を集めたかった、とか。何か、貴重な蝶があの中にあり、それは黒沢さんが不正に手に入れたものだった。そのことを警察に告発したくて、蝶を外に取り出しておいた」

「ふむ。しかし、それなら目的の蝶だけを、外に出しておけば済むことですね。それこそ、黒沢さんの服にピンで留めておいたほうが、よほど目を引いたでしょう」

「全ての蝶がそうした不正な手段で手に入れたものとか……」

「昨日私が出会った時のように、自分で採集するものもあれば、買い揃えたものもあるようでした。全部が全部、不正な手段で手に入れた蝶、というわけではないでしょう」

私は大蒲のディスカッションに付き合ったが、大蒲が犯人であるなら、わざわざこんなところで解答を言ったりしないだろう。話半分に聞きながら、犯人の目的がなんだったのか、さらに想像を巡らせる。

「しかし、特定の蝶が目的だった、という想像は良さそうですね」

「ほう」

「たとえば、これはなんという名前なんですか?」

私は死体の左手の傍にあった蝶を指さした。オレンジ色の羽に、葉脈のように黒い筋が走っている。これもまた、綺麗な色味だった。

「……ダナウス・プレークシッポス」

「はい?」

12

「はい?」

『メガネ』が、山伏の反応をそのままトレースする。

「ダナウ……は？　なんて言いました？」

「これも、書いてもらっていいですか」

『スーツ』が、登場人物表が書かれた紙ナプキンを差し出す。山伏は苦い顔をしながら、蝶の名前を書き記した。

「おいおい、あんまり粒立てるなよ」『猫背』が言った。「わざわざ大蒲さんと一対一の場面で出した名前なんだ。きっと何かの伏線だぜ」

――その発言こそが、粒立てていることになるんだろうが。

僕はまたツッコミを入れたくなったが、若者三人の勢いは止まらない。

「でも、ダナウスなんちゃらなんて蝶の名前、聞いたことないぜ。蝶の名前って、アゲハとかモンシロとか、そういうのじゃないの」

「それは和名だ。ダナウス・プレークシッポスっていうのは学名だよ。ラテン語で、ギリシア神話にゆかりがある。和名で言うと――」

「まあまあ、その話も、続きに出てきますから」

山伏の額は汗で濡れていた。

なんだか、山伏のことが不憫《ふびん》になってきた。

13

再び、『地蔵坊』の話——

「……ダナウス・プレークシッポス」

「はい？」

「いえ、ちょっと、その蝶だけ黒沢さんから聞いたことがあるだけです。他のは全然分かりません」

大蒲は突然心を閉ざしたようになって、口が重くなってしまう。

黒沢が、その蝶の名前についてだけ教えたということは、何か特別な思い入れがあったのだろうか。しかし、そのダナウスとやらが特別だったとしても、他の七十数匹をも取り出す理由にはならない。

私の思考は、また行き詰まった。

ペンションの中をうろうろしていると、現場となった部屋に、佐々木が誰かを伴《ともな》って入っていった。もう鑑識の作業は終わったはずである。

「KEEP　OUT」のテープの向こうから、二人の様子を覗《のぞ》いてみる。

「……ああ、ああ、もったいない」

「死体は運び出してありますが、蝶はそのまま並べてあります。死体の血液は凝固していたので、蝶を汚さずに済みました」

「そうかもしれませんが、これらのコレクションは、全部証拠物件ということになってしまうんでしょう?」

佐々木が唸《うな》る。

「そうなるでしょうね」

「だから、もったいないと言ったんです」

「並べられている蝶を見て、何か分かることはありますか?」

「生息地や価値などもまちまちで、いかにも個人の蒐集家という感じですね。何度も箱から取り出して眺めたのか、保存状態が悪いものもある」

なるほど。佐々木は蝶の専門家をアドバイザーとして連れてきたようだった。このまま聞き耳を立てていれば、欲しい情報が手に入るかもしれない。

「傾向はほとんどない、ということですね」

「ええ。蒐集家としての黒沢さんにも、これをやったという犯人にも、ね。強いていうなら、南米の蝶が多いでしょうか。アグリアスという種類、和名で言うと、ミイロタテハというんですがね、このアグリアスは全部揃っているようです」

「全部、というのは」

「種内の変異が多様な種類でしてね。羽の色で六種類に分かれるとするのが有力です」

佐々木は興味があるのかないのか、ほう、とため息を漏らした。

「その、アグリアスというのは」

男は六種類全てを順に指差した。あるものは右足の傍にあり、あるものは頭のあたりにあった。何か意味がありそうには思えない。

「他には、あれがベニモンクロアゲハ、あれがアキレスモルフォ、あれがベアタミイロタテハ、あれはアカタテハ、クジャクチョウ……」

そんなに列挙されても、覚えきれない。私はこのあたりで男の話についていくのを諦めた。

「あ」

その時、佐々木が私に気付いた。

「あなた、そんなところで……！」

気付かれてしまったが、私は図々しくそこに居座ることにした。

「質問なのですが」

私はずんずんと近付いてくる佐々木を無視して、蝶の専門家に話しかけた。

「なんでしょう」

「ダナウス・プレークシッポスというのは、どういう蝶ですか？」

男は目を見開いた。

「不思議ですね」

「何がでしょう？」

「聞くということは、蝶に詳しくないのかと思いましたが、わざわざ学名で仰《おつしや》るとは」

「学名？」

「和名では、オオカバマダラ。世界中の熱帯や亜熱帯に生息する毒蝶です」

「毒……」

私が佐々木に肩を摑まれた時、若い警官が飛び込んできた。

「佐々木さん、照会の件、分かりました」

佐々木が私の肩から手を放す。

「早かったな」

「はい。佐々木さんが見つけた納品書の通りでした。ウッドアーティストのYさんは、一昨日の昼間に宅配便に荷物を受け渡したようです。宅配業者は昨日十四時から十六時の指定で荷物を運び、十四時五分に黒沢さんに引き渡しています」

昨日、私と黒沢が会ったのは、十五時頃だろうか。

「ウッドアーティストが納品したというのは、書斎机の上の枝のオブジェですね？」

私が聞くと、若い警官はぎょっとしたような顔をした。服装に驚いたに違いない。

「ええ。一年に一回、買い替えるそうで、定期的に仕事を受注しているそうです」

「前のオブジェは見つかっているんですか？」

「ええ。処分する予定だったようで、裏庭に出してありました。枝に幾つも穴が開いていてね」

「黒沢さんは、ケースから取り出した蝶を枝にピンで刺すのが好きだったようです。蝶が枝に留まっているように見えて、面白かったのだとか」

「そのせいか！」蝶の専門家が声を荒らげる。「道理で保存状態が悪いわけだ。子供の遊びと変わらんね」

佐々木は顎を撫でて、ううん、と唸った。

「もしかしたら、そういうことだったのかも」

「そういうこと、とは？」

「いえね」佐々木は私が部外者であることも忘れて、滔々《とうとう》と話し始めた。「昔、黒沢さんから恐喝の被害に遭《あ》ったという人に、話を聞けたんですよ。その人は、黒沢さんに誤解されて、脅されたみたいで、警察に被害届も出していたんです。しかし、直接的な言動がなかったので、立件には至らなかった。

黒沢さんからこのペンションに呼ばれた時、黒沢さんは、一匹の蝶を木のオブジェに留めて、自分にそれを見せてきた、というのです。名前は忘れてしまったが、全体的に茶色くて、縁が黄色、あとは瑠璃《るり》色の斑点があったと」

「キベリタテハ」専門家が言う。「しかし、おかしいな。並んでいる蝶の中にはないぞ」

「ええ、それもそのはずで、黒沢さんは話の途中で、自分の勘違いに気付くと、顔を真っ赤にして、その蝶の標本を握り潰《つぶ》して、粉々にしてしまったそうなんです」

「酷い！」

専門家が叫んだ。

そのエピソードが頭の中で鍵となった。

ははあ。

そうだとすると……。

「二つ、聞いてもいいですか」

「なんでしょう」と若い警官が言う。

「今、書斎の机の上にある木のオブジェには、針の跡はありましたか」

「ええ、穴が一つ、ありました」

「では、二つ目です。これは佐々木さんに。黒沢さんに誤解を受け、恐喝されたというその方、名前はこうおっしゃるのではないですか？」

私がある名前を言うと、佐々木は目を見開いた。

「正解です。しかし、どうして分かったのですか？」

「だとすれば、犯人はあの人で間違いありません」

14

「ここで問題編は終わり、というわけですか」

『猫背』がニヤニヤとした笑みを浮かべながら言う。いかにも余裕たっぷりという顔で、気に入らない。

「最大の焦点は」僕は話を盛り上げるつもりで言う。「なぜ、犯人は全ての蝶を取り出して並べたのか、という謎ですよね」

「なかなか不可解な謎です」床川が僕の意図を汲《く》んでか、乗っかってくれる。「問題編の最後に、ドバッと、止まり木のオブジェや黒沢さんのエピソードについても、情報が増えた感じがしますね」

「僕は分かりましたよ」『猫背』が言った。「山伏さんが言ったという、その『ある名前』が」

「え？」

「ズバリ、木部《きべ》というんでしょう」

山伏が目を見開いた。

「しかし、おかしいんですよね。容疑者を一人に絞り込めません。推理は合っているはずなのに……」

『猫背』はぶつぶつと呟《つぶや》いている。

——あちゃあ。

このままでは、解決編のお株まで奪われてしまう。僕は慌てて遮った。

「当たっているんですか」

「え、ええ。その通りです」

「おじさんは、分からなかったんですか？」

『猫背』は煽《あお》るように言ってくる。もしかしたら見透かされているのかも、と思ったが、素早く首を横に振り、否定しておく。

そりゃ、分かっている。分かってはいる。現・山伏が挙げる蝶の名前には、一定の傾向があった。彼が展開しているのが「作り話」だとしても、これはあくまでも、耳で聞いてもらうための「作り話」なのだから、意味もなく、訳の分からない蝶の名前を列挙するわけがない。

だから、木部という名前も十分見当がつく。だが、そこはそれ、だ。推理というのは、理路整然と、風格のある人物の口から聞きたいものである。

「そこから先は、地蔵坊先生の口から聞きたいですね」

そう言うと、ハッと息を呑むような音が店内からした。気にはなったが、構っていられない。

「――分かりました」

山伏はどこかホッとしたような声で言う。

「先ほど、彼が指摘した通り、昔黒沢さんに恐喝されたというその証言者の苗字は、木部と言いました。そして、黒沢さんが彼に見せた蝶の名前は、キベリタテハ。そう、キベ、の音が共通しているのです。

私がアタリをつけたのは、現場にある蝶の名前に、ある共通点があることに気付いたからです。そう、蝶の名前に、容疑者たちの名前が含まれているのです」

「なるほど」

『スーツ』は手元の「人物表」を二度、指で叩《たた》いた。

「大蒲さんは、オオカバマダラ。

民井さんは、ベアタミイロタテハ。真ん中に、タミイ、という音がありますね。

浅木さんは、アサギマダラですね」

山伏は頷いた。

「現場には、他にも多くの蝶の標本がありましたが、一部にはそういう法則性があった。これは偶然ではあり得ません」

「だけど」『メガネ』が言った。「そこまでは、ありがちな、推理小説的なご都合主義なんじゃないんですか。要するに、ダイイングメッセージみたいなものでしょう？ 語呂《ごろ》合わせです。この場合、被害者が特定の蝶を握りしめていた、とかじゃないみたいですが」

僕は内心苦笑する。

——推理小説的、なんて言ってやるなよ。

「ダイイングメッセージ、というのはある意味的《まと》を射ているかもしれません」山伏は言った。「しかし、通常のダイイングメッセージは、死ぬ間際に考えるものですが、これはずっと以前から、被害者自ら構築していたものだったのです。意図をもって、そういう名前を持つ蝶を集めたのですよ」

「なんのために、でしょうか」

　僕は続きを促《うなが》す。

「理由については、黒沢さんが亡くなっているので想像するしかありませんが、木部さんの話を踏まえるとかなり見えてきます。

　つまり、黒沢さんにとって、蝶は恐喝をしている相手……それぞれから金を引き出そうとしていたので、あえて『債務者』と呼んでみますが……つまりそうした『債務者』の象徴だったのでしょう。ピンで留め、ケースの中に閉じ込めておき、いつでも自分が取り出したり眺めたりすることが出来る」

「うわあ、倒錯してるなあ」

『スーツ』が、うへえ、と舌を出した。

「『債務者』を部屋に招き、金を要求する時には、お前の命運は自分次第だと示すために、『債務者』に該当する蝶を外に出し、止まり木のオブジェに留めておく。木部さんを強請《ゆす》れるネタがないと気付いた瞬間に、キベリタテハを握り潰してしまったのは、自分の思い通りにならない相手に腹が立ったのと、キベリタテハの標本が用済みになってしまったからです。私と民井由梨さんが、事件の起こる前日に現場を訪れた時、ガラスケースの中に一カ所空きがあったのは、元々はキベリタテハの標本があった位置なのでしょう」

　山伏はなおも続ける。

「さて、被害者がそうした『趣味』を持つ人間だったと考えると、止まり木のオブジェが意味を持ってきます」

「はあ、というと?」

床川が首を傾げた。

「止まり木のオブジェは、事件当日の十四時五分にペンションに配達された新品だったのです。そして、木には一カ所だけ、ピンを留めた穴があった」

「あっ」

床川は声を上げた。

「なるほど、ポイントは、一カ所だけということ」

山伏は、我が意を得たり、というように深々と頷いた。

「ええ。つまり、殺人のあった夜、被害者は『債務者』のうちの一人を部屋に呼び出したのです。一人ずつ、全員を順番に呼び出すつもりだったのでしょう。その時、『債務者』の名前を含む蝶は、止まり木に留められていた。『債務者』をこの家に集めたからには、順番に話をする予定だったのでしょうが、穴が一つだったことから、最初に呼び出した『債務者』に被害者は殺されてしまったことになります」

「待ってください」『猫背』が言った。「それだけだと、二番目以降に呼ばれた人が犯人であってもいいわけでしょう。同じ穴に正確にピンを打てばいいわけですから」

なるほど、道理だ。

——さて、山伏殿、どう返す？

僕はまるで審判のような気分になって、面白くなってきた。

「それはありません」山伏が言った。「いくら同じ位置を突こうとしても、角度や深さは変わってしまいます。穴が広がってしまうこともあり得る。そうした所見があれば、佐々木さんや鑑識の人が気付いていたでしょう。それに、処分予定だった以前の止まり木のオブジェには、幾つも穴があったと言います。普段から、同じ位置に何度も刺す、という行動パターンではなかったことが分かります」

予想出来た反論だから潰せた、という感じだろうか。少なくとも、これは現・山伏側の得点だ。

「ここまでの情報を整理すると、ようやく、犯人が被害者の死体を蝶で飾った理由が見えてきます」

「ほう」

『猫背』が前のめりになった。

「ナイフを持参したのですから、ある程度、計画的な犯行だったと思われます。しかし、犯人は黒沢さんの特殊な習慣を知らなかった。つまり、蝶の和名と『債務者』の名前の語呂合わせです。黒沢さんを殺す直前、被害者自身から教えられたのではないでしょうか。

すると、殺害後の状況はこうなります。絨毯の上には、仰向けに横たわった黒沢さん。

そして、書斎机の上のオブジェには、犯人の名前を含む蝶の標本が留められている」

「ああっ」

『メガネ』が膝を打った。

「まさに、変則的なダイイングメッセージですね。死に際に遺したものではないから、定義からは外れますが、結果的に、犯人を名指しするような形になっている」

「犯人にとっては気が気でない状況です。黒沢さんが、自分の一風変わった『習慣』を、誰かに打ち明けていないとは限らない。そのまま蝶を残して行けば、直前まで被害者と会っていたのが自分であるとバレてしまう……」

「まさに絶体絶命、というわけだ」

僕が言うと、山伏は頷く。

「ですが」『スーツ』が言った。「さほどのピンチじゃないのでは？　ここまでの推理だけでは、オオカバマダラ、ベアタミイロタテハ、アサギマダラのどの蝶だったのかは絞り込めませんが、どれも、元はガラスケースの中にあったものです。だったら、空いている場所に戻してしまえば、犯人はそれで済むはずです」

「そう。ですが、犯人はそれが出来なかった」

「なぜ？」

「犯人は、蝶の知識がない人物だったからです」

あっ、と『スーツ』が声を漏らす。

「黒沢さんは」山伏が言う。「生息地や種類を基準にして蝶を並べていたと言います。私には正確なところは分かりませんでしたが、犯人にも、黒沢さんが何らかの基準で蝶を並べているという認識があった。しかし、間の悪いことに、事件当日のガラスケースには、二カ所の空きがあった」

「犯人自身の蝶と、キベリタテハ」と僕。

「その通り。そして、犯人は、どちらに蝶を戻しておくのが正解なのか、分からなかった。所詮、確率は五十パーセント。色味や大きさなどを根拠に、勘だけで戻してしまう方法もありますが、犯人は一か八かに賭けたくはなかった。見る人が見れば、不自然な並び方をしていることが分かって、自分の名前が浮かび上がってきてしまうかもしれない。そう恐れたのです」

山伏は一拍置いて言った。

「だからこそ、犯人は自分を示す蝶を、他の大量の蝶の中に隠してしまうことにしたのです」

「なるほど、そこに繋《つな》がるんですね」

床川が唸った。

「ケースの中に戻せないのなら、ケースから全てを出してしまえばいい……」

「逆転の発想です。絨毯にピンを刺したのは、標本用のピンでは壁に留められず、絨毯に刺すのが一番良かったから。そして、死体をわざわざどかせば不要な痕跡を残す可能性があるので、死体を囲むように、蝶を配置したのです」

『猫背』にツッコミを入れられた箇所すら、丁寧に謎解きの中に織り込んでいる。僕はただただ感心した。

「待ってください」『猫背』はなおも食い下がる。「蝶を隠したいだけなら、その蝶だけ持ち去ったり、壊したりしてしまえばいいのでは？」

「それでは、先ほどの話に戻るだけです。黒沢さんの『習慣』を誰かが知っていれば、『そこにない』犯人の名前の蝶が浮かび上がってしまう。持ち去ったり、壊したりする行為は、むしろ事態を悪化させることになるのです」

『猫背』は唸り声を漏らして引き下がった。

「ここまでで、犯人の条件が明らかになりました。犯人は、黒沢さんに呼び出された『債務者』の一人であり、どのケースに蝶を戻せばいいのか分からなかった人物、ということになります」

「アリバイの問題からは絞り込めませんから、実際には後段の条件だけが問題になりますね」

僕が言うと、山伏が嬉しそうに頷いた。

「その通りです。では、具体的に見ていきましょう。

まず、大蒲さんです。現場写真のオオカバマダラを私が指さした時、彼は咄嗟《とっさ》に、ダナウス・プレークシッポスという学名を答えました。恐らく、オオカバマダラという名前の中に、自分の音が含まれていることに気付き、何か厭《いや》なものを感じたか、捜査陣に知られるのを恐れて、はぐらかしたのでしょう。いずれにせよ、咄嗟に学名が出てきた大蒲さんは、確実に蝶に関する知識がある。よって、容疑者からは除外します」

本当にそうだろうか？　僕には根拠薄弱に聞こえるが、それが「解答」だというなら仕方がない。

意外にも、『猫背』も食って掛かってはこなかった。

「次に、民井由梨さんです。彼女に蝶の知識があったかどうかは定かではありませんが、彼女は事件当日、昼間のうちに現場に入っています。私と一緒に、です。この時、私と民井由梨さんは、キベリタテハが元々あったとされる空白のスペースが、右端のガラスケースにあったことを目撃しています。

すなわち、もし由梨さんが犯人であったなら、二つの空白のうち、一つが無関係であることを判別出来たはずなのです。黒沢さんがベアタミイロタテハを取り出すよりも前に、右端には空きがあったのですから。だとすれば、由梨さんが取るべき最も合理的な行動は、ベアタミイロタテハが元々あったはずの空白に、蝶を戻しておくことです」

山伏は両手を広げた。

「以上の推理から、大蒲さんと、由梨さんの二人を消去することが出来ました。だから私は、残った一人、浅木譲さんが犯人だと指摘したのです」

15

――なるほど。

僕は小刻みに頷いた。

現場の奇妙な装飾から出発して、消去法の推理で一人の犯人に絞り込む。蝶の名前や被害者の倒錯めいた趣味など、小道具がごちゃごちゃしているのが気に入らないが、話としてはなかなか面白い。これが現・山伏の実体験であれ――あるいは、創作であれ。酒の肴としては十分だ。ちょっとハラハラはさせられたし、若者三人組にはヤキモキさせられたが、それも含めて、良い夜だった。

僕はぐいっと、手元にあったハイボールのグラスを空ける。勘定を頼んで出ようとした時、『猫背』が口を開いた。

「待ってください」

僕はずっこけそうになった。

――おいおい、まだあるのかよ。

「残った一人、と言っていますが、まだ容疑者が一人消えていません」

「え?」

山伏の肩が跳《は》ねた。

「この人ですよ」

『猫背』が指さしたのは、山伏に作成させたあの人物表だった。

『浅木錠　不動産経営』

――うわ。

思わず顔に出てしまったかもしれない。まさに揚《あ》げ足を取るというやつだ。

『譲る』と書いてジョーというあだ名がついていた『浅木譲』さんと、山伏さんが紙に書いた『浅木錠』さんと、この事件には二人の登場人物がいるわけです」

「ま、待ってください」山伏は人物表を見ながら青ざめていた。「しかし、容疑者は三人きりで、これはただの誤字なんです」

その原因まで、僕には分かっている。トイレに貼ってあった『危いことなら銭になる』のポスター。主演である宍戸錠の存在。

「三人、と一度でも言いましたか？」

「え？」

言っていない。

山伏はまだ気付いていないようだが、言っていない。現・山伏の話が聞きづらいと思ったのも、実はそれが理由だ。出会いの場面で、今夜の客はどうやらこの三人のようだった、と言ってしまえばいいではないか。そのうえで、一人一人の描写と顔見せをすれば、『スーツ』が人物表を求めるようなこともなかったかもしれない。

おまけに、浅木が話の中にあまり出てこないのも上手くない。会話のシーンはほとんどが大蒲や佐々木相手のもので、犯人消去の条件のために、事件前に一緒に展示室兼書斎に行く役も由梨が担っている。これが徹頭徹尾現実であるならば、人との付き合いに濃淡があっても構わないが、作り事だというのなら、制御出来たはずの偏《かたよ》りだ。

山伏は、それを『猫背』に突かれた形になる。

『猫背』の口元には、チェシャ猫が笑う時のような、イタズラっぽい笑みが浮かんでいた。これがただの言葉遊びでしかないことも、重々分かっているのだろう。そのうえで、どう返してくるかを楽しんでいる。

山伏には不憫だが、これは『猫背』の反則勝ち、という形になるだろうか。作り物としての底の浅さを、露呈《ろてい》させられた形になるのだから。

――やはり、別人だった。

当たり前の結論ではあるが、ようやく腹に落ちた。

かつての夢が返ってくるはずもない。

嘘だろうが、本当だろうが、どうでも良かった。ただ、気持ちよく騙《だま》してくれさえすれば、それで良かった。かつての『地蔵坊先生』には、魔術のような話芸があった。作り物めいて見える綻びさえ、どこか愛嬌《あいきょう》があった。

らしくない感傷だった。

長年守ってきた店を閉めるという日だ。僕もナイーヴになっているのかもしれない。もうこれ以上、現・山伏の狼狽を見るには堪えない。床川と頷き合って、店を出ようと腰を浮かした。

その時だった。

「――なるほど、こりゃ面白い」

カウンターの傍に立っていたのは、あの老人だった。奥のテーブル席に、妻と思しき女性と二人で座っていた、あの老人。

老人はにこにこと笑いながら、山伏の隣に座った。その場にいる全員が呆気に取られる。グラスを磨いていたマスターの手すら、止まっていた。

「もちろん、この山伏さんが遭遇した事件の犯人は、『浅木譲』さん、ユズルという字のジョーさんね、この人で決まりなんでしょう。だって、現実に巻き込まれた事件なら、警察がじっくり調べて、他の証拠も固めて立件したはずですから。ねえ？」

「え、ええ……」

現・山伏は目をぱちくりとさせる。

「とすればねえ、青年。君が言ったのは、ただのまぜっかえしで、いわば言葉の上での遊びに過ぎない。この話が創作だと仮定した上での、ね」

「はあ」

『猫背』はやや不服そうに息を漏らしたが、大筋では納得しているという感じだ。老人は不思議な雰囲気をまとっていた。この場にいる全員を、丸め込んでしまうというような。

「では、せっかくなら私がその『言葉遊び』に付き合ってみせよう。二人の『浅木』がいるとするなら、犯人は誰になるか？　こちらの山伏さんを主人公に、この話の続きを語ってみようじゃないか」

老人は不器用なウィンクをする。

「なかなか、面白そうな遊びでしょう？」

16

老人の話——

場面はまだ、現場となった部屋の中だ。その場には、私、刑事の佐々木、蝶の専門家の男、この三人がいる。若い警官は何かの調べものでその場を離れてしまった。

私はここまで推理してみせたことを、そのまま二人に聞かせた。しかし、佐々木は顔をしかめるばかりだ。

「しかし山伏さん、あなたの推理だけでは、まだ事件は解決出来ませんよ」

「どういうことでしょう」

佐々木の問いに、私は首を傾《かし》げた。

「だってそうでしょう。この事件には、浅木ユズルと浅木ジョウ、二人の『浅木』姓がいるんですから」

確かにそうだった。私が昨日、このペンションを訪れた時、ウッドデッキには四人の人物がいた。大蒲、由梨、そして浅木が二人。二人とも、偶然にも不動産経営者という共通点があり、姓も同じとは奇遇だが、血縁というわけではないらしい。ユズルと書く方の浅木は寡黙《かもく》ながら喋ってくれたが、錠前のジョウと書く方の浅木は、終始黙り込んでいた。

「アサギというからには、やはり、アサギマダラが該当の蝶なのでしょうね」

「確かに」蝶の専門家は言った。「死体の周囲の蝶の中に、アサギマダラは二匹いました。しかし、そのうち片方は……」

専門家が何を言おうとしているか分かったので、私は手で制した。

「黒沢さんは、私と出会った時、アサギマダラを虫取り網で捕獲していました。思うに、浅木姓の二人のうち、一人は急遽《きゆうきよ》このペンションに呼ばれた人間なのでしょう。それで、黒沢さんはアサギマダラをもう一匹、捕まえなければならなくなった」

それで黒沢の「これならいくらいても」という言葉の意味も分かった。黒沢と私が会った時、私がアサギマダラを示し、それは珍しいのか、と問うた時の答えだ。アサギマダラなら、複数あってもいい。あの言葉はそういう意味だったのだ。

「しかし……それで、何が分かるというのです？」

佐々木が首を捻った。

「結局分かったのは、現場には二匹のアサギマダラの標本があったということ。これだけです。どっちのアサギマダラが、どちらの浅木を示しているかは分からない。これでは犯人を絞り込めないじゃ——」

佐々木は言ってから、「あっ」と声を上げた。

「分かりましたよ。どちらの浅木も、犯人ではないんですね。だって、どんなに蝶の知識がなかったとしても、同じ蝶かどうかくらいは、判別出来ます。そして、生息地や種類で並べていたのなら、二匹のアサギマダラは隣り合っていた理屈になる。

ということは、ユズルとジョウ、どっちが黒沢さんに会いに行ったとしても、同じ蝶の隣に蝶を戻せば、容疑を逃れられることになります。だから、二人とも犯人ではない。ねえ、そうでしょう?」

私はゆっくりと首を振った。

「いえ——そうではありません」

「なんですと?」

「なぜなら、アサギマダラの標本二つが、ケースの中で隣り合っていることはあり得ないからです。根拠は、この場にアサギマダラが二匹しかないこと。そして、私と出会った昨日十五時頃に、黒沢さんは二匹目のアサギマダラを調達したからです」

あっ、とようやく蝶の専門家が声を上げる。

「なるほど！　採集したばかりだったんだ。だったら、明白じゃないか」

蝶の専門家は、絨毯の傍でしゃがみ込んだ。

「ほら、見てください。さっき言いかけたんですが、この蝶だけ、乾いていないんです」

「なんですって？」

佐々木が専門家の傍にしゃがんで、蝶を見た。

専門家が指さしているのは、どこかぐったりとして見えるアサギマダラだ。羽が開いておらず、重力に負けて垂れ下がっている。大きな蝶の陰にあるので、これまでは気付かなかった。

専門家は早口に言った。

「蝶の標本を作る際は、蝶の胴体に針を刺し、展翅板に羽を広げ、乾かすんです。乾燥した気候の国なら一日、二日で乾くこともありますが、日本では二週間程度はかかる」

「つまり？」

「事件当日に採集したアサギマダラは、まだ乾ききっていなかったということになります」

私は頷いた。

「夕方のうちに、展翅の作業は行うという話でした。黒沢さんが言葉通りに作業したとすれば、昨日の夜には、もう一匹のアサギマダラは展翅板に羽を広げられ、乾くのを待つ状態で展開されていたことになります」

「ガラスケースには、入っていなかった……」

佐々木が呟く。

その通り。入れられる状態ではなかった、ということだ。

「では、ここでハッキリさせておきましょう。大蒲さんが二年前のインサイダー取引に関わっている噂《うわさ》をキャッチしていたのは、去年ここで顔を合わせていたからです。したがって、あの時大蒲さんが言及したユズルの方の浅木さんは、昔から黒沢さんと繋がっている『債務者』ということになります。彼は、標本の方のアサギマダラに対応します。

するとジョウの方の浅木さんは、捕らえたばかりのアサギマダラ、つまり、展翅板の上のアサギマダラに対応することになりますね」

これで、犯人の条件が見えたことになる。

「さて、もっと具体的に事件の状況を想像してみましょう。

机上の木のオブジェには、昆虫針による穴が開いていた。つまり、黒沢さんは会った相手に対応する蝶を木に刺したことになります。そして、展翅板に留められた作成途中の標本を木に刺すことはあり得ません。なぜなら、まだ完成していないのですから。『債務者』の状況を象徴的に表現し、突き付けるという意味では、むしろ展翅板に留められた状態の方が理に適うとすら言えます。

とすると、止まり木に留められたのは、標本の蝶、つまり、ユズルのものに他なりません」

あとは、同じ話の繰り返しです。

犯人は、自分の名前を示す蝶を隠すために、全ての蝶をケースから取り出して、並べた。展翅板から蝶を取り外してしまったのは、乾いていない状態だということが分からなかったからでしょう。自分の蝶と同じ種類であることにも気付いたかもしれません。だからこそ、その蝶も群れのなかに紛れ込ませてしまうことにした。

よって、結論は変わらず、浅木譲が犯人、というわけです。

17

バーの中の面々は、呆気に取られていた。

今回ばかりは、『猫背』もぐうの音《ね》も出ないらしい。

それもそのはずだった。

恐らく——山伏こと「私」と黒沢が出会った時、黒沢が採集しようとしていた蝶を「アサギマダラ」ということにされたのは、山伏にとってアクシデントだったはずだからだ。

なぜなら、山伏にとって「浅木」は一人であり、二匹目のアサギマダラを捕獲している描写は、ただの不要な伏線になる。「これならいくらいても」という言葉も、不自然に話を切られたので、不要な伏線として残ってしまった。元々はただ、蝶の蒐集家としてのイメージを印象付けるためだけのセリフだったのだろう。

では、問題の蝶がなぜアサギマダラだと確定したかというと、これは、『猫背』が横槍を入れて、蝶の種と話の舞台を確定させたからだ。

あの時点では、捕獲した蝶も、羽の色味ぐらいの情報しかない。正直、アサギマダラ以外の解釈も取れただろう。しかし、『猫背』の横槍に対して、うっかり「そうだ」と答えたので、不要な伏線が事実として確定してしまった。

老人には、それが分かっていた。

だから、老人の推理は、それ自体が『猫背』のまぜっかえしへの意趣返しなのだ。相手が張った不要な伏線を逆用して、消去法の推理に組み込んでみせる。曲芸めいたやり口だが、これを即興で思いついたというなら、大したものだ。

『猫背』も、これが意趣返しであることが、重々分かっているのだろう。耳まで真っ赤になり、俯いていた。

「いやあ、おみそれしました。見事にオチましたね」

『猫背』の減らず口っぷりに、僕と床川は思わず顔を見合わせ、こっそりと笑った。

それにしても、『猫背』の口ぶりやツッコミのやり口には、どこか推理小説好きの匂《にお》いが感じられた。少し意地悪なところもあるが、案外悪い奴ではないのかも。『スーツ』や『メガネ』は、彼に付き合っている、という感じだろうか。

『猫背』はぺこりと頭を下げた。

「山伏さん、無礼をお詫《わ》びします。細かいことが気になるのが、僕の悪い癖でして」

「いえ」山伏は首を振る。「気にしていませんよ」

「楽しいお話のおかげで、素晴らしい夜になりました」『猫背』が笑う。「あなたの手際にも惚《ほ》れ惚《ぼ》れしましたよ」

彼は老人を見つめて言った。老人はただ肩をすくめるのみだった。

これは老人の手際、というべきなのかもしれない。『スーツ』『メガネ』の顔にも、笑顔がある。

めいめいが会計をして、退店の頃合いになった。時間も、もう遅い。まずは若者三人組が会計し、山伏が会計しようとしたのを、僕は手で制した。

「マスター、彼の勘定、持たせてください」

「えっ」

山伏が目を丸くする。

「面白い話を聞かせていただいたので、その代金です」

「いえ、そんな、私は……」

――おやおや、すっかりメッキが剝《は》げている。

曲がりなりにも語り部で通そうとしていた態度がなりを潜《ひそ》めてしまった。山伏は僕に深々と頭を下げ、申し出を受け入れてくれた。

山伏は店を去っていった。

「面白い夜でした。別人なのは残念でしたが」

床川はふふっ、と微笑んだ。

「ええ……」

僕は言いながら、隣に座る老人を見やる。背後のテーブル席にいる妻と思しき女性は、ニコニコ笑いながら、まだ杯《さかずき》を傾けていた。

「さっきの推理、見事でした」

「推理？　いやいや。ただの言葉遊びですよ」

「面白い話の礼です。さっきの山伏さんと同じように、勘定を持たせてくれませんか」

――あの時のように。

僕は、その言葉を呑み込んだ。

おかしいと思ったのは、僕が現・山伏を「地蔵坊先生」と呼んだ時だ。あの時、店内から息を吞むような音が聞こえた。あれはこの老人のものだったのだ。

地蔵坊先生とは、僕や床川が、かつての彼を呼ぶときの呼称だったから。

老人の顔の皺が、ますます深くなる。

「いいのですか？　では、お言葉に甘えましょうかね」

「さっきの山伏さんは、よくこの店に来るんですか？」

老人は答えかけて、一旦口を閉じた。もう一度口を開くと、こう言った。

「いや、今回が初めてですよ」

マスターならともかく、ただの客であるはずの老人がそれを言うのはおかしい。もう認めたようなものだ。

僕は想像を膨らませる――あの現・山伏を見た時、何より驚いたのは、かつての山伏と顔がそっくりだったからだ。だからこそ、かつての山伏が年を取らずに、目の前に現れたような錯覚を覚えた。

だが、山伏の子供だとすれば、顔が似ているのもある程度頷ける。年齢は約二十歳差。僕らと『えいぷりる』で会っていた時にはとっくに子供がいたのだろう。

僕らが昔した想像の、続きである。山伏は、推理小説家志望で、物語の訓練として『えいぷりる』で自分の考案したミステリ小説の筋を喋っていた。そして、自分の息子が同じ道を志した時、試みに告げてみたのだ。自分が昔やっていた、面白い修行の方法がある。どうだ、やってみないか――。

この想像通りなら、現・山伏が終始狼狽し、客のツッコミに慌てていたのも頷ける。バッターボックスに立つのは、今日が初めてだったのだ。老人が奥の席にいたのは、監督するためか、面白がっていたから。しかし、今日の客は結構しつこかったので、最後には打席に立ち、『事件』を解決させた……。

だが、口に出すことはしなかった。

床川に視線をやる。彼は微笑んで頷いた。

きっと、彼も気付いている。

目の前の老人の正体に。彼が、そうであることに。

でも、それを口に出してしまったら、彼はまた掌中から消えてしまうだろう。床川は、山伏が推理作家志望だったのかもしれないと口走ったことを、ずっと後悔していた。だから、僕も床川も、分かっていても口には出さないのだ。

ただ、伝票だけを受け取って、楽しい話の礼をする。

あの時のように。

老夫婦と連れ立って店を出る。帰る方向は正反対だった。

「では、私たちはこれで」

老夫婦が背中を向ける。

その背中に、僕は声をかけた。

「この店は、お気に入りなんですか？」

老人は振り返り、僕にうっすらと笑いかけた。

「今日来たのはたまたまです。いえ……ただの偶然、ではありませんな。二つ、理由を挙げるなら」

彼は指を一本立てた。

「この近くにある、昔馴染みの店が閉まると聞いたこと。そして――」

彼はそのまま、『ふーるず・めいと』の看板を指さした。

「私は、駄洒落が好きでしてね」

主要参考文献

『世界で一番美しい蝶図鑑　花や水辺を求め飛び回る』（海野和男／誠文堂新光社）
『フィールドガイド　日本のチョウ』（日本チョウ類保全協会・編／誠文堂新光社）
『蝶の学名　その語源と解説』（平嶋義宏／九州大学出版会）

Special Thanks

『山伏地蔵坊の放浪』（有栖川有栖／創元推理文庫）――本文及び戸川安宣解説
『隅の老人の事件簿』（バロネス・オルツィ／創元推理文庫）――本文及び戸川安宣解説
『ブラジル蝶の謎』（有栖川有栖／講談社文庫）

型取られた死体は語る

今村昌弘

今村昌弘（いまむら・まさひろ）

一九八五年、長崎県生まれ。二〇一七年に『屍人荘の殺人』で鮎川哲也賞を受賞してデビュー。一八年、同作で本格ミステリ大賞（小説部門）を受賞。他の著書に『魔眼の匣の殺人』、『ネメシスⅠ』、『兇人邸の殺人』、『でぃすぺる』、『明智恭介の奔走』。

新入生の初々しい声に沸《わ》き立つ四月が過ぎ、ゴールデンウィークで蔓延《まんえん》した五月病が落ち着いて六月に入ると、キャンパス内はようやく平穏さを取り戻す。学生たちの装いも、長袖《ながそで》は数を減らし、本格的な蒸し暑さに備えた軽やかな服装が日に日に目につくようになる。こんな変化も、在学三年目ともなるとささやかな風物詩だ。

平穏はいい。つい先月、木曾山中にある村で世にも奇妙な騒動に巻き込まれた身としては、なおさらそのありがたみを知るばかりだ。

ところが、その平穏さによって浮き彫りになる問題もある。

我が英都《えいと》大学推理小説研究会は、残念なことに今年は新たな加入メンバーを確保できなかった。同好の士が集《つど》った任意団体なので重く考えることもないのだが、ともかく新陳代謝の滞《とどこお》った推理研は、メンバー五人のうち三人が四回生になり、全員で顔を合わせられる機会がめっきり減っている。この欠落のせいで、平穏なはずの僕の日常はどうも乾燥気味である。

「モチさんたち、今日は来るかしら」

昼休みになり、学生会館に向かう道中で行き合ったマリアこと有馬麻里亜《ありままりあ》は、肩を並べるなりそう口にした。胸に大きなロゴのある白Tシャツとライトブルーのデニムという涼しげな恰好のため、彼女の特徴である赤みを帯びたセミロングの髪も、颯爽《さっそう》として見える。

彼女の言う〈モチさん〉とは推理研の先輩である経済学部四回生の望月周平《もちづきしゅうへい》で、〈たち〉とは同じく経済学部四回生の織田光次郎《おだこうじろう》のことを指す。推理研の名物コンビの彼らだが、いよいよ就職活動の崖《がけ》っぷちに立たされているせいで、最近は二人で揃《そろ》うことができずにいる。

ちなみに同じ四回生の先輩として、文学部の江神二郎《えがみじろう》部長もいるのだが、こちらは〈たち〉に含《ふく》まれない。二年の足踏みののち四回留年を繰り返し、来年の三月には大学を追われる身でありながら、江神さんが就職活動に気を吐く様子はまったくなく、望めば簡単に会うことができるからだ。ここまで名前が出た四人に有栖川有栖《ありすがわありす》こと僕を合わせたのが、推理研の全メンバーである。

「モチさんは分からんけど、信長さんは昨日まで合同企業説明会に行ってたはず。確か名古屋やったっけ」

信長とは推理研における織田のあだ名である。彼は両親の希望もあり、実家のある名古屋での就職口を探っている。

気がつくとジーンズの尻ポケットからスマホを取り出し、数日前に織田と交わしたメッセージを確認していた。スマホというのは曲者《くせもの》で、便利なのはいいが何かあるごとにすぐいじってしまう。読書や執筆の集中を妨げられることも多く、紙の本の売り上げが落ちている現状も併《あわ》せて、小説家志望の身としてはこの端末の普及に対して素直に歓迎できないところがある。

「二人とも、早く決まってくれるといいけれど。――アリスの方は新しい作品はまだ？」

こちらの心を読んだかのようなタイミングでマリアが言う。彼女や先輩たちには、これまでに書いたいくつかの習作を読んでもらい、感想やアドバイスをもらっていた。ところが今書いているものは、半分ほど書き進めたところでもう一ヶ月も行き詰まっている。ある程度執筆に慣れたことで、ただ作るだけでなく、これまでよりも斬新で読者を唸《うな》らせるようなものに仕上げたいという欲が出てきて、現在の構成のまま書き進めるべきではないのでは、と迷いが生じているのだ。スランプというほどのものではないだろうが、

「せっかく考えた設定なんや。勢いで消費するんやなくて、大事に仕上げたい」

「行き詰まっているなら、一度形にしちゃった方が楽なんじゃない？」

何気ない一言にちっぽけなプライドを刺激され、こっちの苦労も知らんくせに、という気分で反論してしまう。

「そう思うんやったら、江神さんにも同じこと言えばいいのに」

すぐさま、これではおかしな嫉妬《しっと》をしているみたいではないかと恥ずかしくなり、「マリアかて読んでみたいやろ、『赤死館殺人事件』」と言い添える。

『赤死館殺人事件』とは、江神さんが執筆中と噂《うわさ》される長編ミステリだ。本人の口から聞

いたことがあるから書いているのは事実だろうが、僕が入部する前から状況に進展はないというから、推理研のちょっとした都市伝説みたいなものだ。

幸い、マリアはこちらの話題に食いついた。

「それって、『赤死病の仮面』と『黒死館殺人事件』を合わせたタイトルよね。どんな話になるんだろう」

想像もつかない。いくつもの殺人事件に遭遇しては解決に導いてきた江神さんのことだから、それらの経験を奇想の種として、百年以上にわたり建築が続くサグラダファミリアのように、今なお構想が膨《ふく》らみ続けているのかもしれない。

僕らは烏丸通《からすまどおり》を渡り、学生会館に入った。その二階、ラウンジ奥の一角が推理研の溜まり場だ。

階段を上がり入口から覗《のぞ》くと、いつものテーブルに長髪を肩まで垂らした男性がいるのが見えた。ベンチにもたれ、何をするでもなく斜め向かいの無人の席を見つめている。江神さんだ。他のテーブルで喧騒《けんそう》を繰り広げる学生たちとは違い、物静かで周囲に興味を示す様子もない。それを見て、動物園の人工の岩山でまどろむライオンを連想する。

「よう」こちらに気づいた江神さんが片手を上げた。

「一人ですか」

「ああ。昼前からおったけど、モチも信長も見てへんわ」

「残念。失ってから気づく淋《さび》しさって、こういうことなんですねえ」

マリアが、本人たちに聞かれたら即刻ツッコミが飛んできそうな物言いをする。

以前は、翌日に学生会館に集まれるのか、何時ごろになりそうかをスマホで確認し合うこともあった。しかし誰かが来ないと分かってしまうと、なぜかしてもいない約束を反故《ほご》にされたかのような、一抹《いちまつ》の寂しさを抱えて大学に来ることになる。そう思ったのは僕だけではなかったようで、「どうせなら、会えるかどうか期待しながら集まった方が楽しいじゃないか」ということになり、推理研では重要な連絡以外ではスマホを使わなくなった。もっとも江神さんだけは、何かと理由をつけて今でもスマホはおろか携帯電話すら持っていないのだが。

しばらく三人で最近読んだ翻訳ミステリについて情報交換をしていると、ふと視線を上げたマリアが「あっ」と明るい声を出す。

入口の方を見ると、見覚えのある凸凹コンビ、望月と織田の姿があった。久しぶりに部員が揃ったわけだ。

「忙しそうやな、二人とも」と部長が労《ねぎら》いの言葉をかける。

「江神さんが忙しそうじゃ、なさすぎるんですよ」

細身で眼鏡をかけた望月が嚙《か》みかけながら言い返すと、短軀《たんく》で短髪の織田も「そっちの二人も他人事ちゃうぞ。就活は計画的に、や」と続く。やはりこの二人が揃うと場が一気に賑《にぎ》やかになる。

僕は織田に尋ねた。

「名古屋はどうでしたか」

「小倉トーストを食えば懐かしさがこみ上げるかと思うたが、そうでもなかったな。だいたい、名古屋駅の周りしかうろついてないから里心も湧かん。そう言えば、味噌カツだのきし麺だの、名物が名古屋駅に集まるんはしゃあないけど、旅行者も地元民も一極集中するのはもうちょっとどうにかならんのか」

「……その様子じゃあ、就職活動の方は芳《かんば》しくなかったんですね。お土産《みやげ》もないようですし」

僕はささやかな嫌味を込めてそう言ったのだが、織田はしたり顔をする。

「安心せえ。腹は膨れんけど、推理研らしい土産話を手に入れてきた。ついでにモチも連れてきてやったから、存分に知恵を借りろ」

「人を勝手に土産にすな」

望月が噛みつくが、本格ミステリフリークである彼の目には興味の色が浮かんでいる。

僕は嬉しげなマリアと顔を見合わせ、江神さんの反応を窺《うかが》う。

長老は言った。

「出来た部員や。さっそく聞かせてもらおうやないか」

織田が参加した合同企業説明会は、名古屋駅からほど近い複合施設ビルの展示場で行われた。愛知県を中心に東海地方と関わりの深い企業が五十以上集まり、それぞれのブースで企業・採用情報を説明されるのだそうだ。

もっとも、四回生の六月は説明会開催の時期としては遅く、参加者は未だ内定を獲得できていない焦りを抱えている。誰もが生真面目な表情の裏で、見えない満員電車に身を捩《ね》じ込もうとするような、息苦しい熱気が会場を満たしていた。織田も腹を括《くく》り、企業ブースの行脚《あんぎゃ》に勤《いそ》しんだ。

手提げ鞄《かばん》がパンフレットで一杯になると、ビルのカフェスペースで休憩を取ることにした。コンビニほどのスペースに白い円形テーブルと椅子がずらりと並び、自分と同様に馴《な》染《じ》まないリクルートスーツに身を包んだ就活戦士たちが腰掛けていた。織田も自販機で缶コーヒーを買い、空き椅子に座る。ただ就活生の緊張と不安がないまぜになった独特の静けさの中では、なかなか心落ち着かない。そこで鞄の中から新幹線のお供に持ってきた文庫本を取り出した。

ロス・マクドナルドの『ウィチャリー家の女』。

もう何度も読み返し、内容はすべて頭に入っている。平常心になりたい時はこういう本の方がいい。文字の海に潜《もぐ》り、心地よい休息に身を委《ゆだ》ねること数分。目の前の椅子が引かれ、誰かが座ったので顔を上げると、相手があっ、という表情を浮かべた。縦長の顔にオリーブ色の肌。センター分けの髪は、まるで甲虫が広げた羽のような艶《つや》がある。

織田もすぐに気づいた。ある企業のブースで隣に座った男だ。確か、東海地方を中心にステーキレストランを展開している、東証プライム上場のレストランチェーンだった。企業説明の最中、隣でカチカチ音が聞こえるので横を見ると、ボールペンのインク切れで難儀しているのが分かった。「使います?」と織田がペンケースから予備を差し出すと、小さく手刀を切る仕草と共に「助かるわ」と返事があった。それも関西弁のイントネーションだったものだから、余計に覚えていたのである。

「さっきはどうも」

「別にええよ。こちとら徳を積むのも就活や」

「もしかして、関西の人?」

「俺は養殖かな。地元はこっち。織田って言います」

続けて英都大であることを告げると、相手は古林《こばやし》と名乗った。

予想した通り、関西の私大であるS大学生で、大阪在住とのこと。しばらく互いの就活について情報を交換した後、古林は織田の手にある文庫本に目を留めた。

「こんなとこでも読書やなんて、本好きなんですね」

「これでも四年間、推理小説研究会に所属してるねん」

大学公認ではなく任意のサークルであることは黙っておく。

古林は少し驚いた風に目を見開いた。

「それはまた、奇遇やな。僕もミステリ研究会にいるんです。まあ研究とは名ばかりで、大したことはやってないんですが。いずれ小説を書こうと思っていたのに、結局挫折《ざせつ》してしまったし」

「こっちも似たようなもんや」

今度はうっかり「たまにほんまの事件に遭遇するけど」と口が滑りそうになり、空のコーヒー缶をすすって誤魔化《ごまか》していると、古林が「そうや」とこちらを見据えてきた。

「織田さん、謎解きに興味ありませんか。謎解きというより、暗号解読かな。以前友人に悪戯《いたずら》をかまされたんやけど、その真相が分からずにモヤモヤしとるんですよ」

彼の説明によると、こうだ。

時期は昨年の十一月。古林はある保険会社のインターンシップに申し込んだ。その内容は実際に東京の本社に赴《おもむ》き、三日間の職業体験をするというものだった。

職業体験自体はつつがなく終わり、古林は初めての社会人の空気に揉《も》まれ、へとへとに疲れた体を引きずり東京から大阪のマンションに戻ってきた。しかし彼は、自室に入ってびっくりした。

部屋の床の真ん中に、白いチョークのようなもので大きな人型が描かれていたのである。まさに殺人事件現場で遺体の跡を残すアレのような感じだった。近くには小さなショルダーバッグが転がり、ウェットティッシュやスマホなどの中身がこぼれていた。

白い人型には顔がないので表裏は判別できないものの、両脚は力なく伸《ひ》ばしているように見える。また、古林から見て左側の腕はまっすぐ垂らし、右側の腕は肘《ひじ》を曲げて耳の横に手を置いている形だった。

なにより古林が目を見張ったのは、右側の手の先に、文字らしきものが残されていたことだ。

「一見すると、横たわる人間が死に際のメッセージを残した——つまり、ダイイング・メッセージみたいだったってわけ」

誰がこんなことをしたかは、すぐに分かった。

現場に残されたショルダーバッグに見覚えがあったからだ。持ち主は備藤《びとう》という二歳上の友人で、古林がインターンシップで東京に行くことも知っていた。

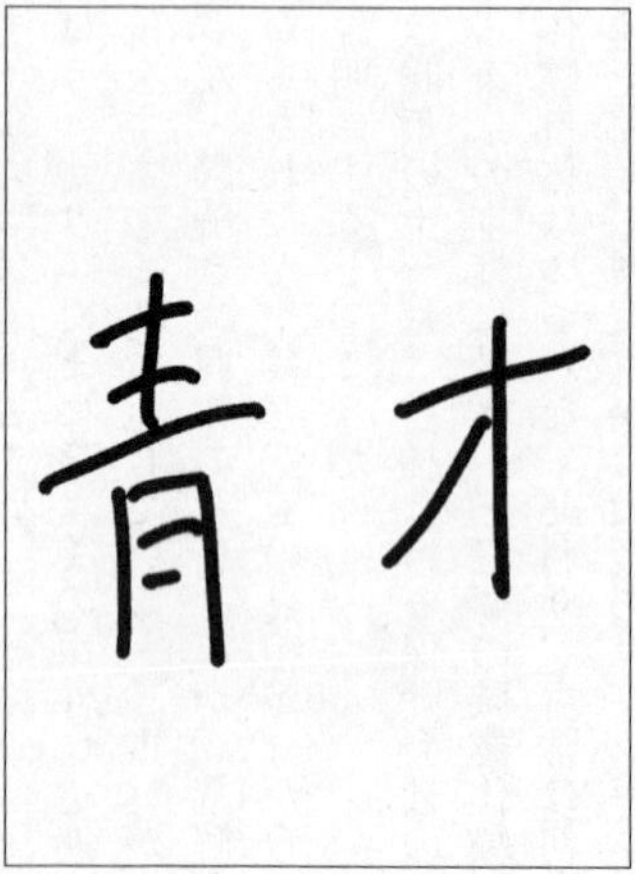

古林がメモ帳に当時のメッセージを書いた。それを眺《なが》めながら織田は訊いた。

「備藤さん本人には確かめたん？」

「もちろん。悪戯をしたことについてはあっさりと認めたんやけど、メッセージの意味については教えてくれんかった」

「これ、白チョークで描かれた人型は被害者を示しているとして、犯人の名前を挙げろという意味やんな？」

「他の意図があるなら、教えてほしいくらいや」

古林がため息をつく。

「メッセージはどんな風に書かれてたん？　マジックインキか、床材を引っ掻《か》いたんか」

「赤い塗料だよ。部屋にあったものじゃなくて、ショルダーバッグに入れて持ちこんだものだ。最初見た時は、血かと思ってぎょっとしたよ。チョークの人型も合わせて綺麗に消すことができたからよかった」

「他に現場に変わったことは？」

ごく自然に〝現場〟と口にしたことに気恥ずかしさを覚えたが、幸い古林は気にした様子がなく、顎《あご》に手を当てながら言う。

「部屋の窓はちゃんと閉まっていて、鍵もかかっていたね。ショルダーバッグの側に落ちていたスマホだけど、画面が割れて電源が入らなかった」

「床に落として壊れたんか？」

「いや、飾りの一つやと思う。本人にメッセージを送ったらすぐに返事があったから、普段使いのものとは別にわざわざ用意したんやろう。そこまでした理由は分からんけど。あとは——そうだ、カレンダーの日付が変わっていた」

「カレンダー？」

「机のすぐ側の壁に日めくりカレンダーを掛けてるんや。ゼミの教授がどこかのメーカーからもらった、ごく普通のやつ。僕が東京に出かける日付のままやったはずが、二日後——つまり東京から帰ってきた日付に変わってたんや」

何か意味ありげだと思った織田は、重ねて訊いた。

「めくり破られた分のカレンダーはどこにあった？」

「僕がするのと同じように、丸めてすぐ近くのごみ箱に捨ててあったよ」

古林は肩をすくめる。

これが、今のところ思い出せる手がかりの全てだという。

「ただの悪戯にしては手が込んどるな。その人、ミステリに造詣《ぞうけい》があったんと違う？」

「ああ。備藤さんはミステリ研のぉ——」古林は言葉に詰まり、苦い顔をした。「部長やった人や。今は小さな出版社で働いてはる。ミステリとは全然関係ないとこやけど」

そこまで話したところで、次のプログラムである就職相談会の時刻が迫っていることに気づき、二人は連絡先を交換して席を立つ。

「うちの部員にも聞いてみる。このところ平穏すぎて干からびているやろうから、きっと飛びついてくると思うわ」

「助かる。自分でいくら考えても分からんから、他人の推理を聞いてみたかった」

就職戦線の健闘を祈りつつ、二人は別れた。


「そのメッセージが、これですか」

僕たちは織田が名古屋から持ち帰ったメモ用紙を覗き込む。

それは暗号と呼ぶにはシンプルすぎる、二つの文字に読めた。


「青と、才ですかね」

マリアの言葉に望月が続く。

「才やなくて、どっちかと言うと片仮名のオやろう。もしくは書きかけの木」

ダイイング・メッセージと捉えるなら、被害者は〝青木〟と書き残す途中で力尽きたと考えるのが自然だ。と、こちらを見る織田と視線がぶつかる。

「アリスお前、『青木さんと書く途中で力尽きたんじゃ』なんて考えてるんやないやろうな」

考えるのは自由だ。口にしてから怒ってほしい。

「ダイイング・メッセージは被害者が最期の力を振り絞って残すものです。奇をてらうより、普通の読み方をするのが当然でしょう。問題としてはイマイチですが」

「問題を提供してくれた古林君に謝れ」織田はスマホを操作し、画面をこちらに向ける。

名古屋から帰った後に古林とやりとりしたらしく、すでにいくつかの答えについて確認している。古林の使っているアイコンは、怪しげなマジシャンを思わせる黒い斑模様《まだら》のマスクだった。

「青木という名前の知人は中学校の同級生にいただけで、今は心当たりがないとのことや」

「青林や、青本の可能性もあります」

「なるほどな。否定するだけじゃつまらんから言わせてもらうが、青才さんという名前は全国で四十人ほどいるみたいやぞ。あいにく古林君の知り合いにはおらんけど」

不毛なやりとりはそこまで、と言うように望月が口を挟んだ。

「それらに該当する知人がいたところで、それが正答じゃ問題として大問題や」

なんのこっちゃと思うが、言いたいことは分かる。

メッセージがこう読めるから、という理由だけで犯人と断定することはできない。

マリアも頷いた。

「この悪戯をした備藤さんは、ミス研の元部長だったんでしょう？　ならもっと捻《ひね》った答えを用意しているんじゃないかしら」

とはいえ、古林のくれたメモを信用するのなら、青の字はまともな漢字として書かれていて、別の記号として解釈するのは無理がありそうだ。だったら二文字目のオの解釈を広げてみるしかない。青の隣にあるからといって、漢字とは限らない。では？

これまで沈黙していた江神さんが、おもむろに口を開く。

「古林氏の話では、部屋にはいくつかおかしな点があったんやろう。それも合わせて考えるべきなんやないか?」

「江神さん、ひょっとしてもう謎が解けたんやないでしょうね」

望月はあまり嬉しくなさそうだ。

どうもミステリ好きな人間は、謎について考える過程や、読後に抱いた感情を誰かと共有できないと楽しみが半減してしまうらしい。

もちろん読書は基本的に一人でするものだが、ミステリにおいては、作者が随所に仕掛けた伏線を見つけたり、論理的解決を導くため作品に設定されたリアリティのレベルを読み解いたりと、神である作者と思考のキャッチボールを楽しむ側面がある。一人でやっているようで、鏡合わせに存在する作者と推理の楽しみを共有しているのだ。

いわゆるメタ読みと呼ばれる、作品内容の外の事情や慣例から犯人を的中させても作者が喜ばないのは、その共有がないためだろう。

そんなことはいい。

江神さんはひらひらと手を振った。

「買い被ってくれるな。今は考えが四方八方に散らかるばかりで、芯《しん》を食った答えが思い浮かばんのや。整理するためにも、お前らの考えを好きに話してくれた方が助かる」

そう言えば、僕が一回生の時に行った矢吹《やぶき》山での夏合宿。あそこで起きた殺人事件でも、現場に残されたダイイング・メッセージについて議論したことがあった。

本物の殺人においては、残されたメッセージなんて恣意《しい》的な解釈を押し付けるよりほかないのだから、犯人の特定には役に立たないという結論になったと思う。ただ今回の現場は備藤が悪戯で作り上げたものであり、どの程度の有用性が認められるのかが考えどころだろう。

その時、先ほど江神さんが口にした『おかしな点』が頭をよぎった。

「あ……」つい漏《も》らした声を、織田が耳ざとく聞きとがめる。

「アリス、何か思いついたな。さっさと話せ」

「ちょっと待ってください。今回の現場を、どこまで現実とリンクさせるべきか考えがまとまらなくて」

四人の顔つきからこちらの意図が伝わっていないと察し、一つ例を挙げることにした。

「チョークの線で描かれた被害者は、〝誰〟なんでしょうか。古林さんに出された謎である以上、ダイイング・メッセージの答えは彼が知る人物のはずです。でもチョークの人型には顔がありませんから、古林さんと面識がある人物とは限らない。であれば、犯人もまた古林さんの知らない人物の可能性があります」

「待て待て、それはおかしいやろ」すぐに望月から突っ込みが入る。「なんで古林さんの部屋で、赤の他人が殺されるんや。訳が分からんやろ」

「ええ、ですからそもそもの前提として、〝この現場は古林さんの部屋ではなく、どこか別のマンションの一室だと想定せよ〟という可能性はないかと思うたんです」

これにはマリアも狐につままれたような顔をする。

「どこかで起きた、誰かが殺された事件だということ？　その犯人を考えろって？」

流石《さすが》に勢いよく飛びすぎたか。「すみません、聞き流してください」

「いや、面白いぞ」意外にも織田が加勢してきた。「確かに、ダイイング・メッセージに気を取られて、現場と被害者を特定するのを忘れとった。本格ミステリだろうがハードボイルドだろうが、必要な手続きや」

織田は腕組みしながら、右の人差し指をトントン、と動かす。

「とは言え、面白味に欠ける答えになるやろうな。まず被害者について、現場には備藤さんが使っているショルダーバッグが落ちていた。これが事件と無関係ってことは考えられん。チョークの人型は備藤さんと考えよ、という意図や」

「おっと、他の配役の可能性も残ってますよ、信長さん」マリアがここぞとばかりに割り込む。「犯人ですよ。被害者と同じく犯人の顔も分からないんだから、備藤さんが被害者と争って、現場にショルダーバッグを残していったとも考えられます」

その転換はちょっと面白いな、と僕は感心する。

初めから堂々と名前の割れている人物が、被害者ではなく犯人。ミステリに造詣がある人なら考えそうな仕掛けだ。

だが望月の反応は芳しくない。

「備藤さんが犯人やとしたら、被害者はメッセージの残し方が下手すぎる。他ならぬ古林さんが、メッセージと備藤さんを結びつけられてないんやから」

「うーん、そうかあ」議論に参加できて満足なのか、マリアは残念そうではない。

ひとまず、被害者は備藤さんだと考えるのが良さそうだ、という結論になり、織田が話を進める。

「続いて現場や。備藤さんは古林君の不在を狙って、わざわざ悪戯を仕掛けとる。この部屋で事件が起きたと考えろ、という意図と解釈していいんやないか」

これまたありきたりな意見だが、僕には一つ気になることがあった。

「そもそもの話なんですが、備藤さんはどうやって古林さんの部屋に入ったんでしょう？古林さんが東京から帰ってきたら、部屋に悪戯されていたんですよね」

「普段から郵便受けにでも合鍵《あいかぎ》を隠してたんと違うか」

織田は何も聞かされていないようだ。

しかし、誰が古林の部屋に入れたかというのは、大きな意味を持つのだ。

「さっき、被害者は備藤さんだと考えようと言ったばかりじゃないですか。古林さんの部屋で備藤さんが殺された、という事件なら、真っ先に疑われるのは古林さんです。しかしそれでは、備藤さんがダイイング・メッセージで犯人の名前を残そうとするのと矛盾します」

古林の部屋で殺され、古林を犯人と指摘するのは意味がなさすぎる。

「しかし他の誰かが犯人だとすると、犯人と備藤さんがどうやって古林さんの部屋に上がったかが問題になります」

マリアが小首をかしげる。

「古林さんが二人を招き入れて、コンビニかどこかに出かけている間に事件が起きたんじゃない？」

「それこそ、犯人は分かりきった状況やないか。ダイイング・メッセージの意味がない」

「ああ、そうか」

彼女が納得した様子なのを見て、先を続ける。

「だからこそ、さっき言った疑問に戻るんですよ。ここは古林さんの部屋ではないと考えた方がいいんじゃないかって」

「理屈ではそうやが、こだわるべき点がずれてるかもしれんな」

江神さんが長い髪を掻き上げて言う。

「出題者である備藤さんは、わざわざ古林氏の部屋に上がり込んで、この状況を作り上げた。これはダイイング・メッセージが古林氏に向けたものだからこそやろう。もし宛先が古林氏ではなく、彼の与《あずか》り知らぬ場所で起きたことを出題したいなら、こんな手間はかけんはずや」

ここで望月が挙手して割り込んだ。

「見立てとは考えられませんか」

「見立て？」

「過去に起きた何かの事件に、備藤さんと古林さんが関わっていた。備藤さんはその時の状況を再現することで、古林さんを揺さぶろうとしているのかも」

エラリー・クイーン信者らしい解釈だったが、江神さんは首を振っただけだった。

「前提中の前提を忘れとるぞ。古林氏の方から信長にこの話をしたんや。やましい過去に繋《つな》がることなら、言いふらしたりせんやろう」

望月は「ごもっともです」と引っ込んだ。

脱線を繰り返してしまった。一度議論を整理しよう。

出題者である備藤は古林に伝えたいことがあるから、古林の部屋に悪戯を仕掛けた。現場に残された物品から、被害者は備藤本人だと考えるべきだ。その上で江神さんの言うように、古林の部屋で起きた事件だと考えるなら、ダイイング・メッセージの存在から古林は犯人ではない。

そうでなければ、こんな手間を……。

「そう、手間なんや！」

僕は声を上げた。

殺されかけた被害者がダイイング・メッセージを残すという、お決まりのシチュエーションのために重要な矛盾を見落としていたのだ。

「今の時代、スマホがあるやないですか。ダイイング・メッセージなんて必要ない。通報するか、誰かにメールでも送ればいいんです。被害者はどうしてそれをしなかったのか」

「アリス、うっかりしてる。スマホは画面が割れて電源が入らなかったのよ」マリアが冷静に指摘する。「たぶん、備藤さんもその議論を回避するためにわざわざ別のスマホを用意して現場に残したんだわ」

「窓を開けて叫べばいいやないか。『犯人は有馬さんです！』で終わりや」

「力が残ってなかったのよ。ミステリのお決まりにまで文句をつけるつもり？」

お決まりよりも論理や、と言い返そうとして、僕は黙った。今後ダイイング・メッセージを用いた作品を書く可能性がある。未来の自分の首を絞めるような真似は避けよう。

するとと、ここで織田がいい考えが出たとばかりに手を打った。

「今のアリスの話にヒントをもろうたわ。スマホが使えんからダイイング・メッセージを書いたのはええとして、それが古林君に伝わらん理由について」

「お願いします、信長さん」

「任せろ。ずばり殺された備藤さんは、犯人の名前を知らんかったんや。そんな奴がなぜ古林君の部屋に上がり込んだかは訊くな。空き巣でもなんでもええ。とにかく見ず知らずの犯人の手がかりを残すため、備藤さんはその外見的な特徴を書き残した」

外見的特徴ときたか。それなら青木や青林という名前の人物が浮上しないのも当然だ。

望月が先を促《うなが》す。

「して、〝青オ〟が示す犯人の特徴とは？」

「青い服を着たオトコや！」

沈黙がテーブルを包む。

「青い服を着たオンナでもいけるやんけ」望月が口火を切り、僕らも続く。「青い服のオッサンでもいけますね」「オバサンでもいいわよ」「オジイチャン、オバアチャンも加えとけ」

まとめると、子どもはめでたく容疑から外れそうだ。

「やかましい、今のはものの喩《たと》えや!」総攻撃を受けた織田が憤慨《ふんがい》する。「でも筋は通るやろ。犯行時の服装や身体の特徴を表してるんなら、古林君に心当たりがないのも当然や」

筋だけは通っている、と言うべきか。可能性としては面白いけれど、犯人特定に繋がる手がかりとしては物足りない。

青木や青林を探すのと、青い服が特徴の人物を探すのでは大した違いがないではないか。せめて現場に容疑者が写った写真でも落ちていればいいのだが。

「そうや、現場にあったスマホの中に、犯人の青い服姿の写真があったんじゃ? 犯人はそれに気づいてスマホを壊したんですよ」

「スマホは壊して、肝心のダイイング・メッセージはそのままか? 手がかりの扱いに差があるのは納得いかんな」

僕の意見はすぐ望月に却下された。

議論はまたしても寄る辺《よるべ》を失い、彷徨《さまよ》い始める。

今度は望月が「やっぱり、備藤さんと古林さんの間にはトラブルがあったんや。そのせいで痛い目を見た備藤さんは、今回の現場を見せつけることで、『お前のせいで俺はこういう目に遭《あ》った』と恨《うら》み言を伝えようとした。ところが古林さんに罪の意識がないせいで、真意が伝わらへんねん」と言い出し、織田は「伝わらへんのなら、俺の説と五十歩百歩やないかい」と混ぜっ返す。

結局、ダイイング・メッセージが示すものが人名にしろ、あるいは外見的特徴や恨み言にしろ、古林のことをほぼ知らない我々が推理を転がしても、正解は分からないというどん詰まりに行き着き、諦めの空気が漂ってきた時だった。

「そう言えば、カレンダーは何か意味があるのかしら」

マリアが呟《つぶや》く。二日分、めくり破られていたという日めくりカレンダーだ。

分からん、と答えるのにも疲れた僕らが黙っていると、彼女は焚《た》き付けるように言葉に力を込める。

「そうよ、メッセージの意味を必死に考えてきたけれど、それだけで伝わるのなら殺人現場を作る必要なんてないわ。暗号クイズとして紙に書いて渡せば済む話だもの。まだなにか、私たちの知らない情報があるんですよ。ひょっとしたら、古林さんも見落としているのかもしれない」

「そんなこと言うたって、もう半年以上も前の話や。古林君が新しく思い出すことなんかないやろ」

「これまでの人付き合いで恨みを買った覚えがないか、振り返ってもらうとか」

「どう聞けばええんや。面接の練習とでも称して、大学生活の思い出でも語ってもらうんか？」織田が困り顔で短く刈り込んだ頭を撫《な》でる。

「そこは出題者である信長さんがなんとかすべきです。社会に出たら齢《とし》も育ちも違う人たちを毎日相手にしなきゃいけないんだから、予行演習と思ってください」

マリアの無茶ぶりを気の毒に思っていると、江神さんが助け舟を出した。

「今ある情報だけでは不足している、という意見には俺も賛成や。とはいえ一度喋《しゃべ》っただけの相手から根掘り葉掘り聞くのは、信長も大変やろう。そこで今から俺が言うことを中心に古林氏を突《つ》いてみてほしいんや」

「突く、ですか」不穏な言い回しに織田が眉《まゆ》を寄せる。

「情報が足りひんと言うたけど、正確に言い直そう。俺は古林氏が意図的に伏せた情報があると考えてる。彼はそれが謎解きに不要やと思ったんかもしれんけどな。――おそらく備藤さんは女性や。しかも古林氏の彼女か、元彼女やろう」

「ま、マジですか」

織田が驚きでのけぞる。

「どこにヒントがあったんですか？　全然分からなかった」とマリア。

「話の途中にいくつか説明の抜けてることや、わざとぼかしていると思うことがあった。それらを総合すると、備藤さんは古林氏の彼女というのがしっくりきた。まず一つ目、さっきアリスが言うたけど、古林氏が留守の間に備藤さんがどうやって部屋に上がったのかはっきりせんこと。これは備藤さんが合鍵を預けられる関係だったと考えるのが早い」

江神さんは人差し指に続いて、中指を立てる。

「二つ目は、古林氏が信長に謎解きを頼んだ際、『他人の推理を聞いてみたかった』と言ったこと。古林氏はミス研に所属しているのに、どうして部員に意見を求めんのや？　こんな謎、ミス研の連中なら必ず食いついてくるやろうに。もし知られたら、痴情《ちじょう》のもつれによるトラブルと思われそうで嫌やったんやないか。しかも備藤さんは元部長。身内だからこそ知られたくないことはあるやろう」

説明されると、自明のことのように思えてくるから不思議だ。織田が頭を抱えて唸る。

「確かに、備藤さんを男性とは一言も言うてなかった。説明の時も、『ミステリ研のぉ――』と不自然に詰まったんや。あれはもしかすると、ミステリ研のOGと続けたかったんかもしれん。女性と知られることを咄嗟《とっさ》に避けたんや」

OBではなく〝部長だった人〟と言い直したあたり、古林にも嘘をつきたくないという意識はあったのだろう。

江神さんが「まだある」と三本目の指を立てる。

「信長がメッセージの書かれ方について訊《たず》ねた時や。古林氏は『赤い塗料』と答えたんやったな。白い人型の方はチョークと言うたのに、なぜ塗料なんてぼかした言い方をする？　マジックペンなりクレヨンなり、具体的に説明できるはずなのに。ショルダーバッグに入っていて、すぐに女性と結び付けられてしまうような塗料とは——口紅や」

それを聞いたマリアが眉をひそめる。

「部屋に恋人の死体が描かれて、口紅でメッセージが残っている……。なんだか急に愛憎じみた印象になってきましたね。初対面の人に相談するには、確かにヘヴィーかも」

ダイイング・メッセージの謎解きなんて、曖昧《あいまい》な形で幕を引くしかないと思っていたのに、予想外の方向に転がり始めた。

「分かりました。古林君のプライベートに踏み込むようで気は進まんけど、乗りかかった船——というか向こうに乗せられた船や。なんとか情報を引き出してみますよ」

織田の言葉を合図に、この日の活動はお開きとなった。

帰り道、途中までマリアと一緒に歩くことになった。

久しぶりに全員揃っての推理遊びで頭を使ったせいか、ふわふわとして街の音が遠く感じる。来年には望月と織田が卒業し、江神さんは強制的に大学を追い出される。もう同じ光景は味わえなくなるだろうに、僕はまだその日をうまく想像できずにいる。もちろん、さらに先のことも。

「江神さん、来年どうするのかな」

マリアの呟きは、これまで幾度となく話してきたことだ。

就職活動においてすでに周回遅れ気味の望月たちと比べても、江神さんには変わった様子がない。まるで、「学生じゃなくなったら大学に来にくくなるな」程度にしか考えていないみたいだ。

「案外、もう一度入学し直すために秋頃から赤本を広げ始めるかもしれんぞ」

僕は半分本気で言った。

江神さんは高校生の時に一家離散の憂《う》き目に遭い、兄を亡くしている。ある種の占いに狂信的に凝った母親はその兄の死を予言しており、あまつさえ自身が病死する前に江神さんの死の予言まで残した。

――三十歳まで生きられない。恐らく学生のまま死ぬだろう。

江神さんはそれに歯向かうかのように留年を繰り返している。

だからこそ、再受験するのではないかと考えた。予言を完全に打ち破りたいのならば、ただ退学するよりも学生という肩書きを維持できるよう模索するはずだから。

そんなことを、午後の蒸し暑さに耐えながら横に並ぶマリアに語った。

「アリス、聞いてくれる？　でも誰にも言わないで」

そう断るくせに、こちらの返事を待たずに彼女は話し始める。

「江神さんは亡くなったお母さんの言葉に付き合ってあげてるんじゃないかって、私は思うの。ただ予言を否定したいのなら、卒業してしまうのが一番確実なんだもの。息子の死を言い残すなんて酷いことだけど、その言葉はお母さんがこの世に最後に残したものでもある。親子の最後の、悲しい繫がりなのよ」

予言された時が過ぎれば、母との繋がりは終わる。

いい母親ではなかったかもしれない。家族が崩壊した原因だったかもしれない。

それでもその言葉は、生きた母親の最後の残滓《ざんし》だ。

だから江神さんは憎《にく》むでもなく振り払うでもなく、寄り添うことにしたのだろうか。

死者とは争うことも、関係を修復することもできないから。

マリアの考えが当たっているのかどうか、僕には分からない。江神さんに聞いてもうまくはぐらかされるだろう。

だからこう答えるしかない。

「——大丈夫。誰にも言わへん」


翌日の学生会館。二限が休講になった僕とマリアがラウンジを覗きに行くと、まだ江神さんの姿は見えなかった。一階の食堂で少し早い昼食を摂《と》り戻ってくると、意外にも先に望月と織田の凸凹コンビが席を確保してくれていた。

織田の生気に満ちた顔色から、古林から新たな収穫があったと見て取れた。

望月が「せっかくやから、江神さんをもう少し待とう」と抑える間も、織田は新たな情報をメモしたらしいルーズリーフを落ち着きなく読み返している。

正午を過ぎ、学生が増え始めたタイミングで江神さんが姿を見せた。

「待たせてしもうたか。まさか最下位とはな」

彼が席に着くなり、織田が咳払《せきばら》いをして口を開く。

「結論から言うと、江神さんの推理は当たってました。古林君は備藤さんと付き合ってたんです。彼、えらい驚いてましたよ。補足情報が多いんで、改めて最初から説明した方がええと思います」

まず事のきっかけ、古林が参加したインターンシップは、昨年十一月の四日から六日にかけて行われた。

四日の早朝、古林は目覚まし時計に起こされ、朝食を摂った。そして身なりを整える前に、ゴミ出しの日であることを思い出し、部屋のゴミを集め回った。彼の住むマンションは十一階建てで、一階玄関にオートロックがある。ゴミ捨て場は正面入り口のすぐ横なので、古林はゴミ袋とキーホルダーを持ち、部屋の鍵はかけずに外に出た。

ゴミを捨て、オートロックの玄関まで戻る途中、無意識のうちにポケットをまさぐりキーホルダーを取り出した。ところが、部屋の鍵が二重リングと中途半端に噛んでいたらしく、ホルダーから外れ落ち、足下のスチール製グレーチングをすり抜けて側溝に落ちてしまった。しかもタイミング悪く隣のビルを管理する老人がホースで建物前のアスファルト道を豪快に洗い流していたせいで、鍵は瞬く間に流されてコンクリート蓋《ぶた》が続く暗渠《あんきょ》に消えてしまった。

呆然《ぼうぜん》とした古林だったが、すぐに我に返った。これから東京に行かなければならないのだ。幸い、部屋の鍵は開けたままにしているから、支度に戻ることはできる。

ゴミ出しに来た他の住人に続いてオートロックを通過し、部屋に戻ってなんとか予定通りに出発することはできた。東京までの道中、古林は恋人である備藤に連絡を取った。京都の出版社で働く彼女は、古林の部屋の合鍵を持っているのだ。

メッセージで今朝の出来事を説明し、古林がインターンシップから戻るまでに、合鍵を大阪のマンション宛てに郵送してほしいと伝えると、すぐに了解の返事があった。古林は安心し、意気揚々《いきようよう》と上京した——のだが。

「東京から帰って郵便受けを覗くと、宅配便の再配達票が入っていたそうです。頼んだ通りに備藤さんが鍵を送ってくれたのだと思い、ひとまず部屋に入ろうとした。玄関ドアの鍵は出発時のまま開いているはずですからね。ところが、入ろうとするとなぜかドアの鍵が閉まっていたと言うんです」

ここまで一気に話した織田が反応を窺うように言葉を止めると、江神さんが訊ねた。

「確認やけど、古林氏はマンションに入る際、ゴミ出しの時と同様に他の住人と一緒にオートロックを通過したんやな？」

「そうです」

「よし、続けてくれ」

鍵のかかったドアを前に、古林は首を捻った。マンションの管理人が、鍵が開いていることに気づいて閉めてくれたのだろうか？　いや、それなら住人である自分に連絡を寄越すはずだろう。

では備藤がわざわざ京都から大阪までやってきて、部屋の鍵をかけてくれたのだろうか？　もしそうなら使った鍵を宅配便に出さず、郵便受けに入れておいてくれればいい。

混乱しつつも、まずは宅配業者に再配達を依頼し、無事に鍵を受け取った。そしてようやくドアを開け部屋に入ると、

「中は昨日説明したような状態になっていたそうです。俺たちに黙っていたのは、ダイイング・メッセージを書くのに使われた口紅のことだけで、他は全部ありのまま説明したと言うてました」

「備藤さんがダイイング・メッセージの答えを教えてくれなかったのも、事実か？」

織田はバツが悪そうな顔で頷いた。

「現場を見つけたその日、古林君が『これをやったのは君か？　どういう意味だか、さっぱり分からん』とメッセージを送ったら、備藤さんから『それも合ってる』と返ってきたそうです。その後、その……」

「別れたんか」これには江神さんも驚きの表情を浮かべた。

「らしいです。すぐメッセージアプリのアカウントも消されたらしくて、やりとりの履歴は残ってないんですけど、別れは向こうから切り出されたそうです。『今までありがとう。バッグに入れてたお金は清掃代に使ってください。貸した本も返さなくていいです』が最後の言葉やったと」

つまり古林に仕掛けられたのは単なる謎解きではなく、二人の仲を左右するような意味

があったということか。

僕は備藤という人のことを知りたくなってきた。

「ずいぶん変わった方みたいですね。備藤さんの人となりについては訊かなかったんですか？」

「古林君もいい気せぇへんかったやろうけど、なんとか粘って聞きだした」

織田の声にも渋い響きが混じる。

備藤は古林よりも二歳上、学年も二つ上でかつてミス研の部長だった。クールで取っ付き辛い印象の女性だが、面倒見がよく後輩からの人気は高かったという。古林が二回生の時に告白して二人は付き合い始めた。現在のミス研は年に一度の評論冊子の発行を除けば、普段はただ好きに集まり雑談をするだけの緩いサークルなのだが、備藤が部長だった頃はミステリマニアが多く在籍し、冊子にも多くのオリジナル小説が載るほど濃い空気のサークルだったという。備藤はその中でも熱烈な本格ミステリ信奉者であり、特に犯人特定のロジックやトリックについては一家言を持っていた。後期クイーン問題などでも議論されることだが、作中で展開される理論体系において、それが探偵という特別な存在にとって優位に扱われるものではなく、読者も同様に辿り着けるよう導線が整備されているかどうか、彼女はことあるごとに部員に熱く語ったという。

古林が就職活動を始めてからは互いに時間が合わないことが増え、直接顔を合わせる機会は月に一度程度だったが、備藤に変わった様子はなかったらしい、と織田は締めくくった。

「彼女がもし英都大にいたら仲良くなれた気がするな」と望月は笑ったが、すぐ表情を引き締める。「古林さんの話は信用できるんか。まだ嘘をついているとか、黙っていることがあるかもしれん。特に男女関係の、片方からしか話を聞けへんのは問題やないか？　この情報だけで推理を進めても公平とは言えん」

「いいじゃないですか。せっかく信長さんが頑張ってくれたんですから、もう一度頭を使ってみましょうよ」

マリアの言葉に、江神さんも「そうやな」と賛同する。

「真相は備藤のみぞ知る、と言わざるを得んけど、信長のおかげで足りんかったパズルのピースが顔を出してきた。知恵を働かせる価値はありそうや。その前に」

江神さんは織田の手元にあるメモを長い指で示す。

「もう一度、鍵について整理しておきたい。鍵は古林氏が落としたのと、備藤さんが持っていたものの合計二本で間違いないな？」

「複製の難しいディンプルキーなので間違いないと言うてました」

「管理会社は当然合鍵を持ってるはずやけど、古林氏が鍵を紛失した時点で連絡したかどうか分かるか？」

「東京から帰ってきた後に電話で事情を説明したらしいです。鍵の複製には結構な金額と時間がかかったと言うてました」

古林が東京から帰ってくるまで、管理会社は鍵の紛失を知らなかったわけだ。

「よし、次。備藤さんの持つ合鍵の動きを、もうちょっとはっきりさせよう。まず十一月四日の早朝に古林氏が鍵を側溝に落としてなくす。この時もう一本は備藤さんが確実に持っていた。二日後、つまり六日に古林氏が帰宅した時にドアの鍵が閉まっていたということは、備藤さんが部屋を訪れて閉めたことになる。それは具体的にいつや?」

織田はメモ帳に視線を走らせる。

「再配達票によると、鍵の入った宅配便の配達人は六日の午前中に一度部屋を訪ねました。伝票の受付は五日、京都府内の、備藤さんの自宅近くやったそうです。鍵を使えたのはそれより前だから、四日か五日の早い時間ですね」

期待通りの答えだったのか、江神さんは一つ頷く。

「昨日の話では、部屋のカレンダーがなぜか古林氏が東京から帰ってくる日付に変わっていたということやった。つまり六日やな」

「はい。半年経った今の部屋の様子ですけど、写真を送ってもらいました」

織田のスマホには、壁に据えた本棚と勉強机の間、人の頭くらいの高さに張り付けられた日めくりカレンダーが映っている。本棚に並ぶのはほとんどが日焼けもしていない国内の文庫本で、やや広めの最上段に二冊だけ、古びた背表紙の本が見えた。ひょっとして備藤が『返さなくていい』と言った本だろうか。

「チョークの人型は床の中央に描かれている。ここからでは被害者が手を伸ばしてもカレンダーには届きそうにないな。やはり六日の日付にはダイイング・メッセージが示すものとは別の、何か特別な意味があると考えるべきやろう」

江神さんが念を押すので、僕も手帳に大きくメモをとった。

十一月四日

早朝、古林が鍵を落とす。備藤に連絡。ドアの鍵開いたまま。

?

備藤、大阪の古林の部屋を訪れる。現場を作り、部屋の鍵を閉めていく。

十一月五日

備藤、鍵を京都から宅配便で発送する。

十一月六日（カレンダーの日付）

古林帰宅。鍵の再配達票あり。ドアの鍵閉まっている。

備藤の勤務形態は分からないが、古林から連絡があって少なくとも次の日には大阪まで足を運んだのだから、ただの悪ふざけと呼ぶには労力がかかっている。先ほど聞いた、備藤の堅物《かたぶつ》っぽい人となりとも合致しない。

先陣を切るように、マリアが口を開いた。

「まずこの事件――そう呼んじゃいますね――の直後に別れを切り出したこと、その内容からして、事件が二人の仲にマイナスの影響を及ぼしたのは間違いないですよね」

彼女が顔を見回すと、望月が皆の意見を代弁した。

「マイナスかどうかは断言できんけど、少なくとも好転はしてへん。ええやろう、続けてくれ」

「はい。推理の焦点は備藤さんがダイイング・メッセージに込めた意味になりますが、ここで昨日も触れた問題が持ち上がります。メッセージの内容が人名のような単純なものではなく、備藤さんの気持ちだったり、二人の過去に関する秘密だったりする可能性があることです。この場合、私たちが答えを確かめる術《すべ》はありません」

織田が「それはそう」と強く頷いた。「備藤さんがこんな不満を抱いていたんやないか、なんて古林君を問い詰めるのは絶対なしや。ただでさえ昨日長々と電話して、厄介《やっかい》な奴に相談したと思われてんのに」

「でもさっきの話を聞いて、大きな思い違いをしていたと気づいたんです。そもそもこのダイイング・メッセージは被害者が書いたものなんでしょうか」

昨日の議論どころか大前提を崩すようなことを言ってくれる。

僕の視線から不満を読み取ったのか、マリアは先を制する。

「ちゃんと理由があるのよ。だって備藤さんは熱烈な本格ミステリ信者で、後期クイーン問題についても熱心に考えていたんでしょ。ダイイング・メッセージが抱える矛盾も当然頭にあったはずよ」

マリアの言う通り、備藤の情報をアップデートした上で、どの程度考えて現場を作り上げたか想像しなければいけない。

「ダイイング・メッセージの一部、または全部が犯人の手によるものではないか、という問題やな」

もし犯人が現場に長く留まっていたり、時間をおいて現場に戻ってきた場合、被害者がメッセージを残していることに気づく。そこに偽装や細工を施《ほどこ》さなかったとは断言できない。

「犯人が偽装したものなら、もっと他の誰かに容疑が向くような内容にせえへんか？　今のところ、古林君はあれを見て誰の名前も思い当たってない。効果のない偽装なんて、それこそ本格ミステリ信者が良しとするとは思えへんな」

織田の疑問に、マリアは「古林さんがへっぽこなだけかも」と失礼なことを言う。

仮定に仮定を重ねるのは不毛だと思いつつ、僕も反論を口にする。

「犯人がダイイング・メッセージの一部だけに偽装を加えるのは、心理的に有り得んやろう。マリアが犯人なら、〈マリア〉という文字をいじって〈アクア〉にしたところで、安心して現場を去れるか？　いっそ読み取れんように塗りつぶした方がええ。メッセージ全部が偽装というのも、手間と余計な物証を残すリスクが増すだけやろう」

手札が尽きてしまったらしく、マリアは両手を上げて降参を表した。

すると望月から意外な言葉が出た。

「自殺というのはどうや？　犯人はたまたま備藤さんが自殺しているのを発見し、他殺に見せかけるためにメッセージを偽装したんや。実際は無実なんやから、アリスが言うようなリスクともほとんど無縁やろう」

「備藤さんが、わざわざ古林君の部屋で自殺したって？」織田が訝《いぶか》る。「恋人だったなら、可能性がないとも言えんやろう」

少し時間をかけ、望月の説を頭の中で転がしてみる。

メッセージが誰を指しているのか分からないという謎は残るが、偽装の理由とリスクについては一番筋が通っているように思えた。

そしてもう一つ、自殺説を補強する手がかりについて僕は言及する。

「備藤さんがドアの鍵を閉めていったのは、単に防犯意識からかと思ってましたが、中で起きたのは自殺だと伝えたかったのかもしれませんね」

完璧とは言えないまでも、僕らが知る限りの情報から最適な真相に辿り着けたのではないか。そんな空気に皆が一息つこうとした。しかし、

「そうかな。自殺説では説明できてへんことがあるぞ」江神さんはメモを睨《にら》んだまま告げる。「忘れたんか。カレンダーの日付は六日になっていた」

それがどうかしたのか、と困惑顔の僕たちに、江神さんは噛んで含めるように言った。

「カレンダーをめくり破ったのは誰か。これについては二つの考え方がある。一つは問題の中の犯人が、何らかの理由から証拠隠滅のために、二日分の紙を破り取った可能性。も

う一つは出題者である備藤さんが、事件発生日の設定として六日という日付を強調した可能性や」

問題の内か外、どちらの人物の思惑でそうなったかということか。

「もし前者の場合、破り取られた二日分の紙はきちんと処分されていないとおかしい。だが古林氏が言うには、それらの紙は普段彼が捨てるのと同じ、ゴミ箱から見つかった。証拠隠滅とは考えにくいやろう。ちなみに被害者が犯人特定の手がかりとして破った可能性も、カレンダーに手が届かない部屋の真ん中で倒れていることから排除していい。このことから、正解は後者――出題者である備藤さんからの、六日に事件が起きたと考えてくれ、という意思表示と考えるのが妥当やろう」

江神さんの説明におかしな点はない。それでもなお、僕らは江神さんの言う〝説明できてへんこと〟がなんなのか分からずにいた。

「さっき整理したことを思い出せ。備藤さんは五日にはすでに鍵の配送手続きを終え、六日には誰も鍵に手を出せなかったんやぞ。六日に古林氏の部屋で自殺が発生したということは、メッセージを偽装した犯人はどうやってドアに鍵をかけたんや？」

一瞬、実際の備藤の行動と、被害者としての備藤の行動がごっちゃになり、頭の中がこんがらがった。望月も同じだったらしく、

「いや、あれ？　備藤さんはドアに鍵をかけてから、配送手続きをしたわけで……」

「それは実際には備藤さんが死んでないから、そう考えたんや。六日に古林氏が帰ってき

た時、施錠《せじょう》された部屋の中で本当に備藤さんが死んでいたと想像してみろ。鍵の配送手続きは死ぬ前じゃないとできない。つまり彼女が京都で鍵の配送手続きを済ませてから部屋に来たことは確定や。じゃあ一体誰が六日にドアの鍵をかけることができた？　その時点で古林氏はまだ管理会社に連絡してなかったから、管理会社は除外する」

江神さんの言う〝事件の中での備藤の行動〟を整理しようと、僕は先ほどのメモを修正する。

十一月四日
早朝、古林が鍵を落とす。備藤に連絡。ドアの鍵開いたまま。
~~備藤、大阪の古林の部屋を訪れる。現場を作り、部屋の鍵を閉めていく。~~
十一月五日
備藤、鍵を京都から宅配便で発送する。
十一月六日（カレンダーの日付）
備藤、大阪の古林の部屋を訪れ、自殺する。
何者かが備藤の遺体を発見、メッセージを偽装後、ドアを施錠？
古林帰宅。鍵の再配達票あり。ドアの鍵閉まっている。

こうなるわけか。確かに、五日の時点で鍵は配送業者に渡ってしまっている。

何者かが鍵を手に入れるには、京都からの鍵の配送手続きを後ろにずらすしかない。

「備藤さんは六日に自殺した時点ではまだ配送手続きをせず、鍵をショルダーバッグに入れて持ってきていたんやないですか？　それなら犯人がメッセージの偽装後、その鍵を使ってドアを施錠し、京都で配送手続きをすれば――」

「アリス、それも無理や。六日に京都で配送手続きをしたんでは、同日に古林氏が帰ってきた時、再配達票が届いてるわけがない」

そうか。六日の古林の帰宅より先に一度鍵が配達されたのは、動かざる事実なのだ。

なんということだろう。カレンダーの日付一つで、自殺説が否定されてしまった。

いや、それどころじゃない。望月が悲痛な声を上げる。

「江神さん、穿《うが》ち過ぎですって！　六日に事件が起きたんじゃあ、備藤さんが自殺じゃなく誰かに殺されたとしても、同じことが言えてしまいます。犯人はドアを施錠できないやないですか！」

江神さんは真剣な顔で頷いた。

「その通り。古林氏も気づいてなかったが、備藤さんが作り出したこの現場には、最初から密室の謎が織り込まれてたんや」

えらいことになってきた。

元々はダイイング・メッセージの解読がメインで、大した謎解きにはならないだろうと思っていた。それなのに問題はいつしかメッセージの解読を離れ、被害者の身に起きた事の謎のみならず、一つの鍵を巡る密室の謎まで僕たちに突き付けてきた。なんと重層的な作品なのだろう。これを元ミス研部長の女性が考えたというのだから、僕はすっかり感心してしまう。

もっとも我が推理研にも、着実に真相に迫ろうとする人がいる。

「モチが自殺説を唱えたのは、ダイイング・メッセージの必要性が〝他殺に見せかける〟という理由で説明できるからや。けれども今、現場は備藤さんの死後に密室にされたことが分かった。これは明らかに自殺説と矛盾する行動や。他殺に見せかけたいのに現場を密室にする阿呆《あほ》はおらん。これはやっぱり他殺や。そう考えれば、なぜ古林氏の部屋が現場に選ばれたのかも説明がつけられる。備藤さんだけが鍵を持っていたという、密室を成立させる条件が揃っていたからや」

「ちょっと待ってください、江神さん」

望月は本格ミステリファンだが、突然の密室の登場には困惑している。

「もし江神さんの言うように、全部備藤さんの計算やとしたら、大したもんです。この方針で推理を進めるのに異論はありません。ただ、褒《ほ》められた考え方やないかもしれませんが、密室トリックを推理するには、〝こちらの目を意識した手がかり〟がなさすぎませんか」

僕には望月の言うことが理解できた。

小説では通常、現場に行けない読者のために、トリックの肝となる手がかりは「ここに注目せよ」と言わんばかりに描写されているものだ。鍵のつまみについた傷だったり、ドアを破って真っ先に部屋に駆け込んだ人物の仕草だったり、不自然に濡れた床だったり。それを元に考えることで、読者は無数の可能性から作者の仕掛けを取捨選択していくことができる。

今回の場合、僕たちが知っているのはドアと窓が施錠されていたという密室の保証だけで、密室が作られた方法の糸口となる情報がない。

何か道具を使ってドアの外から鍵を閉めたのか、密室の外から室内にいる備藤を殺したのか、あるいは古林の気づかぬ間に鍵のすり替えがあったのか、可能性を絞り込めないのだ。

備藤が本格ミステリマニアだというなら、これは考えにくい手落ちだ。

もちろんこれについても、古林が部屋にあった手がかりを見落とした可能性はある。

だが江神さんの考えは違った。

「もし備藤さんが俺の想像したとおりの傑物だとしたら、ちゃんと密室の手がかりを残してくれてる。さっきモチが自殺説を出した時も気づいたと思うけど、推理の取っ掛かりが少ないのは、死体がチョークの型しかなく死因が分からんせいや。ここをもっと深掘りしてみよう。――自殺やなくて殺人であろうことはさっき説明した。犯人がダイイング・メッセージを偽装することには意味がないことも、アリスが説明してくれた。正真正銘、殺された被害者によるメッセージなんだとしたら、死因の条件はどうなる？」

江神さんに見据えられ、僕は講義で指名された時のように慎重に口を開く。

「被害者がメッセージを書いたんですから、即死ではなかったことになります」

ええぞ、と江神さんの目が笑う。すぐにマリアが続いた。

「現場の様子からして、毒殺や出血を伴《ともな》うものでもなさそうですね。紐《ひも》のような凶器も見当たらないから、絞殺《こうさつ》でもなさそう」

望月が「ああ、そうか！」と唸った。「出血がないから、持っていた口紅を使ってメッセージを書いたんか」

血が出ない死に方。撲殺《ぼくさつ》だろうか？　頭蓋内の出血であれば、現場に血痕がないのも説明できる。

そこまで考えた時、先ほどの密室トリックの話が頭をよぎり、僕は叫んだ。

「そうか、心タンポナーデのような、死亡までに時間がかかったことによる密室トリックか！」

江神さんはキザに指を鳴らし、少し遅れて理解した他の三人からはため息のような声が漏れた。

「心臓を刺されて凶器を抜かずにいたか、あるいは頭を強く殴《なぐ》られたかは分からん。とにかく備藤さんは外の廊下で犯人に襲われ、鍵の開いていたドアから室内に逃げ込んで内から鍵をかけた。そして残る力を振り絞ってダイイング・メッセージを書いた後、命を落とした。背中に凶器が刺さったままの状態や殴打《おうだ》による内出血の場合なら、床に血痕や凶器は残らんわけや。こう考えれば、部屋、日付、鍵の状況の全てに説明がつく。出題者である備藤さんが考えた事件の構図はこれで正解やろう」

チョークで描かれた死体、カレンダーの日付、鍵のかかったドア。こんなシンプルな要素で作られた現場から推理を重ねることで、本当に答えに到達するなんて。

こんな風に驚くのは、江神さんと出会ってから何度目だろう。

「備藤さんが古林さんのマンションを訪ねた理由は何でしょうね?」

「断定はできんけど、鍵を発送した後でドアの鍵が開きっぱなしなのを思い出し、心配して訪ねた、という理由づけはできるな」

「なるほど……残る問題はダイイング・メッセージの意味ですけど、それこそ備藤さんに聞くしかないですね。たまたま外の廊下で襲われたのなら、僕らが知らない人物の犯行という可能性が高いですし」

僕の言葉に、なぜか織田が難しい顔をして黙り込む。

どうしたのだろうと思っていると、望月が軽い調子で言った。

「具体的な意味は分からんけど、備藤さんの目的は明白やろう」

「目的?」

「ああ。古林さんは推理能力を試されたわけや。そして答えに辿り着けんかった。それで備藤さんは愛想を尽かし、別れを切り出した」

そうなのだろうか。僕にとってこのような謎解きはあくまで知的遊戯で、人の何かを判別する試験として使われるのは不満だ。どんなに精緻《せいち》に仕組まれた問題であっても、挑戦者が思わぬ方向に推理を巡らせるからこそ、この遊びは魅力的なのだと思う。

あるいは備藤は、自分の用意した道筋から逸脱する考えを許容できないほど、狭量な理論派だったのだろうか。

「モチ、すまんけど違うと思うわ」織田が重たげに口を開く。「これは皆に打ち明けるべきかどうか迷っててんけど、古林君と備藤さんの関係について、もう少し詳しく聞いててん。二人の関係に踏み込むことやから、謎解きに関わると判断したら言うつもりやった。古林君曰く、この出来事の前から二人の関係は遠くないうちに終わると感じてたらしい」

「……どちらかに新しく好きな人でもできたんか？」

「いや、古林君はそれを否定したし、備藤さんにそんな気配があったわけでもないと。彼は『ただなんとなく、そうとしか言えない』と、本当に説明するのが難しそうやったわ。具体的な不満一つ聞けへんかった。たぶん、一年以上付き合って感じたこととか、備藤さんが社会人になって距離が離れたこととか、当人たちにしか分からへん理由なんやろう」

望月は言いにくそうに、

「繰り返すようやけど、それは彼視点の話やろ。備藤さんの方は彼に大きな不満を抱いていて、この問題が最終通告のつもりやったんかもしれん」

「そりゃまあ、否定はできんよ」

織田はこれ以上議論しようがないとばかりに、椅子にもたれ頭の後ろで手を組む。

二人のやり取りを聞き、マリアが呟いた。

「じゃあもし古林さんが正解したら、備藤さんは付き合い続けるつもりだったのかしら。人の愛情って、そんな簡単に真反対の評価がされるものなの？」

その寂しげな声音に、昨日帰り道での話題を呼び起こされた。


――お母さんの言葉に付き合ってあげてるんじゃないかって、私は思うの。


「備藤さんは古林さんの問い合わせに、『それも合ってる』って返してきたんですよね」

四人の視線を受けて、自分が喋《つたな》り出したことに気づく。

考えをまとめる時間がない。拙くても勢いでいこう。

「古林さんは答えに辿り着けなかったけど、間違ってもいなかったんじゃないでしょうか。備藤さんはただ、彼の出す答えを確かめたかっただけで」

「それは試したのとは違うんか？」

望月の言葉に首を振る。

「備藤さんも古林さんと同じやったんです。遠からず二人の関係が終わることを悟《さと》っていた。でも、相手を嫌うほどの不満がないという点でも二人は共通していた。その矛盾は、備藤さんの信条を大きく揺るがしたんです。備藤さんは熱烈な本格ミステリ信奉者であり、特にトリックやロジックの理論体系には一家言を持っていて、そこに至る導線を重要視していた。——簡単に言えば、理屈が明示されないことを嫌っていたんやないですか」

誰からも異論は飛んでこない。まだ喋らせてもらえるようだ。

「古林さんは別れの理由を『ただなんとなく、そうとしか言えない』と表現しました。でも備藤さんはそれを良しとしなかった。ひょっとしたら、真面目な彼女は明確な理由もなく恋人関係を断ち切るのは不人情だと感じたのかもしれません。だから、二人の関係がすでに破綻している証拠を見つけようとした。それも、目に見える形で。そんな折、古林さんから鍵をなくしたという連絡が入った」

謎のアイデアは、前からミステリ評論のネタか何かで考えていたのかもしれない。

とにかく突然訪れた好機を生かすため、備藤さんは大阪のマンションを訪れた。

「備藤さんにとって、古林さんが正答にたどり着くかどうかは二の次でした。僕らが昨日から議論を続けているように、この謎は推理の分かれ道がいくつも見つかるようにできている。だから途中で違う方向に推理を展開しても構わなかった。彼女はただ、古林さんがどのくらい自分の謎に付き合ってくれるかを確かめようとしたんですよ。だけど古林さんが送ったメッセージは……」

——これをやったのは君か？

――どういう意味だか、さっぱり分からん。

そのたった二行の文章こそ、彼の中でいつの間にか削げ落ちてしまった備藤への関心を明示化したものだった。備藤はそれを見てようやく、別れの決断を受け入れることができたのではないか。

なんとか話を終えて、大きな息をつく。

ふと江神さんの方を見ると、まだメモに視線を落としているので、少し不安になる。

「今の話、おかしなところがありましたか？」

「いや、そうやない。俺もうっすら古林氏の反応が鍵やと考えていたんやけど、お前の説明がうまかったと感心したんや。おかげで、ダイイング・メッセージの意味にも答えが見えた気がする」

「本当ですか」

皆が色めき立つ前で、江神さんはペンを手に取った。

「解き方は単純や。まずアルファベットで青木と書く」

メモ帳にＡＯＫＩと文字が並ぶ。

「メッセージでは木の最後の一画が足りてへんから、アルファベットの並びからも最後の一画、つまりＩを消す。すると残るのはＡＯＫ。この意味、さっきのアリスの話を聞いて合点がいった。これや」

シャープな筆跡が二つの単語を形作る。

ALL OK

「英語表記ではこれをA－OKと略することがある。オールオーケー、つまり『なんでもいい、いい』。備藤さんは本格ミステリに造詣が深く、ダイイング・メッセージが無数の解釈を呼ぶことなんて分かりきっていた。だから誰が犯人だと指摘されても構わなかった。アリスが言ったように、大事なのはその答えに至るまでにどれだけの労力を割いてくれるかだったんや」

あまりにも綺麗な締め方。

最後の最後まで、備藤の謎へのこだわりに圧倒されっぱなしだ。

望月が言ったように、もし彼女が英都大にいてくれたのなら、これまで僕らが体験した出来事にどんな影響を与えてくれただろうか。彼女を送り出したS大ミス研が、今は単なる小説好きの緩い集まりになっているというのは、つくづく惜しい。

「で、どうするんや。古林さんへの報告は」

望月に訊かれ、織田が力なく首を振った。

「もう少し謎について考えるべきでしたね、なんて言えへんやろ。備藤さんだって、こうなるであろうことを予想した上で行動に踏み切ったんやろうし。鍵の動きと密室のくだり、あとダイイング・メッセージはこうも読めるんと違いますか、とだけ伝えるのが関の山や」

「それがいいと思います」マリアも頷いた。「もうお二人は新しい道に進んでいるんですから」

他のメンバーも異議がないことを示すように、前のめりになっていた体を戻した。

長い謎解きが一段落したことで、江神さんは「ちょっと吸ってくる」と言ってラウンジを出て行った。この学生会館にも喫煙所ができてから、江神さんはかなり窮屈な思いをしている。

マリアと望月は昨秋に出たアンソニー・ホロヴィッツの新刊について話を始めた。

僕は久々に重労働させた頭を休ませようと、織田が古林宛てにスマホでぽつぽつとメッセージを打っては消し、打っては消しを繰り返すのを横から眺める。この調子では相当長いメッセージになりそうだ。英都大の推理研は面倒臭い連中の集まりだ、などと思われなければいいが。

と、たまたま織田が操作している画面の、相手のアイコンに目が留まった。

「信長さん、相手は古林さんですよね」

「そうやけど、どうした」

「アイコン変わってません？」

昨日は黒っぽいマスクだったのに、海に浮かぶ夕焼けの写真になっている。

「今朝、気づいたらこうなってたわ」

織田は特に気にせず、作文に戻る。

古林はなぜこのタイミングでアイコンを変えた？　僕らが備藤の謎に挑《いど》んだ二日間、彼も様々な記憶を掘り起こす羽目になったことは想像に難くない。ひょっとして、前のアイコンも備藤との思い出に関係していたのか。

黒い仮面。何か引っ掛かる。

――貸した本も返さなくていいです。

本。そうだ、確か日めくりカレンダーの写真に写っていた。

「すみません、カレンダーの写真、もう一度見せてもらっていいですか」

なんやねん急に、と文句を言う織田に拝み倒し、スマホを借りる。

例の写真を表示し、本棚の隅に差してある、古びた背表紙の二冊の本を拡大表示させる。

現代教養文庫の黒死館殺人事件。

創元推理文庫のポオ小説全集〈3〉。

古林は織田とミス研の話をした時、いずれ小説を書こうとしていたが、挫折してしまったと言っていた。もしこの二冊が備藤から借りたものだったとしたら、これを参考にして小説を書こうとしていたのか。

ポオ小説全集〈3〉の中には、かの有名な「赤死病の仮面」が収められている。

もしや彼の前のアイコンは、二つの作品のタイトルから発想したものだろうか。

それはどちらも、江神さんの小説の……。

「おい、もうええんか？」

画面を見たまま固まった僕を、織田が心配そうに見つめる。

こんなの、単なる偶然と妄想の産物でしかない。

古林、備藤と似たサークルにいるからって、僕らが同じ道を辿る保証もない。

先輩たちが大学からいなくなり、僕やマリアと立場が変わってしまっても、僕たちはきっと大丈夫だ。何年経とうが。きっと。

「どうしたんや、アリス」

喫煙所に行っていた江神さんが、すっきりした表情で戻ってきた。

僕は少しだけ笑う努力をしながら、彼に言った。

「早う小説書いてくださいよ、待ってるんですから」

有栖川有栖による解説

解説と銘打ちましたが、そんなご大層なものではなく、このトリビュート企画が成り立つまでの経緯をもう少しご説明するとともに、各収録作品について作者の皆さんへの感謝を込めてネタ元の視点からコメントを記してみます。

企画の発案者は「オール讀物」編集長の石井《いしい》一成《いっせい》さんです。昨今のミステリ界を牽引する作家の中には、世代的に有栖川作品に親しんだ経験を持つ人が多いことに着目し、「ミュージシャンの世界ではよくあるトリビュート企画ができるのでは」と思いついたのだそうです。

調べてみると二〇二四年が有栖川のデビュー三十五周年にあたる。ならばその記念企画でいこう、と動き出したとのこと。

このような企画を進めてよいか、と打診された時は驚きました。「そういうのは超人気作家や伝説的カルト作家でなければ成立しないのでは」とお応《こた》えしたのですが、石井さんが「大丈夫です」とおっしゃるので、ならばイケるのかな……と思って承諾したところ、どんどん参加作家さんが決まっていきました。

人気も実力も具えて、雑誌の目次に並ぶと名前が光って見える方ばかりです。当然、どなたも極めて多忙。こんな豪華な顔ぶれによくお引き受けいただけたものです。私としてはありがたく思うとともに「皆さん、酔狂《すいきょう》だなぁ」と感心してしまいました。

ガチガチの本格ミステリ作家もいれば、本格も含めて幅広い作風の方もいます。私自身との関係や親密さも様々。編集部がどのように皆さんを口説いたのかは知りません。

〈前口上〉で書いた二誌に各二回に分けて七編が載り、企画の一環として「オール讀物」では一穂ミチさんと私の対談、青崎有吾さん・今村昌弘さん・織守きょうやさんの鼎談《ていだん》も掲載されました。

この企画自体やメンバーが誰かを聞いた時にも増して驚いたのは、集まってきた作品を読んだ時です。クオリティの高さが私の予想をはるかに超えていました。そのため大好評を得て、アンソロジーとしてまとまることになった次第です。

以下、個々の作品について語らせていただきます。内容に踏み込んだ箇所もあるので、本編を先にお読みいただきますように。

唯一無二の立場からのコメントですが、ネタ元本人であるがゆえに盲点が生じているかもしれません。読者の皆様におかれましては、そういう場合は「有栖川は読みが浅いな」と笑い、座興としてお楽しみください。

「縄、綱、ロープ」青崎有吾

前記の鼎談によると、青崎さんは原稿依頼を引き受けるにあたって火村《ひむら》シリーズを即座に選び、「個を出すのはやめて、完コピ二次創作に徹しよう」と直観的に決めたのだそうです。

まさに、そういう仕上がりです。「有栖川有栖の火村シリーズって、どんなミステリ？」と訊かれたら、「こういう感じです」とこの作品を差し出してもいいぐらい。文字遣いも拙作『捜査線上の夕映え』に合わせたというだけあって、ぱっとページを開いて見た感じからして、いかにもそれらしい。本格ミステリとしての出来映えは……とても調子がいい時の私、でしょうか。

事件の概要の説明、関係者からの事情聴取、謎の提示の仕方、手掛かりの吟味《ぎんみ》と推理の進め方。どれも見事にコピーされていて、再現度の高さに舌を巻いていたら、最後の一行でのけぞりました。謎解きを終え、これで小説として〈終われる状態〉になった後、ああいう落語のサゲのようなものを置いて締めるのは、有栖川作品で時々あるのです。

青崎さんは自らの作家性を殺して書いたかのようですが、実は殺していません。これほど巧みに完コピできるのは、青崎さんと私がどちらもエラリー・クイーンを範としてミステリを書いてきたからではないでしょうか。

私はクイーン作品に心酔しながら、クイーンそのままではなくずらした書き方をしています。そのずらし方が青崎さんにはクリアに見えているようです。「こう、ですよね」と。

はい、そうです。

「クローズド・クローズ」一穂ミチ

窮屈なジャンルの壁などやすやすと飛び越える小説の魔術的名手である一穂さんは、ミステリやホラーといったジャンル小説の枠の中でも自分の小説世界を書き切ります。

本作は謎解きの興趣《きょうしゅ》たっぷりの本格ミステリですが、扱われているのは殺人事件ではありません。学校内で制服の盗難という事件が発生しているから〈日常の謎〉とも言いにくい。分類はどうでもいいですね。三十四歳の火村とアリスが学園に現われる青春ミステリという言い方ができるかもしれません。

アリスの隣人である女子高の英語教諭・真野早織《まのさおり》によって火村たちが捜査に乗り出します。ここで真野先生が起用されるか……。

いつか女子高を舞台にしたアガサ・クリスティの『鳩の中の猫』のようなミステリを書くかもしれない、と考えて彼女を先生に設定していたのですが、なかなか着想が浮かばず、諦めていました。私が置き忘れたバトンを一穂さんがさっと拾い上げ、華麗にゴールまで走り抜けてくれたかのようです。おかげで火村とアリス・イン・女子高の物語を楽しむことができました。

謎を解くことで隠されていたドラマを浮かび上がらせる手際も冴《さ》えています。そのあたりは、さすがは一穂さんと言うしかありません。

火村とアリスについては、私が描く二人より溌溂《はつらつ》と若々しく感じられました。彼らは齢を取りませんが、作者の私は（当初は同い齢だったのに）今では三十歳以上も年長になってしまったものですから……。一穂さんの筆で若返れて、二人とも喜んだことでしょう。

「火村英生に捧げる怪談」織守きょうや

タイトルは『火村英生《ひでお》に捧げる犯罪』（同題の作品を収録した短編集）のもじりですが、犯罪と怪談では大違い。そもそも怪談は犯罪社会学者の領分ではありません。

怪談めいた不可解な謎を火村が論理的に解いていく、という趣向で、これなら本格ミステリでお馴染《なじ》みのパターンです。大ヒットした『記憶屋』シリーズなどで、ホラー作家として確固たる地位を築いた織守さんらしいアプローチをしてくれました。

作者ご自身、鼎談の中で「ホラー作家として期待されてる気がするし」と思い、私の別のシリーズ探偵・濱地《はまじ》健三郎《けんざぶろう》（心霊現象を専門に扱う）を選びかけたそうです。担当編集者さんに「一番好きなのは？」と問われ、火村シリーズになったのだとか。

舞台は東京のとあるビルにあるバー。たまたま揃って東京にいた火村とアリスは、そこで辻《つじ》という書店員から怪談を聞かされる――という幕開きからして魅力的です。その前振りで出てくる行方不明になったライターの件は、「赤い月、廃駅の上に」という有栖川のホラー短編の引用になっています。

幽霊の正体見たり枯れ尾花的な謎解きが一つ語られる、という作品ではありません。極上の怪談が次々に語られては（マジックミラー絡みのものもある）、謎が解かれていく。そんな反復の中で「怪奇・幻想」の影がかえって濃くなっていくようなのがたまりません。すごく内容豊かなミステリを読ませていただいたなぁ、と喜んでいたら、最後に「心霊探偵」のことが話に出て、舞台が京都でも大阪でもなく東京のバーである意味が判ります。「電話番号が特徴的」な濱地健三郎の事務所は、南新宿にあるのです。

「ブラックミラー」白井智之

アリバイ崩しをテーマにした『マジックミラー』をとんでもなく捻《ひね》ったトリック小説です。元ネタの拙作は一九九〇年刊で、私にとってデビュー三作目にあたります。火村とアリスを生み出すより前のノンシリーズ長編を取り上げてもらえたことを、まずうれしく思いました。この作品に愛着が強いもので。

ノンシリーズのはずが、ソロで火村が登場します。原作では、彼が神奈川県警の捜査に加わる事件が描かれたことはありません。そしてこの火村、シャープで凄みがある。

作中にいくつも架空のミステリ作家やその作品のタイトルが出てきますが、それらはどれも私が書いたあれやこれやの作品から引用されています。いったいどれだけの旧作に目を通してくれたのだろうか、というのは他の方の作品を読んでいても思ったことです。

さらに読み進めていくと、ガチガチのアリバイ崩しになって――あまりにも尖《とが》ったトリックが明かされます。私がこれを思いついたら、「企画もので使ってしまうのはなぁ」と出し惜しみしたに違いありません。鉄壁のアリバイの形は元ネタとよく似ているのに、完全に翻弄《ほんろう》されました。

語り手の「僕」が小説を書きだすところで、彼の正体が白井智之その人であることが判ります。「僕」が書き始めた小説こそ、第三十四回横溝正史ミステリ大賞を惜しくも逃すも、デビュー作となる『人間の顔は食べづらい』なのです。同作を強く推した選考委員は、道尾秀介《みちおしゅうすけ》さんと有栖川でした。『マジックミラー』を魔改造した上で、最後に自分自身の物語に引き寄せたアクロバットに喝采《かっさい》を送ります。

「有栖川有栖嫌いの謎」夕木春央

デビュー三十五周年を記念した企画だというのに、タイトルに「有栖川有栖嫌い」とあるのが意表を突いています。

どういうことかと読んでみたら、有栖川嫌いの作中人物に有栖川の小説は「読んだら寿命が縮むレベルの面白くなさ」だの、その存在が「出版界最大の闇」(このフレーズはなんかカッコいい)と腐され、挙句《あげく》の果てに著書がまとめて燃やされるのですから、無礼にもほどがある——と怒るわけがありません。

そこまで嫌う理由は何か? 大嫌いなくせに全作読んでいるらしいのは何故? 作中ではそれが謎として検証されるのですが、トリビュート企画にこういう設定を持ち込んだことと自体が、メタレベルの謎として読者の前に立ち上がります。

夕木さんは原稿依頼の打ち合わせ中にこのアイディアを得たそうです。そして、「こんなタイトルでもいいんでしょうか？」と気にして、私が承諾してから執筆なさいました。承諾するに決まっています。答えがぜひ知りたいではありませんか。

解決パートでめでたくフォロー（？）が入り、作中から「デビュー三十五周年おめでとうございます」と祝っていただき、温かい気持ちになりました。あの「おめでとうございます」は、必然性の弱さが絶妙のセリフでしたねぇ。

どんでん返しが衝撃的な『方舟』で大ブレイクした夕木さんは、とても抽斗《ひきだし》が多い作家です。本作はロジカルにして洒脱。トリビュート企画のために、新しい抽斗の一つをちょっと開いていただいた感じです。

「山伏地蔵坊の狼狽」阿津川辰海

本格ミステリ作家としてハイレベルの作品を次々に出しながら、書評家・評論家としても健筆をふるっている阿津川さんには、山伏地蔵坊を題材に選んでいただきました。

華やかなキャラクターではないし登場している作品が少ないせいもあって、有栖川が持ち駒としている探偵役の中では地味な存在です。「地蔵坊を使ってもらえるんだ」とうれしく思うと同時に、「批評家の目を持つ阿津川さんらしいチョイスかも」と納得もしました。

私は探偵役を異にするシリーズをいくつか書き続けていますが、完結したのはこれだけです。『山伏地蔵坊の放浪』という連作短編集一冊のみなので、そもそもシリーズと呼べるかどうか微妙ですが。

　火村シリーズ誕生前に書いたもので、探偵役をすげ替えて火村ものに仕立て直せそうな作品もあります。地方の小さなバーを舞台にした安楽椅子探偵もので、すべては山伏の法《ほ》螺話《らばなし》にすぎないのでは、と思わせる話の外枠があるのが特徴です。

　阿津川さんは、同書の後日談として中身の濃い謎解きを楽しませてくれるのですが、その事件は火村シリーズ短編「ブラジル蝶の謎」を連想せずにいられません。さながらシリーズを跨《また》いだ有栖川作品のジャグリングです。

　さらに、二十年以上の歳月を経て昔と変わらぬ姿で戻ってきた山伏の謎を盛り、その謎を解くことによって私が元ネタを完結させる際に描いた世界観めいたものを、もう一歩先まで展開させる。阿津川さんらしくとても批評的です。どこまで行き届いているのでしょうか。

「型取られた死体は語る」今村昌弘

　英都《えいと》大学推理小説研究会（ＥＭＣ）の面々が登場する作品が最後にきました。探偵役は江《え》神《がみ》二《じ》郎《ろう》。私が『月光ゲーム』で東京創元社からデビューして以来ずっと書いている（というか、なかなか完結させていない）シリーズです。

　鼎談で今村昌弘さんが語ったところによると、原稿依頼を引き受けた際、「東京創元社出身でもある僕には、江神ものを書くことが期待されているだろうと思ったので、そこも迷いはありませんでした」とのこと。

今村さんも青崎さんと同じく鮎川哲也賞を受賞した東京創元社出身なのですが、作中にミステリマニアの大学生を登場させた点は有栖川と同じです。その接点を知っている読者も多いので、「期待されている」と意識したのでしょう。実は、私もこっそり期待していました。

元ネタは昭和の末から平成の初め頃の物語で、今となってはレトロな風情《ふぜい》になっています。今村さんはそれも味として再現するのだろうか、と思っていたら――時代色で似せたりはしません、これは別の作家による令和バージョンです、と宣言するかのように、始まってすぐにスマホが出てくる。

青崎さんの完コピとは逆の方向で、江神シリーズが今書かれたらこのようなものであろう、という形を見せてくれています。トリビュート企画ならではの趣向です。ＥＭＣの連中の推理が乱れ飛ぶディスカッションが読みどころですが、ダイイング・メッセージが出てくるのもこのシリーズらしい。鮮やかに期待に応えてもらいました。

またまだ書きたいことはあるのですけれど、紙幅が尽きそうなので、このへんで。

大胆すぎるトリビュート企画に素晴らしい作品を書いてくださった参加作家の皆さんに、あらためて感謝申し上げます。どれだけの時間と労力を要したことか。

記憶をなくして自分の小説を読んだら、どんな感じなのだろうか、と考えたことがあるのですが、想像がつきませんでした。自分の好みで埋め尽くされているので面白くてたまらないのか？　自作だという贔屓目《ひいきめ》がなくなったら粗《あら》が目について低評価になるのか？　いくら考えても判るわけがないと思っていたら、今回の企画のおかげで疑似体験ができました。有栖川有栖のミステリは面白いではないか。と喜びかけ、われに返りました。どれも私が書いた作品ではない……。

「いい作品ばかりだったので、有栖川有栖のミステリも何となく面白いような気がしてきた」という方がいらしたら、参加作家の皆さんの本を買う合間に、ネタ元の本も手に取っていただければ幸甚《こうじん》です。

最後の最後までお読みいただき、ありがとうございました。

末尾ながら、この企画を立案して果敢に実現させてくれた「オール讀物」の石井一成編集長と八馬祉子《はちうまよしこ》さん、そして「別冊文藝春秋」の浅井愛《あさいあい》編集長（当時）、文春文庫編集部の髙橋淳一《たかはしじゅんいち》さん、並びに本書ができるまでお世話になったすべての方に謝意を表します。

有栖川有栖

本書は文春文庫オリジナルです。

〈初出〉

縄、綱、ロープ　「オール讀物」二〇二四年七・八月号
クローズド・クローズ　「オール讀物」二〇二四年五月号
火村英生に捧げる怪談　「オール讀物」二〇二四年七・八月号
ブラックミラー　「別冊文藝春秋」二〇二四年五月号
有栖川有栖嫌いの謎　「別冊文藝春秋」二〇二四年五月号
山伏地蔵坊の狼狽　「別冊文藝春秋」二〇二四年七月号
型取られた死体は語る　「オール讀物」二〇二四年七・八月号

DTP制作　ローヤル企画

デザイン　大久保明子

文春文庫

有栖川有栖《ありすがわありす》に捧《ささ》げる七《なな》つの謎《なぞ》

定価はカバーに
表示してあります

2024年11月10日　第1刷
2024年11月25日　第2刷

著　者　青崎有吾《あおさきゆうご》　一穂《いちほ》ミチ
織守《おりがみ》きょうや　白井智之《しらいともゆき》
夕木春央《ゆうきはるお》　阿津川辰海《あつかわたつみ》　今村昌弘《いまむらまさひろ》

発行者　大沼貴之

発行所　株式会社　文藝春秋

東京都千代田区紀尾井町 3-23　〒102-8008
ＴＥＬ 03・3265・1211㈹
文藝春秋ホームページ　https://www.bunshun.co.jp

落丁、乱丁本は、お手数ですが小社製作部宛お送り下さい。送料小社負担でお取替致します。

印刷・TOPPANクロレ　製本・加藤製本

Printed in Japan
ISBN978-4-16-792297-9